M. C. BEATON
Agatha Raisin und der tote Richter

AF204821

Weitere Titel der Autorin:

Agatha-Raisin-Reihe
Agatha Raisin und der tote Richter | Agatha Raisin und der tote Tier-
arzt | Agatha Raisin und die tote Gärtnerin | Agatha Raisin und die Tote
im Feld | Agatha Raisin und der tote Ehemann | Agatha Raisin und die
tote Urlauberin | Agatha Raisin und der Tote im Wasser | Agatha Raisin
und der tote Friseur | Agatha Raisin und die tote Hexe | Agatha Raisin
und der tote Gutsherr | Agatha Raisin und die tote Geliebte | Agatha
Raisin und die ertrunkene Braut | Agatha Raisin und der tote Kaplan |
Agatha Raisin und das Geisterhaus | Agatha Raisin und der tote Auftrags-
killer | Agatha Raisin und der tote Göttergatte | Agatha Raisin und das
tödliche Kirchenfest | Agatha Raisin und die tote Rivalin | Agatha Raisin
und der Tote im Blumenbeet | Agatha Raisin und der tote Polizist

Hamish-Macbeth-Reihe
Hamish Macbeth fischt im Trüben | Hamish Macbeth geht auf die
Pirsch | Hamish Macbeth und das Skelett im Moor | Hamish Macbeth
spuckt Gift und Galle | Hamish Macbeth und das tote Flittchen | Hamish
Macbeth ist reif für die Insel | Hamish Macbeth und der tote Witzbold |
Hamish Macbeth hat ein Date mit dem Tod | Hamish Macbeth riecht
Ärger | Hamish Macbeth lässt sich nicht um den Finger wickeln | Hamish
Macbeth riskiert Kopf und Kragen | Hamish Macbeth kämpft um seine
Ehre | Hamish Macbeth vergeht das Grinsen | Hamish Macbeth verschlägt
es die Sprache

Über die Autorin:

M.C. Beaton ist eines der zahlreichen Pseudonyme der schottischen Autorin Marion Chesney. Nachdem sie lange Zeit als Theaterkritikerin und
Journalistin für verschiedene britische Zeitungen tätig war, beschloss sie, sich
ganz der Schriftstellerei zu widmen. Mit ihren Krimi-Reihen um die englische Detektivin Agatha Raisin und den schottischen Dorfpolizisten Hamish
Macbeth feierte sie große Erfolge in über 17 Ländern. Sie starb Ende 2019
im Alter von 83 Jahren.

M.C. BEATON

Agatha Raisin und der tote Richter

KRIMINALROMAN

Übersetzung aus dem Englischen
von Sabine Schilasky

Lübbe

Vollständige Taschenbuchausgabe
der bei Bastei Lübbe erschienenen Taschenbuchausgabe

Copyright © 1993 by M. C. Beaton
Published by Arrangement with Marion Chesney Gibbons
Titel der englischen Originalausgabe:
»Agatha Raisin and the Quiche of Death«

Dieses Werk wurde vermittelt durch die
Literarische Agentur Thomas Schlück GmbH, 30161 Hannover.

M.C. BEATON® and AGATHA RAISIN® are
registered trademarks of M.C. Beaton Limited

Für die deutschsprachige Ausgabe:
Copyright © 2024 by
Bastei Lübbe AG, Schanzenstraße 6–20, 51063 Köln

Vervielfältigungen dieses Werkes für das
Text- und Data-Mining bleiben vorbehalten.

Umschlaggestaltung: Guter Punkt, München | www.guter-punkt.de
Umschlagmotiv: © iStock/Getty Images Plus: kokoroyuki |
krzych-34 | Michael Kulmar | HannamariaH | MZsolt |
Amy Dawson; © iStock/Getty: nakornkhai
Satz: two-up, Düsseldorf
Gesetzt aus der Bembo
Druck und Verarbeitung: GGP Media GmbH, Pößneck

Printed in Germany
ISBN 978-3-404-19278-6

1   3   5   4   2

Sie finden uns im Internet unter luebbe.de
Bitte beachten Sie auch: lesejury.de

Für Patrick Heininger, seine Frau Caroline
und ihren Sohn Benjamin
aus Bourton-on-the-Water, in Liebe.

1

Mrs. Agatha Raisin saß am Schreibtisch ihres soeben leergeräumten Büros in der South Molton Street im Londoner Stadtteil Mayfair. Aus dem Vorzimmer hörte sie Stimmengewirr und Gläserklirren. Ihre Mitarbeiter machten sich bereit, ihr Lebewohl zu sagen.

Agatha ging in den vorzeitigen Ruhestand. In vielen, vielen Jahren harter Arbeit hatte sie die Public-Relations-Firma aufgebaut. Für ein Arbeiterkind aus Birmingham hatte sie es in der Tat weit gebracht. Sie hatte eine unglückliche Ehe hinter sich gelassen – ziemlich angeschlagen, aber entschlossen, es zu etwas zu bringen. Und all ihre geschäftlichen Anstrengungen hatten nur einem Zweck gedient: der Verwirklichung ihres Traums von einem Cottage in den Cotswolds.

Die Cotswolds in den Midlands sind zweifellos eine der wenigen von Menschenhand geschaffenen Schönheiten auf dieser Welt – malerische Dörfer mit goldfarbenen Häusern, hübschen Gärten, gewundenen Alleen und uralten Kirchen. Agatha war verzaubert von den Cotswolds, seit sie als Kind dort die Ferien verbracht hatte. Ihre Eltern hatten es gehasst und gesagt, sie hätten lieber in dasselbe Feriendorf fahren sollen wie sonst, aber für Agatha verkörperten die

Cotswolds alles, was sie sich vom Leben wünschte: Schönheit, Ruhe und Sicherheit. Also hatte sie schon als Kind entschieden, dass sie eines Tages in einem dieser schönen, friedlichen Dörfer leben würde, weit weg vom Lärm und Gestank der Großstadt.

Während ihrer ganzen Zeit in London war sie nie wieder dort gewesen, weil sie sich den Traum bewahren wollte. Erst vor Kurzem war sie ein zweites Mal hingereist und hatte sich ihr Traum-Cottage im Dorf Carsely gekauft. Ein Jammer, dass der Ort schlicht Carsely hieß, dachte Agatha, und nicht einen dieser faszinierenden Namen wie Chipping Campden, Aston Magna oder Lower Slaughter trug. Aber das Cottage war perfekt und das Dorf abseits der Touristenrouten, was bedeutete, dass es keine Kunsthandwerkläden, Cafés und täglichen Busladungen mit verzückten Fremden gab.

Agatha war dreiundfünfzig, hatte glattes braunes Haar, ein unscheinbares, quadratisches Gesicht und war von eher stämmiger Statur. Wenn sie sprach, hörte sie sich so sehr nach Mayfair an, wie es nur möglich war, ausgenommen in Momenten, in denen sie sehr aufgebracht oder aufgeregt war; dann kam schon mal der nasale Birmingham-Tonfall ihrer Jugend durch. In ihrem Metier, der Werbung, half es, ein gewisses Maß an Charme zu besitzen – doch Agatha besaß keinen. Sie verdiente ihr Geld damit, guter Cop und böser Cop in einer Person zu sein. Für ihre Kunden konnte sie Leute je nach Bedarf schroff abweisen oder beschwatzen. Oft ließen Journalisten ihre Schützlinge schon deshalb in Ruhe, weil sie Agatha lieber weiträumig aus dem Weg gingen. Darüber hinaus war sie Expertin in emotionaler Erpressung. Wer dumm genug war, sich von ihr zum Mittagessen einladen zu lassen, den nutzte sie schamlos aus, bis er die Gefälligkeit angemessen vergolten hatte.

Bei ihren Mitarbeitern war sie beliebt, weil diese ein ziemlich schwächlicher, frivoler Haufen waren, die Sorte Leute, die sich über jeden, vor dem sie Angst haben, haarsträubende Geschichten zusammenfantasieren. Agatha wurde gemeinhin als »eine Marke für sich« beschrieben, und wie alle Marken-für-sich hatte sie keine richtigen Freunde. Ihre Arbeit war zugleich ihr Privatleben – ein Umstand, der Agatha keineswegs die Tränen in die Augen trieb.

Als sie aufstand, um zur Party draußen zu gehen, tauchte eine kleine dunkle Wolke an Agathas sonst so ungetrübtem Horizont auf. Vor ihr lagen Tage des Nichts: keine Arbeit von morgens bis nachts, keine Hektik, kein Lärm. Wie würde sie damit klarkommen?

Sie tat den Gedanken mit einem Achselzucken ab und überschritt den Rubikon, um sich von allen zu verabschieden.

»Da ist sie ja!«, kreischte Roy, einer ihrer Assistenten. »Wir haben einen ganz speziellen Sektpunsch gemixt, Aggie. Der knallt ordentlich rein!«

Agatha nahm das angebotene Glas mit Punsch. Ihre Sekretärin Lulu kam und überreichte ihr ein Geschenk. Dann folgten die anderen, ebenfalls mit Geschenken. Agatha fühlte einen Kloß in ihrem Hals, während eine leise, beharrliche Stimme in ihrem Kopf schnarrte: »Was hast du getan? Was hast du *getan?*« Von Lulu bekam sie Parfüm, von Roy – wie sollte es anders sein? – einen sexy Slip mit offenem Schritt; dann waren da noch ein Buch übers Gärtnern, eine Blumenvase und Ähnliches.

»Eine Rede!«, schrie Roy.

»Ich danke euch«, sagte Agatha leicht gereizt. »Übrigens wandere ich nicht nach China aus. Ihr könnt alle kommen und mich besuchen. Eure neuen Chefs, Pedmans, haben versprochen, nichts zu verändern, also nehme ich an, dass es für euch größtenteils so weitergeht wie bisher. Danke für eure Geschenke. Ich werde sie in Ehren halten, ausgenommen deines, Roy. In meinem Alter ist ernsthaft zu bezweifeln, dass ich dafür Verwendung finde.«

»Man kann ja nie wissen«, antwortete Roy mit einem frechen Grinsen.

Agatha trank noch mehr Punsch und aß ein Lachs-Sandwich. Dann, nachdem Lulu ihr geholfen hatte, alle Geschenke in zwei Tragetaschen zu verstauen, stieg sie zum letzten Mal die Treppe von *Raisin Promotions* hinunter.

In der Bond Street schubste sie einen dünnen, nervösen Geschäftsmann beiseite, der sich gerade ein Taxi herangewunken hatte. »Ich hab's zuerst gesehen«, beharrte sie, stieg ohne einen Blick zurück ein und befahl dem Fahrer, zur Paddington Station zu fahren.

Dort erwischte Agatha den Zug um 15 Uhr 20 nach Oxford. Erschöpft sank sie in den Eckplatz der ersten Klasse. In den Cotswold stand alles bereit: Eine Innenarchitektin hatte das Cottage »überholt«, ihr Auto wartete am Bahnhof von Moreton-in-Marsh, um sie den kurzen Weg nach Carsely zu bringen, und eine Spedition hatte ihre Sachen aus der Londoner Wohnung geholt. Die war inzwischen verkauft, und Agatha war endlich frei. Sie durfte entspannen. Keine launischen Popstars mehr, mit denen sie sich herumschlagen musste, keine primadonnenhaften Haute-Couture-Firmen, denen sie einen glorreichen Auftritt verschaffen musste. Von jetzt ab konnte sie tun und lassen, was ihr gefiel ... Ein herrliches Gefühl.

Agatha nickte ein und schrak auf, als der Zugbegleiter rief: »Oxford. Hier ist Oxford. Keine Weiterfahrt mit diesem Zug möglich. Bitte verlassen Sie den Zug!«

Nicht zum ersten Mal wunderte sich Agatha über die Ausdrucksweise der British Rail. Bei diesem Ton rechnete man ja fast damit, dass gleich sämtliche Waggons explodierten. Sie blinzelte hinauf zum Bildschirm, der über Bahnsteig 2 hing. Er teilte ihr mit, dass der Zug nach Charlbury, Kingham, Moreton-in-Marsh und allen weiteren Orte in Hereford von Gleis 3 abfuhr. Also schnappte sich Agatha ihre Tragetaschen und ging quer über den Bahnsteig. Es war ein kalter, grauer Tag. Die Euphorie, die sich mit der neuen Freiheit und Roys Punsch eingestellt hatte, verflog allmählich.

Der Zug bewegte sich schwerfällig aus dem Bahnhof. Zur einen Seite waren Kähne zu sehen, auf der anderen klapprige Gartenlauben, die bald endlosen Feldern wichen, überflutet vom letzten Regen und in Agathas zunehmend finsterer Wahrnehmung alles andere als ansprechend.

Das ist doch lächerlich, schalt Agatha sich. Ich habe erreicht, was ich mir immer gewünscht habe. Ich bin bloß müde, sonst nichts.

Der Zug bremste ein Stück vor Charlbury, wurde erst langsamer und hielt schließlich unvermittelt an, wie es für die Züge der British Rail fast schon zum guten Ton gehörte. Sämtliche Fahrgäste saßen stoisch da und lauschten dem heulenden Wind auf den matschigen Feldern. Wieso benehmen wir uns alle wie verirrte Schafe?, fragte Agatha sich. Warum sind die Briten so zahm und nicht aus der Ruhe zu bringen? Wieso ruft keiner den Zugbegleiter und verlangt nach dem Grund für den Halt? Andere, gesprächigere Leute würden den Stopp nicht einfach so hinnehmen. Sie überlegte, ob sie aufstehen und nach dem Zugbegleiter suchen sollte. Dann erinnerte sie sich daran, dass sie gar nicht in Eile war. Sie holte den *Evening Standard* aus ihrer

Tasche, den sie am Bahnhof gekauft hatte, und begann zu lesen.

Nach zwanzig Minuten fuhr der Zug ächzend und kreischend wieder an. Weitere zwanzig Minuten nach Charlbury rollte er in den kleinen Bahnhof von Moreton-in-Marsh. Agatha stieg aus. Ihr Wagen stand noch genau da, wo sie ihn geparkt hatte. Während der letzten Minuten der Fahrt hatte sie sich schon Sorgen gemacht, er könnte gestohlen worden sein.

Es war Markttag in Moreton-in-Marsh, und Agathas Laune besserte sich sofort, als sie langsam an den Ständen vorbeifuhr, die alles von Fisch bis Unterwäsche feilboten. Dienstag. Markt war also dienstags. Das musste sie sich merken. Ihr neuer Saab schnurrte aus Moreton hinaus und die Hügel hinauf nach Bourton-on-the-Hill. Fast zu Hause. Zu Hause! Endlich zu Hause.

Sie bog von der A-44. Von hier führte eine schmale Straße bergab nach Carsely, das in einer Hügelsenke der Cotswolds lag.

Sogar für Cotswolds-Verhältnisse war es ein außergewöhnlich hübsches Dorf. Entlang der Hauptstraße standen zwei lange Häuserreihen, teils Fachwerkhäuser mit Reetdächern, teils Cottages aus warmem goldenem Sandstein mit Schieferdächern. Am einen Ende gab es einen Pub, der Red Lion hieß, am anderen stand die Kirche. Von dieser Hauptstraße gingen kleine Seitenstraßen ab, in denen sich Cottages einander zuneigten, als müssten sie sich gegenseitig stützen, so alt waren sie. Die Gärten leuchteten vor Kirschblüten, Forsythien und Narzissen. In Carsely gab es einen altmodischen Kurzwarenladen, eine Post, einen Krämerladen, eine Metzgerei und einen Laden, der ausschließlich Trockenblumen zu verkaufen schien und praktisch nie geöffnet hatte. Außerhalb des Dorfes, dezent verborgen hinter einem kleinen Hügel, lag eine Sozialsiedlung, und zwischen ihr und dem Dorf befanden sich das Polizeirevier, eine Grundschule sowie eine Bücherei.

Agathas Cottage stand allein ganz hinten in einer der kleinen Seitenstraßen. Es sah wie eines dieser Cottages auf Kalenderblättern aus, die Agatha als Kind so gemocht hatte: niedrig, mit einem frisch gedeckten Reetdach – Norfolk Reet, um genau zu sein – und Sprossenfenstern im goldgelben Cotswolds-Stein. Vorn gab es einen kleinen Garten, hinten einen langen schmalen. Im Gegensatz zu fast jedem sonst in den Cotswolds war der Vorbesitzer dieses Hauses kein leidenschaftlicher Hobbygärtner gewesen. Im Garten wuchs hauptsächlich Gras, unterbrochen von einigen deprimierenden Sträuchern jener zähen Sorten, wie sie in öffentlichen Parks gepflanzt werden.

Durch die Vordertür trat man zunächst in eine winzige dunkle Diele. Rechts ging das Wohnzimmer ab, links das Esszimmer. Die Küche nach hinten raus lag in einem neuen Anbau und war groß und quadratisch. Im ersten Stock befanden sich zwei niedrige Schlafzimmer und ein Bad, und sämtliche Räume hatten Balkendecken.

Agatha hatte der Innenarchitektin freie Hand gelassen. Alles war, wie es sein sollte, und dennoch … Agatha blieb an der Wohnzimmertür stehen. Eine dreiteilige Sitzgarnitur mit Leinenpolstern von Sanderson, Lampen, ein Couchtisch aus Glas, einen Feuerkorb im Kamin und darüber Zaumzeug aus Messing an den Sims genagelt; Zinnkrüge und Figurenbecher baumelten an Haken von den groben Holzbalken, und poliertes altes Gartenwerkzeug zierte die Wände. Es sah aus wie ein Bühnenbild. Agatha ging in die Küche und stellte die Zentralheizung an. Das erstklassige

Umzugsunternehmen hatte sogar dafür gesorgt, dass ihre Kleidung im Schlafzimmerschrank hing und ihre Bücher in den Regalen standen, also gab es für sie nicht mehr viel zu tun. Sie ging ins Esszimmer. Dort stand ein langer schimmernder Tisch mit hitzebeständiger Oberfläche und umgeben von viktorianischen Stühlen. Ein edwardianisches Gemälde von einem kleinen Kind in einer Kittelschürze inmitten eines leuchtenden Blumenbeets hing an der Wand. Hier war noch ein Kamin, in dem ein elektrisches Kaminfeuer stand. Es gab ein walisisches Regal mit blau-weißem Geschirr darauf und einen Teewagen. Die Schlafzimmer oben waren Laura Ashley pur. Es fühlte sich wie das Haus einer anderen Person an, das Heim irgendeines gestaltlosen Fremden oder wie ein teures Ferien-Cottage.

Nun, Agatha hatte noch nichts zum Abendessen, und nach einem Leben mit Restaurantbesuchen und Take-away-Mahlzeiten hatte sie sich vorgenommen, Kochen zu lernen. Deshalb glänzte eine ganze Reihe von Kochbüchern auf einem Brett in der Küche. Doch zuerst wollte sie die wenigen Geschäfte im Dorf erkunden. Sie nahm ihre Handtasche und machte sich auf den Weg. Laut Makler waren viele der Geschäfte längst in »schicke Landhäuser« umgebaut worden. Die Dorfbewohner gaben den Zugezogenen die Schuld, dabei war eigentlich das Auto der Schuldige, denn auch die Einheimischen selbst fuhren lieber zu den Supermärkten in Stratford oder Evesham, statt in den teuren Dorfläden einzukaufen.

Als Agatha sich der Hauptstraße näherte, kam ihr ein alter Mann entgegen. Er tippte sich mit einem munteren »Tag!« an den Hut. Auf der Hauptstraße wurde Agatha ebenfalls von jedem mit ein paar Worten begrüßt – einem beiläufigen »Tag« oder »Was für ein Wetter!«. Nach London, wo Agatha nicht einmal ihre Nachbarn gekannt hatte, war diese Freundlichkeit eine angenehme Abwechslung.

Sie betrachtete die Auslagen der Metzgerei und entschied, dass das Kochen noch ein paar Tage warten konnte. Also ging sie in den Krämerladen, wo sie ein extrascharfes Vindaloo-Curry für die Mikrowelle und Reis kaufte. Auch in dem Geschäft waren alle sehr freundlich. An der Ladentür stand eine Kiste mit alten Büchern. In der Vergangenheit hatte Agatha fast ausschließlich Sachbücher gelesen. In der Kiste lag eine ziemlich abgegriffene Ausgabe von *Vom Winde verweht*, die Agatha spontan kaufte.

Zurück im Cottage stapelte sie ein paar falsche Holzscheite aus gepressten Sägespänen in den Kamin, zündete sie an und hatte bald ein knisterndes Feuer, das im Schornstein rauschte. Dann nahm sie das Spitzendeckchen weg, das die Innenarchitektin über dem Fernseher drapiert hatte, und schaltete den Apparat ein. Irgendwo herrschte Krieg, wie immer, und die Nachrichten widmeten ihm die übliche Aufmerksamkeit. Angeregt plauderten der Moderator und der Reporter miteinander. »Schalten wir zu dir, John. Was kannst du uns über die gegenwärtige Lage sagen? Nun, Peter …« Als sie den unvermeidlichen »Experten« im Studio begrüßten, fragte sich Agatha, wieso sie überhaupt einen Reporter in das Krisengebiet geschickt hatten. Es war wie eine Endlosschleife vom Golfkrieg, als in den Nachrichten immerfort Reporter zu sehen gewesen waren, die vor irgendeinem Hotel in Riad standen, eine Palme hinter sich. Was für eine Geldverschwendung! Informationen hatten sie sowieso nie nennenswerte, und es wäre allemal billiger gewesen, die Leute im Londoner Studio vor eine Kübelpalme zu stellen.

Agatha schaltete den Fernseher aus und nahm sich ihr

Buch. Sie hatte sich schon auf ein wenig intellektuell unterfordernde Lektüre zur Feier ihrer neuen Freiheit gefreut, doch nun staunte sie, wie gut das Buch war, beinahe *unanständig* lesbar. Bisher hatte sie nur die Sorte Bücher gelesen, mit deren Titeln man bei anderen Leuten Eindruck schinden konnte. Das Feuer knackte und knisterte, und Agatha las, bis ihr knurrender Magen sie drängte, das Curry in die Mikrowelle zu schieben. Das Leben war schön.

Eine Woche verging. Eine Woche, in der Agatha, wie es ihrer anpackenden Art entsprach, die Sehenswürdigkeiten der Umgebung abklapperte. Sie war in Warwick Castle gewesen, dem Geburtsort von Shakespeare, im Blenheim Palace und durch die Dörfer der Cotswolds geschlendert. Alles bei Sturm und ununterbrochenem Regen. Jeden Abend kehrte sie mit einem neuentdeckten Buch von Agatha Christie in ihr Cottage zurück, das ihr über die langen Abendstunden half. Sie hatte den Pub ausprobiert. Das Red Lion hatte niedrige Decken, war ziemlich kitschig eingerichtet und wurde von einem gutgelaunten Wirt betrieben. Auch dort waren die Einheimischen ihr mit offener Freundlichkeit begegnet, bei der es allerdings auch blieb. Mit argwöhnischer Feindseligkeit konnte Agatha umgehen, nicht hingegen mit dieser oberflächlichen Heiterkeit, die offensichtlich dem Zweck diente, Agatha auf Abstand zu halten. Nicht dass Agatha es jemals verstanden hätte, Freundschaften zu schließen, aber etwas an diesen Dörflern sperrte sich gegen Zuzügler. Sie behandelten sie keineswegs mit offener Ablehnung. Nein, dem Anschein nach hießen sie hier jeden willkommen. Trotzdem wusste Agatha, dass ihre Anwesenheit nicht die geringste Wellenbewegung im stillen Teich des Dorflebens bewirkte. Niemand bat sie zum Tee. Keiner interessierte sich für sie. Nicht einmal der Vikar kam vorbei, von einem alten Colonel und seiner Gattin ganz zu schweigen. Jede Unterhaltung beschränkte sich auf »Morgen«, »Tag« oder Gerede über das Wetter.

Zum ersten Mal in ihrem Leben lernte Agatha Einsamkeit kennen – und die machte ihr Angst.

Von ihrem Küchenfenster aus blickte sie in die Cotswolds Hills, die hoch aufragten. Dahinter verbarg sich die Welt mit ihrer Geschäftigkeit und ihrem Trubel. Agatha kam sich wie ein verwirrtes Alien vor, gefangen unter dem niedrigen Dach ihres Cottages, abgeschnitten von allem. Die leise Stimme in ihr, die gerufen hatte: »Was hast du getan?«, wurde zu einem Brüllen.

Und dann musste sie plötzlich lachen. London war nur anderthalb Stunden mit dem Zug entfernt, nicht Tausende von Kilometern! Gleich morgen würde sie hinfahren, ihre früheren Mitarbeiter besuchen, im Caprice zu Mittag essen und anschließend vielleicht in den Buchläden nach mehr Lesestoff stöbern. Den Markttag in Moreton würde sie verpassen, aber dafür blieb ihr die nächste Woche.

Als wollte sie Agathas lichtere Stimmung teilen, schien am darauffolgenden Morgen tatsächlich die Sonne. Es war ein vollkommener Frühlingstag. Der Kirschbaum hinten im Garten, das einzige Zugeständnis an Beschaulichkeit, das ihr Vorbesitzer gemacht hatte, streckte seine schweren, blütenübersäten Äste einem klarblauen Himmel entgegen. Agatha saß beim Frühstück, bestehend aus einer Tasse schwarzem Instantkaffee und zwei Zigaretten, und betrachtete die Blütenpracht.

Ein Feriengefühl überkam sie, als sie den Hügel hinauf aus dem Dorf heraus und wieder hinunter durch Bourton-on-the-Hill nach Moreton-in-Marsh fuhr.

An der Paddington Station in London angekommen, inhalierte sie gierig die abgasgeschwängerte Luft und spürte, wie sie wieder lebendiger wurde. Im Taxi zur South Molton Street wurde ihr klar, dass sie keine einzige lustige Geschichte parat hatte, mit der sie ihre ehemaligen Mitarbeiter unterhalten konnte. »Unsere Aggie wird blitzschnell zur Dorfkönigin«, hatte Roy gesagt. Wie wollte sie ihnen erklären, dass die fantastische Agatha Raisin, was Carsely betraf, gar nicht existierte?

Sie stieg in der Oxford Street aus dem Taxi und ging die South Molton Street hinunter. Wie es wohl sein würde, »Pedmans« zu sehen, wo früher ihr Name gestanden hatte?

Unten an der Treppe, die zu ihrem früheren Büro über dem Ball- und Brautmodengeschäft führte, blieb sie stehen. Da war überhaupt kein Schild, bloß ein frisch gestrichenes Stück Mauer, wo vorher *Raisin Promotions* zu lesen gewesen war.

Agatha stieg die Eingangsstufen hinauf. Es herrschte Grabesstille. Sie drehte am Türknopf. Abgeschlossen. Verwundert ging sie wieder nach unten und blickte hinauf zu den Fenstern. In einer der Scheiben hing ein großes Schild, auf dem mit roten Buchstaben ZU VERKAUFEN stand und darunter der Name eines Maklers für teure Immobilien.

Grimmig nahm sie ein Taxi hinüber zur City, nach Cheapside, wo die Pedmans-Zentrale war, und verlangte, den Geschäftsführer Mr. Wilson zu sprechen. Eine gelangweilte Empfangssekretärin mit den längsten Fingernägeln, die Agatha jemals gesehen hatte, nahm den Telefonhörer ab und sprach hinein. »Mr. Wilson ist beschäftigt«, sagte sie, blickte wieder in die Frauenzeitschrift, in der sie bei Agathas Ankunft geblättert hatte, und las ihr Horoskop.

Agatha nahm ihr die Zeitschrift aus der Hand. Über den Schreibtisch gebeugt zischte sie: »Bewegen Sie Ihren knochigen Hintern, und sagen Sie diesem Mistkerl, dass er Zeit für mich hat.«

Die Empfangssekretärin starrte Agatha entgeistert an, gab ein Quieken von sich und stolperte die Treppe hinauf. Nach einer kurzen Weile, in der Agatha ihr Horoskop las – »Heute könnte der wichtigste Tag Ihres Lebens sein. Zügeln Sie Ihr Temperament« –, kam die Sekretärin auf ihren turmhohen Absätzen zurückgestöckelt und flüsterte: »Mr. Wilson empfängt Sie jetzt. Wenn Sie bitte mitkommen ...«

»Ich kenne den Weg«, knurrte Agatha. In ihren vernünftigen flachen Schuhen stapfte sie die Stufen nach oben.

Mr. Wilson stand auf, als sie sein Büro betrat. Er war ein kleiner, adretter Mann mit schütterem Haar, einer Goldrandbrille, weichen Händen und einem salbungsvollen Lächeln, das ihn eher wie einen Arzt in der Harley Street erscheinen ließ als den Chef einer Public-Relations-Firma.

»Wieso bieten Sie mein Büro zum Verkauf an?«, fragte Agatha.

Er strich sich über den Kopf. »Mrs. Raisin, nicht *Ihr* Büro. Sie haben uns Ihre Firma verkauft.«

»Aber Sie haben mir versprochen, meine Mitarbeiter zu behalten.«

»Was wir auch getan haben. Die meisten von ihnen zogen jedoch eine Abfindung vor. Wir brauchen nun mal keine zusätzlichen Räumlichkeiten. Die Geschäfte können wir problemlos von hier erledigen.«

»Na hören Sie mal, das können Sie doch nicht machen!«

»Nein, hören Sie mir zu, Mrs. Raisin, ich kann tun und

lassen, was ich will. Sie haben uns die Firma mit allem, was dazugehört, verkauft. Wenn Sie mich jetzt bitte entschuldigen wollen. Ich bin sehr beschäftigt.«

Er sank auf seinen Stuhl zurück, während Agatha Raisin ihm unmissverständlich und höchst bildhaft erklärte, was er mit sich selbst tun könnte. Dann stürmte sie hinaus.

Draußen auf der Straße stiegen ihr Tränen in die Augen. »Mrs. Raisin ... Aggie?«

Sie fuhr herum. Roy stand hinter ihr. Statt seiner üblichen Jeans, einem psychedelischen Hemd und goldenen Ohrringen trug er einen nüchternen Anzug.

»Ich bringe dieses Schwein Wilson um!«

Roy verzog das Gesicht und wich einen Schritt zurück. »Oh Mann, Schätzchen, dann sollte ich wohl besser nicht mit dir gesehen werden, was? Was ist denn los mit dir? Du hast ihm doch den ganzen Laden verkauft.«

Agatha rümpfte zutiefst empört die Nase. »Wo ist Lulu?«

»Die hat ihre Abfindung genommen und aalt sich an der Costa Brava in der Sonne.«

»Und Jane?«

»Arbeitet als PR-Frau für Friends Scotch. Kannst du dir das vorstellen? Einer Alkoholikerin wie der geben sie einen Job in einer Whisky-Firma? Die wird die Geschäftsgewinne binnen eines Jahres versoffen haben.«

Agatha erkundigte sich nach den anderen. Offensichtlich war Roy der Einzige, den Pedmans übernommen hatte. »Es ist wegen der Trendies«, sagte er. Gemeint war eine Popband, die zu Agathas früheren Kunden gehörte. »Josh, der Boss, mochte mich schon immer, wie du weißt. Also musste Pedmans mich behalten, wenn sie die Band behalten wollten. Gefällt dir mein neuer Stil?« Er vollführte eine Pirouette vor Agatha.

»Nein«, antwortete sie mürrisch. »Steht dir nicht. Ach, hast du nicht Lust, mich am Wochenende mal zu besuchen?«

Roy druckste herum. »Würde ich ja gern, Schätzchen, aber ich habe tonnenweise Arbeit. Wilson ist ein Sklaventreiber.« Hektisch riss er den Arm hoch, um auf seine Armbanduhr zu schauen. »Ich muss dann auch mal los.«

Er flitzte ins Gebäude, bevor Agatha noch etwas sagen konnte, und sie stand wieder allein da.

Sie versuchte, ein Taxi heranzuwinken, doch leider waren alle besetzt. Also ging sie zu Fuß bis zur Bank Station, wo ihr jemand sagte, dass die U-Bahnen bestreikt wurden. »Und wie soll ich von hier wegkommen?«, knurrte sie.

»Versuchen Sie's mit einer Fähre«, schlug der Mann vor. »Unten an der London Bridge.«

Agatha marschierte weiter zur London Bridge. Nach und nach wich ihre Wut einem elenden Gefühl von Verlust. An der Anlegestelle der London Bridge erwartete sie ein Yuppie-Auflauf der besonderen Art: Die Pier war gerammelt voll mit nervös dreinblickenden jungen Männern und Frauen, die ihre Aktentaschen umklammerten und sich auf die kleine Flotte von Ausflugsdampfern drängelten.

Agatha stellte sich ans Ende der Schlange und bewegte sich Zentimeter für Zentimeter vorwärts. Sie war schon leicht seekrank, als sie endlich an Bord eines großen alten Ausflugsdampfers steigen konnte, der eigens für diesen Tag wieder in Betrieb genommen worden war. Immerhin hatte auch die Bar geöffnet. Agatha bestellte einen großen Gin Tonic, umklammerte das Glas fest und stieg hinauf an Deck, wo sie sich in einen der kleinen gold-roten Plüschsessel hockte, wie sie auf den Themse-Booten früher modern waren.

Der Dampfer bewegte sich im Sonnenschein hinaus auf

den Fluss und glitt an allem vorbei, was Agatha weggeworfen hatte – das Leben und London. Unter den Brücken hindurch überholte er die Staus auf der Embankment. An der Anlegestelle Charing Cross stieg Agatha aus. Ihr war nicht mehr nach Mittagessen, Einkaufen oder irgendetwas anderem. Sie wollte nur noch zurück zu ihrem Cottage, ihre Wunden lecken und darüber nachdenken, was sie tun sollte.

Sie ging hinauf zum Trafalgar Square, dann die Mall hinunter am Buckingham Palace vorbei, den Constitution Hill hinauf, durch eine Unterführung und oben an der Decimus Burton's Gate und dem Duke-of-Wellington-Haus in den Hyde Park. Quer durch den Park schritt sie in Richtung Bayswater und Paddington Station.

Bis heute hatte sie sich überall durchgekämpft, immer gewusst, was sie wollte. Obwohl sie eine kluge Schülerin gewesen war, hatten ihre Eltern verlangt, dass sie die Schule mit fünfzehn abbrach, weil es in der örtlichen Keksfabrik gute Jobs gab. Damals war Agatha ein dünnes, blasses, sensibles Mädchen gewesen. Die derben Umgangsformen der Frauen, mit denen sie in der Fabrik arbeitete, hatten an ihren Nerven gezerrt, ihre betrunkenen Eltern zu Hause sie angewidert. Deshalb machte sie Überstunden, legte das zusätzliche Geld auf ein Sparkonto, damit ihre Eltern es nicht in die Finger bekamen, bis sie eines Tages fand, dass sie genug zusammenhatte, um sang- und klanglos nach London zu verschwinden. Eines Abends, nachdem sich ihre Mutter und ihr Vater in den Schlaf getrunken hatten, schlich sie mit ihrem Koffer zur Tür hinaus.

In London hatte sie sieben Tage die Woche als Kellnerin geschuftet, damit sie sich Steno- und Schreibmaschinenkurse leisten konnte. Sobald sie sich qualifiziert hatte, bekam sie eine Stelle als Sekretärin in einer Public-Relations-Firma. Doch kaum hatte sie angefangen, das Geschäft richtig zu erlernen, verliebte Agatha sich in Jimmy Raisin, einen charmanten jungen Mann mit blauen Augen und dichten schwarzen Locken. Er schien keiner festen Arbeit nachzugehen, aber Agatha dachte, wenn er erst verheiratet war, würde er auch richtig Fuß fassen. Nach einem Monat Ehe begriff sie, dass sie vom Regen in die Traufe geraten war. Ihr Mann war ein Säufer. Trotzdem war sie zwei ganze Jahre bei ihm geblieben, hatte die Brötchen verdient und sich mit seinen zunehmenden Gewalttätigkeiten abgefunden. Eines Morgens dann hatte sie ihn angesehen, als er schnarchend im Bett lag, schmutzig und unrasiert. Da legte sie ihm einige Broschüren der Anonymen Alkoholiker auf die Brust, packte ihre Sachen und zog aus.

Er wusste, wo sie arbeitete, daher hatte sie gedacht, er würde kommen, und sei es nur, um sich Geld von ihr zu holen, aber das tat er nicht. Ein einziges Mal ging sie zurück zu dem armseligen Zimmer in Kilburn, in dem sie gewohnt hatten. Er war fort gewesen. Agatha hatte nie die Scheidung eingereicht, weil sie annahm, dass er tot war. Und sie hatte entschieden, nie wieder zu heiraten. Mit den Jahren wurde sie härter und härter, kompetenter, aggressiver. Langsam verschwand das schüchterne Mädchen von einst unter mehreren Schichten verbissenen Ehrgeizes. Ihr Job wurde ihr Leben, ihre Kleidung teurer und ihr Geschmack insgesamt zu dem, was man von einem aufgehenden PR-Stern erwartete. Solange die Leute Agatha beneideten, war sie zufrieden.

Während sie zur Paddington Station lief, wurde ihre Stimmung wieder zuversichtlicher. Sie hatte sich ihr neues Leben ausgesucht und würde es in den Griff bekommen.

Sie würde dieses Dorf schon noch wachrütteln und den Leuten zeigen, wer Agatha Raisin wirklich war.

Es war später Nachmittag, als sie wieder zu Hause war, und ihr wurde klar, dass sie noch nichts gegessen hatte. Sie ging zu Harvey's, dem Krämerladen, der gleichzeitig die Post war, und guckte sich in der Tiefkühlabteilung um. Sie fragte sich gerade, ob sie schon wieder Curry essen wollte, da blieb ihr Blick an einem Plakat an der Wand hängen. *Großer Quiche-Wettbewerb* stand dort in schnörkeliger Schrift. Der Wettbewerb sollte am Samstag in der Schulaula statt-finden. Es gab noch weitere Wettbewerbe, die in kleineren Buchstaben aufgeführt waren: für Obstkuchen, Blumenge-stecke und Ähnliches. Beim Quiche-Wettbewerb sollte ein Mr. Cummings-Browne den Gewinner bestimmen. Aga-tha nahm sich ein Chicken Korma aus der Tiefkühltruhe und ging zur Kasse. »Wo wohnt Mr. Cummings-Browne?«, fragte sie.

»Im Plumtrees Cottage, meine Liebe«, antwortete die Frau. »Hinten bei der Kirche.«

Agathas Gedanken überschlugen sich auf dem Weg nach Hause, und auch noch während sie das Chicken Korma in die Mikrowelle steckte. War es nicht das, worauf es in die-sen Dörfern ankam? Die Beste in irgendwelchen häuslichen Dingen zu sein? Wenn also sie, Agatha Raisin, den Quiche-Wettbewerb gewann, würden die Leute auf jeden Fall Notiz von ihr nehmen. Vielleicht bat man sie dann sogar, beim Treffen des Frauenvereins über ihre Quiche-Künste zu re-den.

Sie trug ihr wenig ansprechendes Mikrowellen-Essen ins Esszimmer und setzte sich. Stirnrunzelnd betrachtete sie die Tischplatte, die von einer dünnen Staubschicht überzogen war. Agatha hasste Hausarbeit.

Nach dem Essen ging sie hinaus in den Garten. Die Sonne war untergegangen, und ein blassgrüner Himmel erstreckte sich über den Hügeln um Carsely. Agatha hörte ein Geräusch und sah über die Hecke. Ein schmaler Pfad trennte ihren Garten vom nächsten.

Ihre Nachbarin bückte sich über ein Blumenbeet und jätete Unkraut.

Sie war eine hagere Frau, die trotz des kühlen Abends ein Blümchenkleid von der Sorte trug, wie sie die Frauen der Kolonialoffiziere einst bevorzugten. Ihr Kinn war fliehend, und sie hatte leichte Glupschaugen. Das Haar hatte sie im Vierziger-Jahre-Look wellenförmig nach hinten gesteckt. All dies konnte Agatha sehen, während die Frau sich aufrichtete.

»Guten Abend!«, rief Agatha.

Die Frau machte auf dem Absatz kehrt, ging in ihr Haus und schloss die Tür hinter sich.

Solch eine Unhöflichkeit kam Agatha nach all der Carsely-Freundlichkeit wie eine willkommene Abwechslung vor. Sie war ihr schlicht vertrauter. Kurzerhand ging sie zurück in ihr Cottage, zur Vordertür hinaus und zum Cottage nebenan, das *New Delhi* hieß. Dort betätigte sie den Messingklopfer.

Ein Vorhang am Fenster neben der Tür bewegte sich, sonst rührte sich nichts. Unverdrossen klopfte Agatha wieder, diesmal lauter.

Die Tür öffnete sich einen Spaltbreit, und ein Glupschauge starrte sie an.

»Guten Abend«, sagte Agatha und streckte ihre Hand aus. »Ich bin Ihre neue Nachbarin.«

Langsam öffnete sich die Tür weiter. Die Frau im Blümchenkleid nahm widerwillig Agathas Hand, als handelte es sich um einen toten Fisch, und schüttelte sie. »Ich bin Agatha Raisin«, stellte Agatha sich vor, »und Sie sind …?«

»Mrs. Sheila Barr«, sagte die Frau. »Verzeihen Sie, Mrs. … äh … Raisin, aber ich bin gerade sehr beschäftigt.«

»Ich will Sie auch nicht lange aufhalten«, entgegnete Agatha. »Ich brauche eine Putzfrau.«

Mrs. Barr stieß jene Art enervierendes Lachen aus, in dem Überheblichkeit mitschwang. »Da werden Sie im Dorf keine finden. Es ist beinahe unmöglich, jemanden zum Putzen zu bekommen. Ich habe meine Mrs. Simpson, also darf ich mich sehr glücklich schätzen.«

»Vielleicht könnte sie auch ein paar Stunden für mich arbeiten«, schlug Agatha vor. Die Tür schloss sich bereits wieder. »Oh, nein«, sagte Mrs. Barr. »Kann sie gewiss nicht.« Damit fiel die Tür vollständig zu.

Das werden wir ja sehen, dachte Agatha. Sie holte sich ihre Handtasche, begab sich hinunter in den Red Lion und setzte sich auf einen Barhocker. »N' Abend, Mrs. Raisin«, begrüßte sie Joe Fletcher, der Wirt. »Heute war's ja mal richtig nett, was? Vielleicht kriegen wir doch mal gutes Wetter.«

Zum Henker mit dem Wetter, erwiderte Agatha im Stillen, denn sie war es gründlich leid, über das Wetter zu reden. Laut sagte sie: »Wissen Sie, wo Mrs. Simpson wohnt?«

»In der Sozialsiedlung, glaub ich. Meinen Sie die Frau von Bert Simpson?«

»Weiß ich nicht. Sie putzt.«

»Ah, ja, dann ist es Doris Simpson. Die Nummer weiß ich nicht, aber es ist Wakefield Terrace, das zweite Haus mit den Gartenzwergen davor.«

Agatha trank einen Gin Tonic und machte sich auf den Weg zur städtischen Sozialsiedlung. Wakefield Terrace war nicht schwer zu finden und erst recht nicht das Haus der Simpsons, denn ihr Garten versank buchstäblich in einem Meer von Gartenzwergen. Sie standen nicht in kleinen Grüppchen um einen Gartenteich oder waren sorgfältig an einem Beet aufgestellt. Nein, es waren unzählige Zwerge, die willkürlich im Garten verstreut waren.

Mrs. Simpson kam an die Tür. Sie sah eher wie eine altmodische Lehrerin aus und nicht wie eine Zugehfrau. Ihr schlohweißes Haar war zu einem Knoten gebunden, und hinter ihrer Brille schimmerten blassgraue Augen.

Agatha erklärte, weshalb sie gekommen war, woraufhin Mrs. Simpson den Kopf schüttelte. »Nein, ich kann wirklich keine Stelle mehr annehmen, ehrlich nicht. Dienstags bin ich bei Mrs. Barr neben Ihnen, mittwochs bei Mrs. Chomley und donnerstags bei Mrs. Cummings-Browne. Und an den Wochenenden arbeite ich im Supermarkt in Evesham.«

»Wie viel zahlt Mrs. Barr Ihnen?«, fragte Agatha.

»Drei Pfund die Stunde.«

»Wenn Sie stattdessen für mich arbeiten, gebe ich Ihnen vier Pfund die Stunde.«

»Kommen Sie doch lieber erst mal rein. Bert! Bert, mach die Kiste aus. Das hier ist Mrs. Raisin, die jetzt in Budgen's Cottage in der Lilac Lane wohnt.«

Ein kleiner, dürrer Mann mit Halbglatze schaltete den riesigen Fernsehapparat aus, der annähernd die Hälfte des winzigen, blitzsauberen Wohnzimmers einzunehmen schien.

»Ich hatte schon wieder ganz vergessen, dass die Straße Lilac Lane heißt«, sagte Agatha. »Anscheinend hält man hier nichts von Straßenschildern.«

»Wozu auch, bei den paar Straßen?«, fragte Bert.

»Ich bringe Ihnen eine Tasse Tee, Mrs. Raisin.«

»Agatha. Sagen Sie Agatha«, sagte Agatha mit einem Lächeln, bei dem jeder Journalist, mit dem sie zu tun gehabt hatte, sofort Bescheid wusste. Agatha Raisin war in Kampflaune.

Während Doris Simpson in der Küche verschwand, sagte Agatha: »Ich versuche, Ihre Frau zu überreden, bei Mrs. Barr aufzuhören und für mich zu arbeiten. Ich biete ihr vier Pfund die Stunde, einen vollen Tag Arbeit und natürlich ein freies Mittagessen.«

»Hört sich doch ganz gut an, aber da müssen Sie Doris fragen«, sagte Bert. »Könnte mir schon vorstellen, dass sie froh ist, wenn sie diese Barr in die Wüste schicken kann.«

»Ist die Arbeit dort anstrengend?«

»Die Arbeit nicht so. Ist mehr die Frau. Die sitzt Doris dauernd im Nacken, passt wie ein Geier auf, dass sie auch ja alles richtig macht.«

»Ist Mrs. Barr aus Carsely?«

»Nee, die ist eine Zugezogene. Ihr Mann ist schon eine ganze Weile tot. War irgendwas beim Ministerium, viel im Ausland und so. Die sind vor zwanzig Jahren hierhergekommen.«

Agatha verdaute noch die Information, dass selbst zwanzig Jahre in Carsely nicht ausreichten, um einen zum Einheimischen zu machen, als Mrs. Simpson mit dem Teetablett hereinkam.

»Der Grund, weshalb ich Sie von Mrs. Barr abwerben möchte, ist, dass ich sehr schlecht in Sachen Hausarbeit bin«, sagte Agatha. »Ich war mein Leben lang berufstätig. Und Leute wie Sie, Doris, sollten meiner Meinung nach in Gold aufgewogen werden. Ich zahle Ihnen einen guten Lohn, weil ich Putzen für eine sehr wichtige Arbeit halte.

Und ich würde Sie auch bezahlen, wenn Sie krank oder im Urlaub sind.«

»Na, das ist doch mal ein Angebot!«, rief Bert. »Weißt du noch, wie du den Blinddarm rausgekriegt hast, Doris? Die Barr war nicht ein Mal auch nur in der Nähe vom Krankenhaus. Und sie hat dir in der Zeit auch keinen Penny bezahlt.«

»Stimmt«, sagte Doris. »Aber es ist regelmäßiges Geld. Was ist, wenn Sie wieder wegziehen, Agatha?«

»Oh, ich bleibe hier«, versicherte Agatha.

»Na gut, ich mach's«, sagte Doris prompt. »Ja, ich ruf sie gleich an, dann hab ich's hinter mir.«

Sie verschwand abermals in der Küche. Bert neigte den Kopf zur Seite und beäugte Agatha prüfend. »Sie wissen schon, dass Sie sich gerade eine Feindin gemacht haben, oder?«

»Und wenn schon«, antwortete Agatha schulterzuckend. »Sie wird darüber hinwegkommen.«

Als Agatha eine halbe Stunde später in ihrer Handtasche nach dem Hausschlüssel wühlte, kam Mrs. Barr aus ihrem Cottage und sah wütend zu ihr hinüber.

Agatha lächelte strahlend. »Ein herrlicher Abend, finden Sie nicht?«, rief sie.

Sie fühlte sich wieder ganz wie die Alte.

2

Plumtrees Cottage, wo die Cummings-Brownes wohnten, stand gegenüber der Kirche und dem Pfarrhaus in einer Viererreihe uralter Steinhäuser. Vor den Häusern befand sich ein ovaler Platz mit glänzendem Kopfsteinpflaster. Statt Vorgärten gehörte zu jedem Haus nur ein schmaler Erd-streifen, in den Blumen gepflanzt waren.

Am Vormittag nach ihrem Besuch bei Doris klopfte Aga-tha an die Tür des Plumtrees Cottage und fand sich einen Moment später einer Frau gegenüber, die für sie auf den ersten Blick in die Kategorie Ex-Kolonialgattin gehörte, genau wie Mrs. Barr. Trotz der Kälte an diesem Frühlings-tag hatte auch Mrs. Cummings-Browne nur ein geblüm-tes Sommerkleid an, das ein wenig sonnengebräunte Haut mittleren Alters entblößte. Ihre Stimme war hell und streng, und ihre blassblauen Augen musterten Agatha abschätzig. »Ja, Sie wünschen bitte?«

Agatha stellte sich vor und erklärte, dass sie gern am Quiche-Wettbewerb teilnehmen würde, allerdings nicht genau wüsste, wie sie das anstellen sollte, da sie neu im Dorf war. »Ich bin Mrs. Cummings-Browne«, erwiderte die Frau, »und eigentlich steht alles, was Sie tun müssen, auf den Pla-katen. Die hängen übrigens überall im Dorf aus.« Sie lachte so spitz, dass Agatha sie gern geohrfeigt hätte. Stattdessen sagte Agatha überaus freundlich: »Wie ich bereits erwähnt habe, bin ich neu im Dorf und würde mich freuen, ein paar Leute kennenzulernen. Vielleicht hätten Sie und Ihr Mann Lust und Zeit, heute Abend mit mir zu essen. Kann man im Red Lion gut essen?«

Wieder lachte Mrs. Cummings-Browne spöttisch. »Im Red Lion würden Sie mich nicht einmal *tot* sehen! Aber im Feathers in Ancombe servieren sie sehr gutes Essen.«

»Wo in aller Welt ist Ancombe?«, fragte Agatha.

»Nur gut drei Kilometer von hier entfernt. Sie kennen sich anscheinend wirklich noch nicht aus. Wissen Sie was, wir fahren. Seien Sie um halb acht hier.«

Mit diesen Worten schloss sie die Tür. Na, das war einfach, dachte Agatha. Die beiden müssen Schmarotzer sein, was heißt, dass meine Quiche eine reelle Chance auf den ersten Preis hat.

Sie schlenderte durchs Dorf zurück und erwiderte lächelnd die »Morgen«-Grüße der Leute. Es steckten also Würmer in diesem hübsch polierten Apfel, ging es Agatha durch den Kopf. Die meisten der Dorfbewohner waren einfach, gehörten zur Arbeiter- oder unteren Mittelklasse, extrem höflich und freundlich. Falls Mrs. Barr und Mrs. Cummings-Browne als Maßstab taugten, waren es die Zugezogenen, die sich selbst zur Oberschicht ernannt hatten und sich entsprechend dünkelhaft und unhöflich gaben. Ein paar Kirschblütenblätter regneten auf Agatha herab. Die Häuser leuchteten golden im Sonnenschein. Schönes lockte nicht zwangsläufig angenehme Menschen an. Die Zugezogenen hatten ihre Cottages wahrscheinlich in schlechten Zeiten günstig erworben und benahmen sich nun wie dicke Fische im kleinen Teich. Doch soweit Agatha es beurteilen konnte, war es ihnen bisher nicht gelungen, die Dorfbewohner zu beeindrucken oder gar zu vertreiben. Was für die »Neuen« wiederum bedeutete, dass sie sich damit begnügen mussten, sich gegenseitig das Leben schwer zu machen. Dennoch blieb Agatha zuversichtlich, dass sie, wenn sie erst diesen Wettbewerb gewonnen hatte, ganz anders im Dorf dastand.

An diesem Abend saß Agatha im Feathers in Ancombe und sah sich unauffällig um. Mr. Cummings-Browne – »Nun, eigentlich Major, wie ich zu meiner Schande gestehen muss, aber ich benutze meinen Titel nicht, hoa, hoa, hoa« – war ebenso sonnengebräunt wie seine Frau. Die Haut der beiden hatte einen Orangestich, von dem Agatha vermutete, dass er aus einer Tube kam. Mr. Cummings-Browne hatte sein noch vorhandenes graues Haar sorgsam über den kahlen spitzen Schädel gekämmt, was seine trompetenartigen Ohren leider noch betonte. Er hatte in der britischen Armee gekämpft, freiwillig. Dann erwähnte er beiläufig, dass er früher »ein wenig Hühnerzucht« betrieben hätte, doch er sprach lieber über seine Armeezeit. Danach lauschte Agatha einer wirren Reihe von Anekdoten über die Diener, die er gehabt hatte, und seine Untergebenen im Regiment. Er trug ein Sportjackett mit Ellbogenflicken aus Leder über einem olivgrünen Hemd sowie eine Krawatte. Seine Frau hatte ein Laura-Ashley-Kleid an, das Agatha an den Bettüberwurf in ihrem Cottage erinnerte.

Sie hoffte bloß, dass ihre Quiche gewann, wenn sie sich dafür schon rupfen lassen musste, denn es bestand kein Zweifel daran, dass das Feathers seine Gäste ausnahm. Ein Wirt, der auf der falschen Tresenseite stand und mit seinen Kumpel trank, eine allzu protzige, völlig überteuerte Speisekarte und muffige Kellnerinnen waren genau die Dinge, die Agatha nicht leiden konnte. Die Cummings-Brownes hatten, wie nicht anders zu erwarten, den zweitteuersten Wein auf der Karte bestellt, zwei Flaschen. Agatha ließ die beiden reden, bis der Kaffee gebracht wurde. Dann kam sie zur Sache. Sie fragte, welche Art Quiche normalerweise den ersten Preis gewann. Mr. Cummings-Browne sagte, meistens wäre es eine Quiche Lorraine oder eine Pilz-Quiche. Daraufhin erklärte Agatha, sie würde ihre Lieblings-Quiche mitbringen: Spinat-Quiche.

Mrs. Cummings-Browne lachte. Wenn sie noch einmal so lacht, schlage ich sie, dachte Agatha. Dem Lachen folgte die Bemerkung, dass immer Mrs. Cartwright gewann. Agatha sollte sich später noch erinnern, wie merkwürdig still Mr. Cummings-Browne wurde, als Mrs. Cartwrights Name fiel, aber fürs Erste gab sie vor, nichts zu bemerken. Ihre eigene Quiche, sagte sie, war berühmt für ihren köstlichen Geschmack und den leichten Teigboden. Außerdem wäre ein bisschen Wettbewerbsgeist genau das, was das Dorf brauchte. Es war ganz schlecht für die Moral, wenn jahrein, jahraus dieselbe Frau gewann. Agatha war gut darin, andere emotional zu erpressen, ohne dabei zu konkret zu werden. Sie scherzte darüber, wie entsetzlich teuer das Essen im Feathers war, während ihre bohrenden Bärenaugen dem Paar gegenüber vermittelten, was Agatha nicht aussprach: Ihr zwei schuldet mir was.

Die Cummings-Brownes schienen jedoch aus einem besonders harten Holz geschnitzt. Während Agatha sich ans Bezahlen der Rechnung machte – wobei sie die Scheine langsam vorzählte, statt eine Kreditkarte zu benutzen –, bestellten ihre Gäste dreist noch jeder einen großen Cognac.

Trotz allem, was sie mittlerweile getrunken hatten, sahen sie noch so nüchtern aus wie zu Beginn des Essens. Agatha erkundigte sich nach den Leuten aus dem Dorf. Mrs.

Cummings-Browne antwortete, sie wären recht nett und man täte für die armen Menschen, was man nur könne. Ihr Tonfall klang ganz nach einer Adligen, die über ihre Mägde und Knechte sprach. Sie fragten Agatha, was sie so gemacht hätte, doch ihre Antwort fiel knapp aus. Seichtes Geplänkel lag ihr nicht. Sie war es gewöhnt, ein Produkt an den Mann zu bringen oder Leute auszufragen, um sie später weichzuklopfen, wenn sie ihnen etwas verkaufen wollte.

Schließlich traten sie hinaus in die milde Nacht. Der Wind hatte sich gelegt, und die Luft roch bereits nach dem nahenden Sommer. Mr. Cummings-Browne fuhr seinen Range Rover gemächlich durch die Alleen nach Carsely zurück. Ein Fuchs schnürte im Scheinwerferlicht über die Straße, Kaninchen huschten in Sicherheit, und in den Hecken blühte es. Agatha fühlte sich einsam. Es war ein Abend, an dem man unter Freunden sein sollte, in netter Gesellschaft; keiner, den man mit Leuten wie den Cummings-Brownes verbrachte. Mr. Cummings-Brownes hielt vor seiner Haustür an und sagte: »Finden Sie den Weg von hier?«

»Nein«, antwortete Agatha verärgert. »Sie könnten mich wenigstens bis nach Hause fahren.«

»Beine sind zum Laufen da«, raunte er, seufzte gedehnt, fuhr sie aber dennoch zu ihrem Cottage.

Ich muss in Zukunft daran denken, ein Licht anzulassen, ging es Agatha beim Anblick ihres stockdunklen Hauses durch den Kopf. Ein Licht wäre schön, wenn sie abends heimkam. Bevor sie aus dem Wagen stieg, fragte sie ihn, wie genau sie sich für den Wettbewerb anmelden musste, und nachdem er es ihr erklärt hatte, stieg sie ohne einen Gutenachtgruß aus und ging in ihr verlassenes Cottage.

Am nächsten Tag trug sie ihren Namen wie besprochen in das Quiche-Wettbewerbsbuch in der Schulaula ein. Aus irgendeinem Klassenraum klang Kindergesang: »To my hey down-down, to my ho down-down.« Sie sangen also immer noch *Among the Leaves So Green-O*, dachte Agatha und blickte sich in der verlassenen Aula um. Tische waren an eine Wand gerückt, und ganz vorn gab es ein Podium. Kaum der richtige Rahmen für die Umsetzung ehrgeiziger Ziele.

Dann ging sie hinaus zu ihrem Wagen und fuhr nach London. Diesmal nahm sie nicht den Zug, sosehr es ihr auch vor den gefährlichen Autobahnen graute. Sie parkte in World's End in Chelsea, wo sie einmal für kurze Zeit gewohnt hatte. Heute war sie froh, dass sie ihren Anwohnerparkausweis nie zurückgegeben hatte.

Kurz zuvor war ein Regenschauer heruntergekommen, und London roch wunderbar nach nassem Beton, Autoabgasen, Müll, heißem Kaffee, Obst und Fisch. Alles Gerüche, die für Agatha Heimat bedeuteten.

Als Erstes machte sie sich auf den Weg zur Quicherie, einem Feinkosthändler, der sich auf Quiches spezialisiert hatte. Dort kaufte sie eine große Spinat-Quiche, verstaute sie im Kofferraum ihres Wagens und lud sich anschließend zum Mittagessen ins Caprice ein, wo sie die berühmten Lachspasteten aß und sich unter »ihren« Leuten, den Reichen und Schönen, entspannte. Derweil kam ihr nicht eine Sekunde der Gedanke, dass sie keinen dieser Menschen kannte. Nach dem Essen begab sie sich zu Fenwick's in die Bond Street, um ein neues Kleid zu kaufen, nicht mit Blümchendruck (Gott bewahre!), sondern ein elegantes, scharlachrotes Wollkleid mit weißem Kragen.

Dann ging es im frühen Abendlicht zurück nach Carsely

und in die Küche. Dort holte sie die Quiche aus der Verpackung, steckte ihr selbstgemachtes Schildchen »Spinat-Quiche, Mrs. Raisin« hinein und wickelte alles betont amateurhaft in Klarsichtfolie. Zufrieden begutachtete sie ihr Werk. Diese Quiche würde fraglos die beste sein. Die Quicherie war berühmt für ihre Quiches.

Am Freitagabend brachte sie ihre Quiche in die Schule, wo sie sich vor der Aula in eine Schlange von Frauen mit Blumengestecken, Marmelade, Kuchen, Quiches und Keksen einreihen musste. Die Teilnehmerinnen hatten ihre Beiträge bereits am Abend vor dem Wettbewerb abzuliefern. Wie immer grüßten sie einige mit »'n Abend. Wenigstens ist es ein bisschen wärmer geworden. Vielleicht kommt noch die Sonne raus«. Ein Glück, dass diese Menschen nichts Ernstes wie Wirbelstürme oder Erdbeben zu erwarten hatten (so hoffte Agatha jedenfalls), bei dem Gewese, das sie schon um Wolken und Regen machten! Eventuell täte ihnen ein handfester Tornado auch mal ganz gut und würde ihnen diese Unsitte austreiben, sich laufend über das wahrhaft gemäßigte Klima der Cotswolds zu beklagen.

Beim Zubettgehen an diesem Abend stellte Agatha fest, dass sie ziemlich nervös und aufgeregt wegen des kommenden Tages war. Lächerlich! Schließlich ging es nur um einen Dorfwettbewerb.

Der nächste Tag brach stürmisch und kalt heran. Der Wind wehte die letzten Kirschblüten von den Bäumen, als die Dorfbewohner zur Schule strömten. Ein verblüffend gutes Dorforchester spielte eine Melodienauswahl aus *My Fair Lady*. Die Musiker waren zwischen acht und achtzig Jahre alt. Es duftete nach den Blumengestecken und einzelnen Blüten in dünnen Vasen. Vor allem der Geruch von Narzissen lag in der Luft. Und in einem Klassenzimmer seitlich der Aula war sogar ein Café eingerichtet worden, in dem winzige Sandwiches und selbstgebackener Kuchen angeboten wurden.

»Natürlich gewinnt Mrs. Cartwright beim Quiche-Wettbewerb«, sagte eine Stimme in Agathas Nähe.

Sie drehte sich um. »Warum sagen Sie das?«

»Weil Mr. Cummings-Browne der Preisrichter ist«, antwortete die Frau und verschwand in der Menge.

Lord Pendlebury, ein dürrer älterer Herr, der wie ein Geist aus edwardianischer Zeit aussah und ein größeres Anwesen oberhalb des Dorfes besaß, sollte die Gewinnerin des Quiche-Wettbewerbs bekanntgeben, obgleich Mr. Cummings-Browne sie bestimmte.

Aus Agathas Quiche war ein sehr schmales Stück herausgeschnitten worden, genau wie aus den anderen. Sie schmunzelte. Ein Hoch auf die Quicherie. Die Spinat-Quiche war selbstverständlich die beste von allen hier. Die Tatsache, dass sie sie eigentlich selbst hätte zubereiten müssen, belastete Agathas Gewissen kein bisschen.

Das Orchester verstummte. Jemand half Lord Pendlebury auf das Podium vor den Musikern.

»Die Gewinnerin des großen Quiche-Wettbewerbs ist …«, begann Lord Pendlebury mit zittriger Stimme, dann hantierte er ungelenk mit einem Haufen loser Blätter herum, hob sie hoch, strich sie glatt und holte einen Zwicker hervor. Wieder blickte er hilflos auf die Papiere, bis Mr. Cummings-Browne auf das richtige Blatt zeigte.

»Ah, du meine Güte! Ja, ah, ja«, brabbelte Lord Pendlebury. »Äh-häm! Die Gewinnerin ist … Mrs. Cartwright.«

»Verdammter Mist«, murmelte Agatha.

Wütend beobachtete sie, wie Mrs. Cartwright, eine dunkelhaarige Frau mit recht dunklem Teint, auf die Bühne stieg, um ihren Preis entgegenzunehmen. Es war ein Scheck. »Wie viel?«, fragte Agatha die Frau neben sich.

»Zehn Pfund.«

»Zehn Pfund!«, rief Agatha, die überhaupt nicht gefragt hatte, welcher Preis zu gewinnen war, sondern naiv angenommen hatte, es wäre irgendein Silberpokal. Sie hatte ihn sich schon vorgestellt, wie er mit ihrem eingravierten Namen auf ihrem Kaminsims stand. »Wie soll sie das denn feiern? Mit einem Abendessen bei McDonald's?«

»Es ist der Gedanke, der zählt«, sagte die Frau unsicher. »Sie sind Mrs. Raisin, nicht? Die, die Budgen's Cottage gekauft hat. Ich bin Mrs. Bloxby. Mein Mann ist der Vikar. Dürfen wir hoffen, Sie am Sonntag in der Kirche zu sehen?«

»Wieso Budgen's?«, fragte Agatha. »Ich habe das Cottage von einem Mr. Alder gekauft.«

»Es war schon immer Budgen's Cottage«, sagte die Frau des Vikars. »Er ist zwar schon seit fünfzehn Jahren tot, aber für uns im Dorf ist und bleibt es Budgen's Cottage. Er war ein guter Mann. Na, wenigstens brauchen Sie sich nicht um Ihr heutiges Abendessen zu sorgen, Mrs. Raisin. Ihre Quiche sieht köstlich aus.«

»Ach, werfen Sie sie meinetwegen weg«, fauchte Agatha. »Meine war die beste. Dieser Wettbewerb ist eine Lachnummer.«

Mrs. Bloxby bedachte Agatha mit einem ebenso traurigen wie vorwurfsvollen Blick, bevor sie ging.

Agatha war mulmig zumute. Sie hätte gegenüber der Vikarsfrau nicht so zickig sein dürfen. Mrs. Bloxby schien eine nette Frau zu sein. Aber leider kannte Agatha nur drei Formen von Gespräch, und in denen ging es darum, ihren Mitarbeitern Befehle zu erteilen, den Medien Aufmerksamkeit abzuringen oder ihren Kunden zu schmeicheln. Irgendwo in ihrem Hinterkopf regte sich der vage Gedanke, dass Agatha Raisin unter Umständen kein besonders liebenswerter Mensch war.

An diesem Abend ging sie hinunter zum Red Lion. Der Pub war wirklich ganz hübsch, fand sie, als sie sich in dem niedrigen, verqualmten Lokal umsah. Der Fußboden war aus Stein, in großen Schalen standen Frühlingsblumen, und die bequemen Stühle und befestigten Tische hatten eine anständige Höhe zum Essen und Trinken, nicht wie diese »Cocktail«-Tischchen in Kniehöhe, bei denen man sich den Magen einklemmte, um an sein Essen zu gelangen. Einige Männer waren an der Bar. Sie lächelten und nickten Agatha zu, dann unterhielten sie sich weiter. Agatha bemerkte eine Schiefertafel, auf der die angebotenen Speisen standen. Nachdem sie Lasagne und Pommes frites bestellt hatte, zog sie sich mit ihrem Getränk an einen Ecktisch zurück. Wie damals als Kind sehnte sie sich danach, zu diesen Leuten zu gehören, Teil dieser alten, ländlichen Tradition voller Schönheit und Sicherheit zu sein. Doch sie war eine Außenseiterin. Hatte sie eigentlich je irgendwo dazugehört, abgesehen von der flüchtigen Welt der PR? Wenn sie jetzt tot umfiele, gleich hier und jetzt auf den Fußboden des Pubs, würde dann irgendjemand um sie trauern? Ihre Eltern waren tot. Gott allein wusste, wo ihr Mann steckte, und auch der würde ihr gewiss keine Träne nachweinen. Mist, der Gin zieht einen runter, dachte Agatha verärgert und bestellte sich ein Glas Weißwein zur Lasagne. Letztere war eindeutig in der Mikrowelle erhitzt worden, so fest wie sie am Boden der Form klebte. Aber die Pommes frites waren gut. Das Leben hielt eben doch kleine Freuden bereit.

Mrs. Cummings-Browne wollte sich auf den Weg zur Probe von *Blithe Spirit* im Gemeindesaal machen. Sie führte die Regie bei der Carsely Dramatic Society und bemühte sich vergebens, ihren Laienschauspielern den Gloucestershire-Akzent auszutreiben. »Warum kann nur keiner von ihnen vernünftig sprechen?«, jammerte sie, als sie ihre Handtasche holte. »Sie hören sich an, als würden sie Schweine ausweiden oder was immer man mit Schweinen tut. Apropos Schweine, ich habe die Quiche dieser furchtbaren Mrs. Raisin mitgebracht. Sie wollte sie nicht und meinte, wir sollen sie wegwerfen. Ich dachte, du magst vielleicht etwas davon zum Abendessen. In der Küche stehen ein paar Stücke. Ich hatte reichlich Kuchen und Tee, also esse ich heute nichts mehr.«

»Ich glaube, ich esse auch nichts mehr«, sagte Mr. Cummings-Browne.

»Tja, falls du es dir anders überlegst, kannst du die Quiche in der Mikrowelle aufwärmen.«

Mr. Cummings-Browne trank einen Whisky und sah fern, bedauerte allerdings, dass es vor neun Uhr war und mithin ausgeschlossen, nackte Haut zu sehen zu bekommen. Also begnügte er sich mit Natursendungen von kopulierenden Tieren. Er gönnte sich noch einen Whisky und bekam Hunger. Die Quiche fiel ihm wieder ein. Es hatte Spaß gemacht, Agatha Raisins Miene bei dem Wettbewerb zu beobachten. Sie hatte allen Ernstes erwartet, dass er sich für das spendierte Abendessen revanchierte, diese dumme Pute! Leute wie Agatha Raisin, diese Yuppiefrauen mittleren Alters, kannten einfach keine Manieren. Er ging in die Küche, stellte zwei Stücke Quiche in die Mikrowelle, entkorkte eine Flasche Claret und schenkte sich ein Glas ein. Dann nahm er sich ein Tablett für den Teller und das Glas und trug alles ins Wohnzimmer, wo er sich wieder vor den Fernseher setzte.

Zwei Stunden später und kurz vor der angekündigten Gruppenvergewaltigung in dem Film, den er inzwischen sah, begann sein Mund zu brennen, als stünde er in Flammen. Er fühlte sich todkrank, kippte vornüber aus seinem Sessel und wand sich würgend auf dem Teppich. Noch während er versuchte, zum Telefon zu kriechen, verlor er das Bewusstsein – ausgestreckt hinter dem Sofa liegend.

Mrs. Cummings-Browne kam kurz nach Mitternacht nach Hause. Sie sah ihren Mann nicht, weil er hinter der Couch lag. Ebenso wenig bemerkte sie im dämmrigen Licht die Lachen von Erbrochenem. Ärgerlich murmelte sie vor sich hin, löschte die Lampe und schaltete den Fernseher aus.

Dann ging sie in ihr Schlafzimmer – es war lange her, seit sie eines mit ihrem Mann geteilt hatte –, entfernte ihr Make-up, zog sich aus und schlief bald tief und fest.

Mrs. Simpson traf früh am nächsten Morgen ein. Auch sie war verärgert, weil ihr Arbeitsplan durcheinandergebracht worden war. Erst war da der Wechsel von Mrs. Barr zu Mrs. Raisin, und nun bestand Mrs. Cummings-Browne darauf, dass sie am Sonntagmorgen bei ihr putzte, weil die Cummings-Brownes am Montag in die Toskana reisen wollten und das Haus vorher sauber sein sollte. Aber wenn sie sich richtig anstrengte, konnte sie es immer noch rechtzeitig zu ihrem Job im Supermarkt von Evesham schaffen, der um zehn Uhr begann.

Sie ließ sich selbst mit dem Ersatzschlüssel unter der Fußmatte herein, brühte sich eine Tasse Kaffee auf und trank sie am Küchentisch. Dann fing sie mit der Küche an. Sie hätte lieber als Erstes die Schlafzimmer gemacht, aber sie wusste ja, dass die Cummings-Brownes lange schliefen. Sollten sie jedoch nicht wach sein, bis sie mit dem Wohnzimmer fertig war, musste sie die beiden wohl oder übel wecken. Die Küche hatte sie in Rekordzeit geputzt und ging zum Wohnzimmer, aus dem ihr ein säuerlicher Geruch entgegenschlug. Sie rümpfte die Nase und ging um das Sofa herum zum Fenster, um es aufzureißen, als sie mit dem Fuß gegen die Leiche von Mr. Cummings-Browne stieß. Das Gesicht verzerrt und bläulich lag er zusammengekrümmt am Boden. Mrs. Simpson wich zurück und hielt sich beide Hände vor den Mund. Unwillkürlich dachte sie, dass Mrs. Cummings-Browne aushäusig sein musste. Das Telefon stand auf dem Fensterbrett. Mrs. Simpson nahm all ihren Mut zusammen, beugte sich über den Toten und wählte den Notruf. Auf die Frage der Zentrale sagte sie, dass in dem Haus ein Krankenwagen und die Polizei gebraucht würden. Hinterher schloss sie sich in der Küche ein und wartete. Sie kam gar nicht auf die Idee nachzusehen, ob Mr. Cummings-Browne wirklich tot war, oder nach draußen zu laufen und um Hilfe zu rufen. Stattdessen hockte sie am Küchentisch, die Hände wie zum Gebet gefaltet, und war starr vor Schreck.

Der örtliche Polizist traf als Erster ein. Police Constable Fred Griggs war ein dicker, fröhlicher Kerl, der gewöhnlich damit zu tun hatte, gestohlene Autos während der Urlaubssaison zu suchen und den einen oder anderen angetrunkenen Fahrer zu verwarnen.

Er beugte sich gerade über die Leiche, als der Krankenwagen vorfuhr.

Inmitten des ganzen Gewusels erschien Mrs. Cummings-

Browne auf der Treppe, einen karierten Morgenmantel um sich geschlungen.

Als man ihr sagte, dass ihr Ehemann tot sei, griff sie nach dem Treppenpfosten und sagte völlig entgeistert: »Nein, das kann nicht sein! Er war nicht mal hier, als ich nach Hause kam. Er hatte zu hohen Blutdruck. Es muss ein Schlaganfall gewesen sein.«

Doch Fred Griggs waren die Pfützen von getrocknetem Erbrochenem aufgefallen und das verzerrte bläuliche Gesicht des Toten. »Wir dürfen nichts anfassen«, sagte er zu den Sanitätern. »Ich bin mir verdammt noch mal ziemlich sicher, dass er vergiftet wurde.«

Agatha Raisin ging am Sonntagmorgen in die Kirche. Sie erinnerte sich nicht, jemals zuvor in einer Kirche gewesen zu sein, glaubte jedoch, dass hinzugehen eines der Dinge war, die man einfach tat, wenn man in einem Dorf lebte. Der Gottesdienst begann früh, um halb neun, weil der Vikar anschließend noch in zwei Nachbardörfern predigen musste.

Sie sah P. C. Griggs' Wagen und einen Krankenwagen vor dem Haus der Cummings-Brownes stehen. »Was wohl passiert sein mag?«, fragte Mrs. Bloxby. »Mr. Griggs sagt uns nichts. Ich hoffe, dem armen Mr. Cummings-Browne ist nichts Schlimmes zugestoßen.«

»Ich schon«, entgegnete Agatha. »Könnte keinen ›netteren‹ Kerl treffen.« Mit diesen Worten marschierte sie an der Pfarrersfrau vorbei in die dämmrige St. Jude Kirche. Drinnen nahm sie sich ein Gebet- und ein Gesangsbuch und setzte sich in die hinterste Bank. Sie trug ihr neues

rotes Kleid und einen breitkrempigen schwarzen Strohhut
mit roten Mohnblumen. Als die Gemeinde nach und nach
eintraf, stellte Agatha fest, dass sie viel zu auffällig gekleidet
war. Alle anderen waren in ihren Alltagssachen gekommen.

Beim ersten Lied hörte Agatha die sich nähernden Po-
lizeisirenen. Was in aller Welt war geschehen? Falls einer
der Cummings-Brownes tot umgefallen sein sollte, würde
es doch sicher nicht mehr brauchen als einen Krankenwagen und den hiesigen Polizisten. Die Kirche war klein, im
14. Jahrhundert erbaut, mit hübschen farbigen Fenstern und
wunderschönen Blumenarrangements drinnen. Hier wurde
die alte anglikanische Bibel benutzt und aus dem Alten
wie dem Neuen Testament gelesen. Unterdessen rutschte
Agatha unruhig auf ihrer Kirchenbank herum und fragte
sich, ob sie sich nach draußen schleichen und herausfinden
könnte, was vorgefallen war.

Der Vikar stieg auf die Kanzel und begann mit seiner
Predigt. Sogleich verpufften Agathas Fluchtgedanken. Reverend Alfred Bloxby war ein kleiner, dünner, asketisch
wirkender Mann, aber von einer überwältigenden Präsenz.
In einem schönen, melodischen Tonfall begann er zu predigen, und das Thema seiner Predigt war »Liebe deinen
Nächsten«. Agatha kam es vor, als richtete sich die Predigt
direkt an sie. Wir waren zu schwach und ohnmächtig, um
die Dinge dieser Welt zu verändern, sagte er, doch wenn
sich jeder seinem Nächsten gegenüber gütig, höflich und
freundlich verhielt, würde sich dies wellengleich fortsetzen
und ausbreiten. Wohltätigkeit begann zu Hause. Agatha
dachte daran, wie sie Mrs. Simpson von Mrs. Barr abgeworben hatte, und ihr war gar nicht wohl dabei. Als es zur
Kommunion ging, blieb sie auf ihrem Platz, weil sie sich
mit diesem Ritual nicht auskannte. Schließlich stimmte sie

erleichtert in das letzte Lied, *My Country, Tis of Thee*, mit ein und huschte dann ungeduldig hinaus. Am Kirchenportal schüttelte sie dem Vikar die Hand, hörte allerdings gar nicht hin, als er sie im Dorf willkommen hieß, denn ihre Aufmerksamkeit galt den Streifenwagen, die den ganzen Kopfsteinpflasterplatz vor dem Haus der Cummings-Brownes einnahmen.

P. C. Griggs stand draußen und wehrte alle Fragen der Schaulustigen mit den schlichten Worten ab: »Ich kann noch nichts sagen, Leute. Noch nicht.«

Langsam ging Agatha nach Hause. Dort frühstückte sie, nahm ihren Agatha-Christie-Krimi und versuchte zu lesen. Es gelang ihr nicht, sich auf die Worte zu konzentrieren. Was waren schon fiktive Kriminalgeschichten, wenn sich im Dorf ein echter Krimi abspielte? Hatte Mrs. Cummings-Browne ihm einen Schürhaken auf den spitzen Schädel geschlagen?

Agatha warf ihr Buch beiseite und ging zum Red Lion. Wie nicht anders zu erwarten, überschlugen sich dort Gerüchte und wilde Spekulationen. Agatha fand sich inmitten einer Gruppe von Dorfbewohnern wieder, die sich angeregt über den Todesfall unterhielten. Zu ihrer Enttäuschung erfuhr sie, dass Mr. Cummings-Browne an Bluthochdruck gelitten hatte.

»Es kann kein natürlicher Tod sein«, protestierte Agatha. »Nicht bei so viel Polizei.«

»Ach, wir hier in Gloucestershire sind eben gründlich«, sagte ein großer, massiger Mann. »Nich' wie in London, wo die Leute jede Minute tot umfallen wie die Fliegen. Meine Runde. Was nehm'n Sie, Mrs. Raisin?«

Agatha nahm einen Gin Tonic. Es tat ihr gut, im Mittelpunkt dieser gemütlichen Gruppe zu stehen. Als der Pub um zwei Uhr nachmittags schloss und Agatha nach Hause ging, war sie ein bisschen beschwipst. Die drückende Luft der Cotswolds und die ungewöhnliche Menge Alkohol, die sie getrunken hatte, verlangten nach einem Mittagsschlaf. Beim Aufwachen dachte Agatha, dass Cummings-Browne wahrscheinlich einen Unfall gehabt hatte und es sich nicht lohnte, mehr darüber herausfinden zu wollen. Und abermals erschien ihr Agatha Christie um ein Vielfaches interessanter als alles, was in Carsely passieren könnte. Sie las bis in den späten Abend hinein.

Am nächsten Morgen beschloss sie, einen Spaziergang zu machen. Die Wanderpfade in den Cotswolds waren, anders als die Dorfstraßen, akkurat ausgeschildert. Agatha wählte einen Weg, der am Dorfende hinter den Sozialwohnungen begann, öffnete die Pforte und betrat einen kleinen Wald.

Bäume mit jungem, grünem Laub, an deren Wurzeln Schlüsselblumen blühten, bogen sich über ihr. Weiter links musste ein Bach sein, denn es war Wasserplätschern zu hören. Der Raureif der letzten Nacht taute überall dort, wo die Sonne durch die Bäume schien. Hoch über Agatha zwitscherte eine Amsel eine herzzerreißende Melodie, und die Luft war frisch und süß. Der Pfad führte sie aus dem Wald hinaus und an einem Kornfeld entlang, auf dem sich die kurzen grünen Halme mit dem Wind bewegten und an das Fell einer riesigen grünen Katze erinnerten. Eine Lerche schoss in den Himmel auf. Agatha musste an ihre Kindheit denken, jene Tage, als selbst die karge Ödnis von Birmingham voller Lerchen und Schmetterlinge gewesen war – vor der chemischen Unkrautbekämpfung. Sie schritt entschlossen aus, fühlte sich gesund, wohl und sehr lebendig.

Den Schildern folgend wanderte sie zwischen Feldern

hindurch, durch noch mehr Wald und erreichte schließlich den Weg, der wieder nach Carsely führte. Die hohen Hecken links und rechts bildeten einen grünen Tunnel. Bald sah sie unten das Dorf, bei dessen Anblick alle vom Wandern und der klaren Luft hervorgerufene Euphorie wich und an ihre Stelle eine unerklärliche Furcht trat. Agatha war, als würde sie in eine Art Gruft hinabsteigen, in der sie lebendig begraben werden sollte. Wieder plagten sie Unruhe und Einsamkeit.

Das konnte so nicht weitergehen. Die Erfüllung ihres Lebenstraums war nicht, was sie erwartet hatte. Sie könnte verkaufen, auch wenn der Immobilienmarkt nach wie vor nicht besonders gut war. Vielleicht könnte sie reisen. Sie war nie viel gereist. Ihre Urlaube einmal im Jahr hatte sie bei einer dieser Organisationen gebucht, die auf anspruchsvolle Reisen für Singles spezialisiert waren; für jene Alleinstehenden, die sich nicht unters gemeine Volk mischen wollten. Das waren mal Radtouren in Frankreich gewesen, mal ein Aquarellmalkurs in Spanien. Solche Sachen eben.

Auf der Dorfstraße strahlte sie eine Frau breit an. Genervt wartete Agatha auf das übliche »Morgen!« und fragte sich, wie die Frau wohl reagieren würde, falls sie mit einem »Klappe!« antwortete.

Doch zu ihrer Überraschung blieb die Frau stehen, drückte ihren Einkaufskorb gegen eine ihrer breiten Hüften und sagte: »Die Polizei sucht Sie. Die Kriminalpolizei, um genau zu sein.«

»Keine Ahnung, was die von mir wollen«, entgegnete Agatha und schaute die Frau argwöhnisch an.

»Dann finden Sie's mal besser raus, meine Liebe.«

Agatha lief weiter. In ihrem Kopf herrschte ein heilloses Durcheinander. Was konnte die Polizei von ihr wollen? Mit ihrem Führerschein war alles in Ordnung. Na schön, sie hatte es nicht geschafft, diese Bücher in die Bücherei von Chelsea zurückzubringen ...

Als sie sich ihrem Cottage näherte, erblickte sie Mrs. Barr, die in ihrem Vorgarten stand und neugierig die drei Männer vor Agathas Haustür beäugte. Sowie sie Agatha entdeckte, eilte sie in ihr Haus, schlug die Tür zu und bezog gleich darauf Posten an ihrem Fenster.

Ein hagerer Mann kam auf Agatha zu. »Miss Raisin? Ich bin Detective Chief Inspector Wilkes. Können wir Sie kurz sprechen? Am besten drinnen.«

3

Agatha ging voraus in ihr Cottage. Detective Chief Inspector Wilkes stellte den stillen Dunkelhaarigen neben sich als Detective Sergeant Friend vor und den rundlichen jungen Asiaten, der wie ein Buddha aussah, als Detective Constable Wong.

Agatha setzte sich in einen Sessel am Kamin, die drei Männer hockten sich nebeneinander auf das Sofa. »Wir möchten mit Ihnen über Ihre Quiche sprechen, Mrs. Raisin«, sagte Wilkes. »Wie ich hörte, haben die Cummings-Brownes sie mit nach Hause genommen. Was war in der Quiche?«

»Worum geht es hier eigentlich?«, fragte Agatha.

»Beantworten Sie einfach nur meine Fragen.« Wilkes verzog keine Miene.

Was war in der Quiche? Agatha überlegte angestrengt. »Eier, Mehl, Milch und Spinat«, zählte sie hoffnungsvoll auf.

Detective Constable Wong mischte sich ein. Er sprach mit einem weichen Gloucestershire-Akzent. »Am besten wäre wohl, wenn Mrs. Raisin mit uns in ihre Küche geht und uns die Zutaten zeigt.«

Prompt erhoben sich alle drei Männer, sodass sie nun geschlossen auf Agatha hinabblickten. Als sie aufstand, merkte

Agatha, dass ihre Knie zitterten. Gefolgt von den Detectives ging sie in die Küche.

Unter den wachsamen Augen der Männer öffnete sie die Küchenschränke. »Komisch. Anscheinend habe ich alles aufgebraucht. Ich bin sehr sparsam, müssen Sie wissen.«

Wong, der sie amüsiert beobachtet hatte, sagte auf einmal: »Wenn Sie uns bitte das Rezept aufschreiben, Mrs. Raisin. Dann kann ich runter zu Harvey's laufen, die Zutaten holen, und Sie zeigen uns, wie Sie die Quiche zubereitet haben.«

Agatha bedachte ihn mit einem vernichtenden Blick. Entschlossen zog sie ein Kochbuch mit dem Titel *Die französische Landküche* vom Regal und schlug es auf. Leider dürfte den Detectives das Knacken des Buchrückens nicht entgangen sein; ein untrügliches Indiz dafür, dass dieses Buch noch nie zuvor aufgeschlagen worden war. Dennoch sah Agatha ins Inhaltsverzeichnis, fand sogar ein Rezept für Spinat-Quiche und schrieb die Zutatenliste ab. Wong nahm sie und verschwand.

»Können Sie mir *jetzt* vielleicht sagen, was hier los ist?«, fragte Agatha.

»Gleich«, antwortete Wilkes ungerührt.

Wäre Agatha nicht so verängstigt gewesen, hätte sie ihn angeschrien, dass sie ein Recht hatte, es zu erfahren. Stattdessen brühte sie eine Kanne Instantkaffee auf und schlug vor, dass sie ihn im Wohnzimmer tranken, solange sie auf Wong warteten.

Kaum waren die beiden Männer aus der Küche, las Agatha sich das Rezept durch. Vorausgesetzt, sie machte alles genau so, wie es dort stand, sollte sie es hinbekommen. Sie hatte ohnehin vorgehabt, Backen zu lernen, daher verfügte sie zumindest über eine Küchenwaage und Messbecher,

Gott sei Dank. Wong kam mit einer braunen Einkaufstüte voller Lebensmittel zurück.

»Setzen Sie sich zu den anderen ins Wohnzimmer«, wies ihn Agatha an. »Ich sage Bescheid, wenn ich fertig bin.«

Wong hockte sich auf einen Küchenstuhl. »Ich mag Küchen«, sagte er freundlich. »Ich sehe Ihnen zu.«

Aus Agathas kleinen braunen Augen musste blanker Hass sprühen, als sie den Ofen vorheizte und sich an die Arbeit machte. Überall im Land wurden nette alte Damen überfallen und ausgeraubt, dachte sie wütend. Hatte der Mann nichts Besseres zu tun? Doch er schien unendlich geduldig zu sein. Aufmerksam sah er ihr zu, und dann, als sie die Quiche endlich in den Ofen schob, stand er auf und ging zu den anderen. Agatha, die mittlerweile ein ziemliches Nervenbündel war, blieb, wo sie war. Sie konnte das Gemurmel von nebenan hören.

Wie früher in der Schule, dachte sie. Ihr fiel ein, wie die Direktorin ihnen gesagt hatte, es würden stichprobenartig Kontrollen der Schließfächer durchgeführt, und alle Schülerinnen hätten ihre zu öffnen, ohne dass man ihnen erklären müsste, warum. Oh, was hatte Agatha beim Aufschließen für eine Angst gehabt, dass sich darin etwas fand, was nicht dort sein durfte! Eine Polizistin hatte den gesamten Inhalt durchgesehen. Keiner erklärte ihnen, was nicht stimmte. Niemand sagte etwas. Agatha erinnerte sich gut an die stummen, eingeschüchterten Mädchen, die strengen, schweigenden Lehrer und die kompetente Polizistin. Und dann wurde eines der Mädchen abgeführt. Sie sahen es nie wieder. Alle glaubten, das Mädchen wäre wegen irgendetwas, was in seinem Schrank gefunden worden war, von der Schule verwiesen worden. Aber keine von ihnen rief bei dem Mädchen zu Hause an und erkundigte sich. Die rätselhafte Welt der Erwachsenen hatte über das Kind geurteilt und es aus dem Leben der anderen gerissen, gleich einer göttlichen Strafe. Die anderen gingen weiter zur Schule, als hätte es das Mädchen nie gegeben.

Nun fühlte Agatha sich wieder wie ein Kind, gefangen in ihrer eigenen Schuld und anklagender Stille. Sie sah zur Uhr. Wann hatte sie die Quiche in den Ofen geschoben? Sie öffnete die Ofentür. Die Quiche war aufgegangen und sah goldgelb und vollkommen aus. Erleichtert seufzte Agatha auf und holte die Form heraus. Im selben Moment kam Wong wieder in die Küche.

»Wir lassen ihn ein bisschen abkühlen«, sagte er und klappte seinen Notizblock auf. »Also, zu den Cummings-Brownes. Sie waren mit ihnen im Feathers essen. Was haben Sie gegessen? Mmm. Und danach? Was haben die Cummings-Brownes getrunken?« So ging es eine ganze Weile weiter, während Agatha aus dem Augenwinkel zusah, wie ihre Quiche langsam in sich zusammenfiel.

Schließlich klappte Wong seinen Block zu und rief die anderen herein. »Schneiden Sie uns ein kleines Stück ab«, sagte er. Mit Messer und Pfannenheber löste Agatha ein kleines matschiges Stück aus der Form.

»Woran ist er gestorben?«, fragte sie verzweifelt.

»Kuhtod«, antwortete Friend.

»Kuhtod?« Agatha starrte die drei an. »Hat das was mit Rinderwahnsinn zu tun?«

»Nein«, erwiderte Detective Chief Inspector Wilkes leicht gereizt. »Es ist eine Giftpflanze, nicht besonders verbreitet, aber man findet sie an mehreren Stellen auf den Britischen Inseln, unter anderem in den West Midlands. Und wir sind in den West Midlands, Mrs. Raisin. Die Untersuchung des Mageninhalts des Verstorbenen ergab, dass er kurz vor seinem Tod Quiche gegessen und Wein getrunken hat. Und bei dem Gemüse in der Quiche handelte es sich um Kuhtod. Die giftige Substanz bei dieser Pflanze ist ein ungesättigter, hochkonzentrierter Alkohol, Cicutoxin.«

»Sie verstehen also, Mrs. Raisin«, sagte Wong sanft, »dass Mrs. Cummings-Browne glaubt, dass Ihre Quiche ihren Mann vergiftet hätte ... das heißt, falls Sie jene Quiche tatsächlich gebacken haben.«

Agatha blickte zum Fenster und wünschte sich inständig, sie würden alle verschwinden.

»Mrs. Raisin!« Sie drehte sich erschrocken um. Detective Constable Wongs braune Augen waren auf einer Höhe mit ihren. War er nicht zu klein, um bei der Polizei zu arbeiten?, dachte sie verwirrt. »Mrs. Raisin«, wiederholte Bill Wong mit ruhiger Stimme, »meiner unmaßgeblichen Ansicht nach haben Sie in Ihrem ganzen Leben noch keine Quiche und keinen Kuchen gebacken. In Ihren Kochbüchern wurde offensichtlich noch nie zuvor geblättert, und an einigen Ihrer Kochutensilien kleben noch die Preisschilder. Wollen Sie nicht lieber noch einmal von vorn anfangen? Sofern Sie unschuldig sind, gibt es keinen Grund, uns zu belügen.«

»Wird das vor Gericht zur Sprache kommen?«, fragte Agatha unglücklich. Sie überlegte, ob das Dorfkomitee sie womöglich verklagte, weil sie eine Quicherie-Quiche beim Wettbewerb eingereicht hatte.

Wilkes' Stimme klang zunehmend drohender. »Nur, wenn wir es für nötig halten.«

Erneut fiel Agatha eine Geschichte aus ihrer Schulzeit ein. Sie hatte eine Mitschülerin mit zwei Schokoriegeln und einem roten Schal bestechen wollen, damit sie einen Aufsatz für sie schrieb. Leider hatte das Mädchen, das sich mit Feuereifer in einer christlichen Jugendbewegung engagierte, alles der Direktorin gebeichtet, woraufhin Agatha in deren Büro zitiert wurde und gezwungen war, die Wahrheit zu sagen.

Und nun gestand sie in einem zarten, fast kindlichen Tonfall, der so gar nicht ihrer ansonsten recht handfesten Art entsprach, dass sie nach Chelsea gefahren war und die Quiche dort gekauft hatte. Wong grinste zufrieden, wofür sie ihn am liebsten gewürgt hätte. Wilkes verlangte den Kassenbon, den Agatha nach einigem Wühlen ganz unten im Mülleimer fand, unter mehreren Verpackungen von Fertiggerichten aus der Tiefkühltruhe. Sie reichte ihn dem Detective Chief Inspector. Die drei Männer sagten ihr, dass sie ihre Geschichte überprüfen würden, und verabschiedeten sich.

Den Rest des Tages versteckte Agatha sich in ihrem Haus. Sie fühlte sich wie eine Verbrecherin und wäre auch den nächsten Tag am liebsten gar nicht vor die Tür getreten. Aber an dem Tag kam Mrs. Simpson, und sie hatte ihr ein Mittagessen versprochen. Also eilte sie zu Harvey's, wo sie kalten Braten und Salat kaufte. Alles schien wie immer. Die Leute sprachen wieder über das Wetter, als wäre die Sache mit Cummings-Browne nie passiert.

Bei ihrer Rückkehr fand Agatha Mrs. Simpson auf Händen und Knien in ihrer Küche vor, wo sie Agathas Fliesenboden schrubbte. Ein sicheres Indiz für Agathas angeschlagene Verfassung war, dass ihr bei dem Anblick die Tränen kamen. Wann hatte sie zuletzt eine Frau gesehen, die einen Fußboden schrubbte, anstatt mit einem Mopp darüber zu wedeln? In London hatte sie über eine Agentur eine ganze Reihe von Putzkräften gehabt, zumeist Ausländerinnen oder arbeitslose Schauspielerinnen. Eine wie die andere hatten sie es vor allem verstanden, einen Eindruck von Sauberkeit zu erzeugen, ohne jemals wirklich gründlich zu putzen.

Mrs. Simpson sah zu Agatha auf. »Ich hab ihn übrigens gefunden. Den Toten, den hab ich gefunden.«

»Ich möchte nicht darüber reden«, sagte Agatha hastig, und Mrs. Simpson grinste, während sie den Feudel auswrang. »Ein Glück, denn ehrlich gesagt rede ich auch nicht gerne darüber. Da mache ich lieber meine Arbeit.«

Agatha zog sich ins Wohnzimmer zurück, und als Mrs. Simpson nach oben ging, bereitete sie das kalte Mittagessen zu, das sie mitsamt einem Umschlag mit Mrs. Simpsons Geld auf den Küchentisch stellte. Dann rief sie nach oben: »Ich gehe weg und lasse Ihnen den Ersatzschlüssel da. Schließen Sie bitte ab, wenn Sie fertig sind, und stecken Sie den Schlüssel dann in den Briefschlitz.« Über den Staubsaugerlärm hinweg hörte sie Mrs. Simpsons leises Ja.

Agatha stieg in ihren Wagen und fuhr aus dem Dorf. Wohin sollte sie? Markttag in Moreton-in-Marsh. Ja, das war eine Möglichkeit. Sie musste ein bisschen herumfahren, bis sie einen Parkplatz gefunden hatte, dann begab sie sich in das Gedränge zwischen den Marktständen. Die Cotswolds waren offenbar ein recht fruchtbarer Landstrich, denn es wimmelte nur so von Frauen mit Babys und Kleinkindern, die Kinderwagen oder »Sportwagen« schoben, wie Agatha mal einen Amerikaner die Dinger hatte nennen hören, die Mütter so gern schwungvoll in die Hacken kinderloser Leute rammten. Einmal hatte sie einen Artikel gelesen, in dem eine junge Mutter erzählte, sie hätte eine regelrechte Angst vor Menschenansammlungen entwickelt, nachdem ihr Kind dem Kinderwagen entwachsen war. Jedenfalls hatten auch die Mütter hier eine deutlich aggressive Note und waren mit ihren Schlachtwagen klar überlegen im Getümmel. Agatha kaufte eine Geranie für ihr Küchenfenster sowie frischen Fisch, Kartoffeln und Blumenkohl fürs Abendessen. Sie war entschlossen, alles selbst zu kochen. Keine Tiefkühlkost mehr. Nachdem sie ihre Einkäufe ins Auto gebracht hatte, aß sie im Market House Restaurant zu Mittag, kaufte sich ein Parfum in der Drogerie, eine Bluse an einem der Stände und kehrte widerwillig gegen vier zu ihrem Wagen zurück, weil der Markt schloss. Zu Hause hatte Mrs. Simpson einen Krug mit Wildblumen auf den Küchentisch gestellt. Dem Himmel sei Dank für die Frau! Nein, Agatha hatte kein schlechtes Gewissen mehr, dass sie Mrs. Simpson abgeworben hatte, denn sie war die Königin unter den Putzhilfen.

Am nächsten Vormittag klopfte es an der Tür, und Agatha stöhnte innerlich auf. Sie dachte mit Bitterkeit daran, dass jeder andere darüber nicht deprimiert wäre, sondern den Besuch irgendeines Freundes erwarten würde. Doch sie wusste, dass es nur die Polizei sein konnte.

Draußen stand Detective Constable Wong. »Ich bin inoffiziell hier«, sagte er. »Darf ich reinkommen?«

»Meinetwegen«, antwortete Agatha schroff. »Ich wollte gerade ein Glas Sherry trinken, aber ich frage Sie nicht, ob Sie auch eins wollen.«

»Warum nicht?«, entgegnete er schmunzelnd. »Ich bin nicht im Dienst.«

Agatha schenkte zwei Gläser ein, warf ein paar gepresste Kunstscheite in den Kamin und zündete sie an. »Was gibt's?«, fragte sie. »Und wie soll ich Sie ansprechen?«

»Ich heiße Bill Wong. Nennen Sie mich ruhig Bill.«

»Ein passender Name. Wären Sie nicht so jung, könnte ich Sie Old Bill nennen. Also, was ist mit der Quiche?«

»Sie sind vom Haken«, sagte Bill. »Wir haben Ihre Geschichte überprüft. Mr. Economides, der Inhaber der Quicherie, erinnert sich, dass er Ihnen die Quiche verkauft hat. Er hat allerdings keine Ahnung, was passiert sein könnte. Sein Gemüse kauft er ausschließlich vom Gemüsehändler gegenüber, und der wiederum holt seine Sachen jeden Morgen frisch vom neuen Covent Garden in Vauxhall. Das Gemüse dort kommt von überall her, auch aus dem Ausland. Irgendwie muss der Kuhtod in den Spinat geraten sein. Es ist ein tragischer Unfall, wie es aussieht. Natürlich mussten wir Mrs. Cummings-Browne sagen, woher die Quiche stammte.«

Agatha stöhnte.

»Sie hätte sonst Anzeige wegen Mord gegen Sie erstatten können.«

»Quatsch«, widersprach Agatha, »ebenso gut kann sie das Zeug in meine Quiche getan und ihren Mann ermordet haben.«

»Wie ein Großteil der britischen Bevölkerung wird sie den Unterschied zwischen Kuhtodblättern und Spinat nicht erkennen, das wette ich«, sagte Bill. »Außerdem können Sie es nicht gewesen sein. Als Sie die Quiche in der Schule ließen, wussten Sie nicht, dass die Cummings-Brownes sie mit nach Hause nehmen würden. Demnach fallen Sie als Täterin weg. Und Mrs. Cummings-Browne kann es auch nicht gewesen sein. Eine derartige Vergiftung muss kaltblütig geplant werden. Nein, es war ein schrecklicher Unfall. Und der Kuhtod fand sich nur an einzelnen Stellen in der Quiche.«

»Mr. Economides tut mir leid«, murmelte Agatha. »Mrs. Cummings-Browne verklagt ihn womöglich.«

»Sie hat schon gesagt, dass sie ihn nicht anzeigen will. Sie ist von Hause aus sehr vermögend, womit auch ihr Motiv wegfällt, da sie nicht vom Tod ihres Mannes profitiert.«

»Aber wieso ist Cummings-Browne nicht tot umgefallen, als er das Stück beim Wettbewerb probiert hat? Vielleicht hat später jemand meine Quiche gegen eine andere ausgetauscht. Oder ... warten Sie mal ... muss nicht schon in dem ersten Stück etwas von dem Kuhtod gewesen sein? Pflanzensaft zum Beispiel?«

»Ja, das hat uns auch stutzig gemacht«, sagte Bill. »Mrs. Cummings-Browne erzählte, dass ihrem Mann nach dem Probieren leicht übel war, aber das schob sie auf die vielen Drinks, die er vor dem Wettbewerb hatte.«

Agatha fragte ihn weiter nach dem Fall aus, nach allen Einzelheiten, nach denen sie bisher nicht gefragt hatte. Cummings-Browne war morgens tot aufgefunden worden. Warum hatte Mrs. Cummings-Browne ihn nicht noch nachts gefunden, sondern war direkt ins Bett gegangen?

»Ach, das hat nichts zu bedeuten. Ihr Mann war oft abends im Pub und kam erst spät nach Hause.«

»Seltsam, denn die beiden Goldstückchen – oder vielmehr nur Mrs. Cummings-Browne – sagte mir, sie wollen nicht mal tot im Red Lion gesehen werden. Das war übrigens, bevor sie sich von mir ein sauteures, schlechtes Essen im Feathers spendieren ließen.«

»Er war durchaus öfter im Red Lion, aber Mrs. Cummings-Browne hält fünfundzwanzig Prozent vom Feathers.«

»Diese Hexe! Ich glaub's nicht. Na ja, wie sind Sie eigentlich darauf gekommen, dass ich die Quiche nicht gebacken haben kann? Denn das ahnten Sie ja schon, ehe ich mit dem Backen begann.«

»Das wurde mir in dem Moment klar, in dem ich sah, dass Sie keine einzige Zutat in Ihrer Küche hatten«, erklärte er lachend. »Ich habe Sie nur gebeten, eine zu backen, weil ich mir vollkommen sicher sein wollte. Sie hätten Ihr Gesicht sehen sollen!«

»Haha, *sehr* witzig.«

Er musterte sie neugierig. Was für eine merkwürdige Frau, dachte er. Ihr glänzendes braunes Haar war zu einem kurzen Bob geschnitten, der gut zu ihrem viereckigen, ziemlich strengen Gesicht passte. Auch ihre Figur war eher viereckig, etwas mollig; allerdings waren ihre Beine erstaunlich hübsch. »Wieso ist es einer Frau, die bis vor Kurzem noch sehr erfolgreich im Beruf war, so wichtig, bei diesem Dorfwettbewerb zu gewinnen?«

»Ich kam mir hier fehl am Platz vor«, antwortete Agatha schlicht. »Ich wollte einfach, dass die Leute mich bemerken.«

Er lachte, wobei er die Augen zu schmalen Schlitzen zusammenkniff. »Tja, das ist Ihnen gelungen. Mrs. Cummings-Browne weiß jetzt, dass Sie geschummelt haben, und Fred Griggs, der hiesige Bobby, weiß es auch. Und der Mann ist ein Plappermaul vor dem Herrn.«

Agatha war zu beschämt, um einen Ton herauszubringen. So viel zu ihrem Traumzuhause. Sie musste verkaufen und wegziehen. Wie sollte sie hier noch irgendwem unter die Augen treten?

Bill sah sie mitfühlend an. »Wenn Sie im Dorf angenommen werden wollen, Mrs. Raisin, warum versuchen Sie es nicht mal damit, sich beliebt zu machen?«

Agatha guckte verdutzt. Ruhm, Reichtum und Macht waren die einzigen Dinge, die man brauchte, um wahrgenommen zu werden.

»Es dauert seine Zeit«, erklärte Bill. »Fangen Sie einfach an, die Leute zu mögen. Wenn die Sie auch mögen, betrachten Sie es als Bonus.«

Was für komische Typen beschäftigten die heutzutage bei der Polizei?, fragte sich Agatha. Und wie kam er auf die Idee, dass sie die Leute nicht mochte? Selbstverständlich mochte sie diese Landeier! Na ja, mit Ausnahme der alten Knautschvisage von nebenan, Mrs. Cummings-Browne und dem lieben Verstorbenen.

»Wie alt sind Sie?«, fragte sie.

»Dreiundzwanzig.«

»Und Sie sind Chinese?«

»Zur Hälfte. Mein Vater ist Hongkong-Chinese, meine Mutter stammt aus Evesham. Ich bin in Gloucestershire aufgewachsen.« Er stand auf, um zu gehen, doch aus unerfindlichen Gründen wollte Agatha, dass er blieb.

»Sind Sie verheiratet?«

»Nein, Mrs. Raisin.«

»Na, dann setzen Sie sich noch einen Moment«, drängte Agatha, »und erzählen Sie mir von sich.«

Wieder war da ein Ausdruck von Mitleid in seinem Blick. Er setzte sich und fing an, von seiner bisher kurzen Laufbahn bei der Polizei zu erzählen. Agatha hörte ihm zu. Seine ruhige, selbstsichere Art tat ihr gut. Und was sie heute noch nicht wusste: Es sollte der Beginn einer ungewöhnlichen Freundschaft sein. »Also«, sagte er schließlich. »Ich muss jetzt wirklich gehen. Der Fall ist gelöst und abgeschlossen – ein hässlicher Unfall. Das Leben geht weiter.«

Am nächsten Tag floh Agatha nach London, um den Blicken im Dorf auszuweichen; Blicken, die sie anklagten, eine Betrügerin zu sein. Außerdem sorgte sie sich um Mr. Economides. Da Agatha nie selbst gekocht hatte, war sie im Laufe der Jahre oft in seinem Laden gewesen. Möglicherweise lag es an ein paar Bemerkungen, die Bill Wong gemacht hatte, jedenfalls war Agatha klar geworden, dass ihre

Beziehung zu Mr. Economides zwar die einer Kundin zum Geschäftsmann gewesen war, er aber für sie auch das war, was einem Freund am nächsten kam. In dem Laden gab es zwei Tische und Stühle, an denen Kunden Kaffee trinken konnten, und wenn wenig los war, hatte Mr. Economides Agatha häufig einen Kaffee spendiert und ihr von seiner weitverzweigten Familie erzählt.

Als sie den Laden betrat, herrschte reger Betrieb, und Mr. Economides passte gut auf, was er ihr erzählte, während seine geschickten haarigen Hände Quiche und sonstige kalte Speisen einwickelten. Ja, Mrs. Cummings-Browne war persönlich da gewesen und hatte ihm versichert, dass sie keine Anzeige erstatten wolle. Ja, es war ein tragischer Unfall. Und nun, wenn Mrs. Raisin ihn bitte entschuldigen würde …?

Agatha ging. Sie fühlte sich leer. London, das sie unlängst noch wie ein bunter Mantel umfangen hatte, war nun nichts als ein endloses Straßengewirr voller Fremder. Sie ging in die Buchhandlung Foyle's in der Charing Cross Road und blätterte in einem Buch über Giftpflanzen. Nachdenklich betrachtete sie das Bild vom Kuhtod oder Wasserschierling. Es war eine harmlos aussehende Pflanze mit einem gerillten Stengel und Blütendolden, die aus lauter kleinen weißen Blüten bestanden. Agatha war nahe daran, das Buch zu kaufen, als sie sich fragte, wozu eigentlich. Es war ein Unfall gewesen, ein betrüblicher Unfall.

Sie schlenderte noch durch einige Geschäfte, bevor sie zu ihrem Wagen zurückkehrte und sich in den dichten Verkehr einreihte, den London jeden späten Nachmittag ausspie. Da sie ungern im Hellen zu Hause ankommen wollte, bog sie in Oxford von der Autobahn, parkte in der St. Giles und machte sich zu Fuß auf den Weg zum Randolph Hotel, um dort einen Tee zu trinken. Außer ihr war kein anderer Gast im Randolph, was in dem beliebten Hotel seltsam anmutete. Agatha lehnte sich auf dem riesigen Sofa zurück, nippte an ihrem Tee und aß Teekuchen, die ihr eine junge Bedienung mit engelsgleichen Gesichtszügen servierte. Von draußen hörte man leise den Verkehr auf der Beaumont Street, vorbei am Ashmolean Museum. Das Hotel hatte etwas von einer Kirche. Es war, als würden die Seelen der toten Dekane durch die hohen Räume geistern. Agatha schob den letzten Crumpet lustlos auf ihrem Teller hin und her. Ihr war nicht danach, ihn zu essen. Sie brauchte dringend eine Beschäftigung, ein Ziel, auf das es hinzuarbeiten galt. Wäre es nicht herrlich, sollte sich herausstellen, dass Cummings-Browne doch ermordet wurde? Und wenn sie, Agatha Raisin, den Fall löste? Sie würde schlagartig in den gesamten Cotswolds berühmt. Die Leute würden zu ihr kommen. Sie wäre angesehen. War es ein Unfall? Was für eine Ehe führten die Cummings-Brownes wirklich, dass sie nach Hause kam und ins Bett marschierte, während ihr Ehemann tot hinterm Sofa lag? Wieso getrennte Schlafzimmer? Von denen nämlich hatte Bill Wong ihr erzählt. Warum sollte Mr. Economides' hervorragende, allseits geschätzte Quiche auf einmal Kuhtod enthalten, nachdem es in all den Jahren keine einzige Beschwerde gegeben hatte? Vielleicht sollte Agatha sich ein bisschen umhören. Bloß ein paar Fragen stellen. Das war ja kein Verbrechen.

Fröhlich wie seit Langem nicht mehr bezahlte sie ihre Rechnung und gab der sanftmütig aussehenden Kellnerin ein großzügiges Trinkgeld. Als sie dann später durchs Dorf fuhr und in die Lilac Lane einbog, stand die Sonne bereits tief hinter den Bäumen. Sie suchte gerade nach ihrem

Schlüssel, da hörte sie ihr Telefon klingeln, laut und hart-
näckig.

Leise fluchend schloss sie auf. Es war das erste Mal, dass
ihr Telefon klingelte. Hastig stolperte sie zur Tür hinein und
tastete sich durch die Dunkelheit.

»Ich bin's, Roy«, erklang die vertraut affektierte Stimme
ihres ehemaligen Assistenten.

»Wie schön, von dir zu hören!«, rief Agatha in einem
Ton, den sie ihm gegenüber noch nie zuvor angeschlagen
hatte.

»Tja, Aggie, ich hatte gedacht, dass ich dich vielleicht am
Wochenende besuchen komme.«

»Klar. Jederzeit gern.«

»Ich habe einen Freund aus Australien zu Besuch, Steve,
und er möchte unbedingt mal aufs Land. Ist es in Ordnung,
wenn ich ihn mitbringe?«

»Ja, nur zu. Kommt ihr mit dem Wagen?«

»Nein, wir wollten Freitagabend den Zug nehmen.«

»Warte kurz, ich habe einen Fahrplan.« Sie wühlte in ihrer Tasche. »Ja, es gibt einen durchgehenden Zug um zwanzig nach sechs ab Paddington. Mit dem seid ihr in Moreton-in-Marsh um ...«

»Wo?«

»Moreton-in-Marsh.«

»Schätzchen, das klingt reichlich übertrieben nach Agatha Christie.«

»Sei's drum. Ich hole euch am Bahnhof ab.«

»Dieses Wochenende ist der 1. Mai, Aggie, und Steve
will Maibäume und Morris Dancer und den ganzen Kram
sehen.«

»Ich hatte noch keine Zeit, die Plakate zu studieren,
Roy. Ich war mit einem Todesfall beschäftigt.«

»Na, na, hat dich etwa einer von den Bauerntrampeln unsittlich belästigt, Süße?«

»Nein, nicht so was. Ich verrat's dir, wenn wir uns sehen.«

Agatha pfiff munter vor sich hin, als sie eines ihrer nagelneuen Kochbücher aufschlug und nach einem Rezept für den Fisch suchte, den sie am Vortag gekauft hatte. Anscheinend gab es nur lauter extrem exotische Zubereitungsarten. Briet man Fisch nicht einfach? Genau das tat sie, und als er fertig war, fiel ihr auf, dass sie weder Kartoffeln noch Blumenkohl aufgesetzt hatte. Also warf sie eine Tüte Mikrowellen-Pommes in die Mikrowelle und öffnete eine Dose grellgrüne Erbsen. Es schmeckte wirklich gut, stellte Agatha fest. Aber sie hatte auch keinen besonders anspruchsvollen Gaumen.

Am nächsten Tag ging sie zu Harvey's und las aufmerksam die Plakate an der Tür. Ja, es gab Morris Dancing, Maibaumtanzen und am Samstag einen Rummel im Dorf. Die Leute nickten und lächelten ihr zu. Keiner sagte das Wort »Quiche« oder etwas ähnlich Schreckliches. Vergnügt marschierte Agatha wieder nach Hause, wo sie jedoch Mrs. Barr überfiel, ehe sie es durch ihre Gartenpforte geschafft hatte.

»Ich hatte Sie bei der Untersuchung gestern im Gericht in Mircester erwartet«, sagte Mrs. Barr frostig.

»Mich hat niemand gebeten, dorthin zu kommen. Es war ein Unfall. Ich nehme an, die Polizei hat genügend Beweise dafür.«

»Nicht für mich«, entgegnete Mrs. Barr. »Und es wurde nichts darüber gesagt, wie Sie bei dem Wettbewerb betrogen haben.«

Agathas Groll wurde von ihrer Neugier besiegt. »Ach,

nein? Aber es wurde doch gewiss erwähnt, dass ich die Quiche in einem Laden in Chelsea gekauft habe.«

»Oh ja, das schon. Doch keiner sagte ein Wort dazu, dass Sie eine Lügnerin und Betrügerin sind. Die arme Mrs. Cummings-Browne brach völlig zusammen. Solche wie Sie können wir hier im Dorf nicht gebrauchen!«

»Und wie lautete das Ergebnis des Gerichts?«

»Unfalltod, aber Sie haben ihn ermordet, Agatha Raisin. Sie haben ihn mit Ihrer Quiche umgebracht. Genauso gut hätten Sie ihm ein Messer in die Brust rammen können!«

Agathas Augen blitzten. »Ich werde Sie umbringen, Sie bösartige Schreckschraube, wenn Sie sich nicht auf der Stelle verziehen.«

Mit diesen Worten stapfte sie zu ihrem Cottage und blinzelte ihre Tränen fort, entsetzt über ihre Verzweiflung und Schwäche.

Gott sei Dank würde Roy bald kommen. Der gute Roy, dachte Agatha wehmütig. Dass sie ihn immer für einen schrecklich enervierenden, verweichlichten jungen Mann gehalten hatte und mit Freuden gefeuert hätte, wäre er nicht so begnadet im Umgang mit ihren zickigen Popstars gewesen, vergaß sie für den Moment.

Es klopfte an der Tür, und Agatha zuckte zusammen. War das noch ein Einheimischer ohne Manieren, der sie beschimpfen wollte? Doch als sie öffnete, stand Bill Wong vor ihrer Tür.

»Ich wollte Ihnen von der gerichtlichen Untersuchung berichten«, sagte er. »Ich war gestern schon hier, aber Sie waren nicht zu Hause.«

»Nein, da habe ich *Freunde* besucht«, antwortete Agatha betont lässig. »Übrigens besuchen mich zwei von ihnen übers Wochenende. Aber kommen Sie doch rein.«

»Was wollte die Barr von Ihnen?«, fragte er neugierig und folgte Agatha in die Küche.

»Mich des Mordes bezichtigen«, murmelte Agatha, während sie ihre Einkäufe in die Schränke packte. »Möchten Sie einen Kaffee?«

»Ja, gern. Also, die Ermittlungen sind eingestellt. Mr. Cummings-Browne soll verbrannt und seine Asche in Salisbury Plain in alle Winde verstreut werden – im Andenken an seine Armeezeit.«

»Stimmt es, dass Mrs. Cummings-Browne vor Gericht zusammengebrochen ist?«

»Ja, oh ja, das ist sie. Zwei Stück Zucker und einen Schuss Milch bitte. Sehr eindrucksvoll.«

Agatha drehte sich zu ihm um und sah ihn interessiert an. »Sie glauben, das war gespielt?«

»Gut möglich. Aber vor allem hat mich gewundert, wer alles um ihn trauert. Es waren recht viele Damen dort, die in ihre Taschentücher schluchzten.«

»Mit ihren Männern oder allein?«

»Allein.«

Agatha stellte ihm einen Becher Kaffee hin, goss sich selbst welchen ein und setzte sich Bill gegenüber an den Küchentisch.

»Irgendwas stört Sie«, stellte sie fest.

»Ach, der Fall ist abgeschlossen, und ich habe eine Menge anderer Dinge zu tun. In Mircester nehmen die Autodiebstähle überhand.«

»Wann ist Mrs. Cummings-Browne an dem Abend zu Bett gegangen, als ihr Mann starb?«, fragte Agatha.

»Kurz nach Mitternacht.«

»Aber der Red Lion macht um Punkt elf zu, und von dort sind es nur wenige Minuten zu den Cummings-Brownes.«

»Sie sagte, dass er oft lange ausbleibt, mit Freunden etwas trinkt.«

Agatha überlegte. »O-ho! Und schluchzende Damen bei der gerichtlichen Untersuchung. Wie es scheint, war der alte Knabe ein Schwerenöter.«

»Dafür gibt es keine Beweise.«

»Und dennoch gewinnt immer Mrs. Cartwright den Wettbewerb. Warum?«

»Weil sie vielleicht am besten backen kann.«

»Keiner bäckt eine bessere Quiche als Mr. Economides«, konterte Agatha streng.

»Mag sein, doch Sie sind neu hier. Und die Leute geben den Preis lieber einer Einheimischen.«

»Trotzdem …«

»Ich sehe Ihnen an, dass es Ihnen lieber wäre, wir hätten es mit einem Mord zu tun und Sie könnten ein reines Gewissen haben.«

»Warum kommen Sie her, um mir von der Untersuchung zu erzählen?«

»Ich dachte, es interessiert Sie. Im *Gloucestershire Telegraph* von heute steht auch etwas darüber.«

»Haben Sie den?«, fragte Agatha.

Er zog eine verknitterte Zeitung aus seiner Manteltasche und reichte sie ihr. »Seite drei.«

Agatha blätterte hastig.

Vor dem Untersuchungsgericht in Mircester wurde gestern ein Unfalltod durch eine vergiftete Quiche bestätigt. Das Opfer war Mr. Reginald Cummings-Browne, achtundfünfzig Jahre alt, wohnhaft Plumtrees Cottage in Carsely. Detective Chief Inspector Wilkes sagte aus, dass versehentlich Kuhtod in die Spinat-Quiche gelangt sein muss. Die

Quiche hatte Mrs. Agatha Raisin, die erst kürzlich ins
Dorf gezogen ist, bei einem Londoner Feinkosthändler ge-
kauft und bei einem Dorfwettbewerb als selbstgemacht ein-
gereicht. Bei diesem Wettbewerb fungierte der verstorbene
Mr. Cummings-Browne als Preisrichter.
Der Inhaber des Feinkostgeschäfts, Mr. Economides, hatte
der Polizei gegenüber vermutet, dass der Kuhtod versehent-
lich mit dem Spinat vermischt worden sein muss. Es wurde
festgehalten, dass den bedauernswerten Mr. Economides
keine Schuld trifft. Mr. Economides ist griechischer Immi-
grant, fünfundvierzig Jahre alt, und betreibt seit Längerem
das Geschäft »The Quicherie« in World's End in Chelsea.
Mrs. Vera Cummings-Browne, zweiundfünfzig, erlitt wäh-
rend der gerichtlichen Untersuchung einen Schwächeanfall.
Mr. Cummings-Browne war eine angesehene Persönlichkeit
in den Cotswolds …

»Und bla, bla, bla«, sagte Agatha und legte die Zeitung hin.

»Seien Sie froh. Wären da nicht diese Unruhen in dieser
Siedlung in Mircester und die zwei Toten gewesen, hätte
garantiert irgendein Reporter nach der betrügerischen Zugezogenen in Carsely geforscht. Sie haben Glück gehabt.«

Agatha seufzte. »Das wird mir ewig nachhängen, es sei
denn, ich kann beweisen, dass es Mord war.«

»Lassen Sie's, wenn Sie nicht noch mehr Ärger haben
wollen. Für solche Sachen gibt es die Polizei. Am besten
warten Sie ab. Die Leute vergessen schnell. Übrigens hatte
Economides auch Glück. So viel wie gegenwärtig im Na-
hen Osten passiert, hat sich keine einzige Londoner Zeitung an die Story drangehängt.«

»Ich frage mich immer noch, warum Sie hergekommen
sind.«

Er trank seinen Kaffee aus und stand auf.

»Vielleicht mag ich Sie, Agatha Raisin.«

Es war wahrscheinlich das erste Mal in ihrem Leben, dass Agatha rot wurde. Bill sah sie amüsiert an und ging.

4

Agatha war ein bisschen nervös, als sie am Bahnhof von Moreton-in-Marsh auf den Cotswolds Express wartete. Wie würde dieser Freund von Roy sein? Würde sie ihn mögen? Agathas größte Sorge war, dass der Freund sie nicht leiden könnte, aber das wollte sie sich nicht einmal in Gedanken eingestehen.

Das Wetter war gut, aber immer noch kalt, und der Zug, Wunder über Wunder, kam tatsächlich pünktlich. Roy stieg aus, lief ihr entgegen und umarmte sie. Er trug eine Jeans und ein T-Shirt mit dem Aufdruck GEBRAUCHT. Ihm folgte ein schlaksiger junger Mann mit dichtem schwarzen Haar und einem breiten Schnauzer. Er trug eine hellblaue Jeansjacke, Jeans und hochhackige Cowboystiefel. Butch Cassidy besucht Moreton-in-Marsh. Das war also Steve. Er gab ihr einen schwächlichen Händedruck und sah sie mit Welpenaugen an.

»Willkommen in den Cotswolds«, sagte Agatha. »Roy sagte mir, dass du Australier bist. Machst du hier Urlaub?«

»Nein, ich bin Systemanalytiker«, antwortete Steve mit dem englischen Akzent einer Eliza Doolittle, die es noch nicht ganz raushat. »Ich arbeite in der City.«

»Na, dann kommt mit«, sagte Agatha. »Mein Wagen

steht draußen. Ich dachte, ich führe euch heute Abend zum Essen aus. Kochen kann ich nicht besonders.«

»Schamlos untertrieben, Süße.« Roy, der sich zu Steve umwandte, lachte. »Sie hieß bei uns die Mikrowellenkönigin. Meistens hat sie im Büro gegessen, deshalb hatten wir überhaupt eine Mikrowelle. Und aus der futterte sie so grässliche Sachen wie Rajah's Gewürzcurry. Wo essen wir denn, Aggie?«

»Ich dachte an den Red Lion im Dorf.«

Sie entriegelte ihren Saab, doch Roy rührte sich nicht. »Pub-Fraß?«

»Ja.«

»Steak and Kidney Pie mit Pommes, Würstchen mit Pommes, Fisch mit Pommes und Lasagne mit Pommes?«

»Ja, was ist damit?«

»Was damit ist? Mein armer kleiner Magen krampft sich schon bei der Vorstellung daran zusammen. Jeremy, ein Freund von mir, hat gesagt, es gibt ein Superrestaurant im Horse and Groom in Bourton-on-the-Hill. Sind diese Namen nicht spitze, Steve? Och, guck mal, er sabbert schon.« Steve verzog keine Miene. »Die haben baskische Küche und machen alle möglichen Fischsachen. Ach, übrigens, Aggie, kennst du den mit dem Feuer beim Basken-Fußballspiel? Alle rennen nur zu einem der zwei Ausgänge und zerdrücken sich fast gegenseitig. Wieso ist keiner zu dem anderen gelaufen? Der kam ihnen spanisch vor. Kapiert, ihr Süßen?«

»Ja, ja«, sagte Agatha. »Na gut, versuchen wir es mal. Aber wenn die wirklich so gut sind, ist vielleicht kein Tisch mehr frei.«

Wie sich herausstellte, hatte im Horse and Groom gerade jemand seine Reservierung storniert, als sie dort eintrafen. Der Speisesaal war elegant und gemütlich, das Essen hervorragend. Agatha fragte Steve nach seiner Arbeit, bereute es aber bitterlich, denn er gab ihr eine lange, öde Beschreibung von seinem Job im Besonderen und Computern im Allgemeinen.

Selbst Roy wurde den Monolog seines Freundes irgendwann leid und fiel ihm ins Wort. »Was war mit diesem Todesfall, Aggie?«

»Eine schreckliche Geschichte«, antwortete sie. »Ich hatte eine Spinat-Quiche beim Dorfwettbewerb eingereicht. Und einer der Preisrichter hat sie gegessen und ist an einer Vergiftung gestorben.«

Roys Augen funkelten amüsiert. »Du konntest noch nie kochen oder backen, Schätzchen.«

»Die war gar nicht von mir«, entgegnete Agatha. »Ich hatte die Quiche in der Quicherie in Chelsea gekauft.«

Steve sah sie ernst an. »Reicht man bei solchen Wettbewerben nicht selbstgemachte Sachen ein?«

»Ja, aber ...«

»Das war mal wieder einer ihrer miesen Tricks«, krähte Roy. »Wer war der Preisrichter, und woran ist er gestorben?«

»Mr. Cummings-Browne. Kuhtodvergiftung.«

»An einer Kuhkrankheit? Was soll das sein? Eine von diesen komischen Bauernkrankheiten wie Schweinepest oder Wurzelfäule?«

»Nein, Kuhtod ist eine Pflanze. Sie muss in den Spinat geraten sein, den Mr. Economides für seine Quiche genommen hat.«

Steve legte seine Gabel ab und betrachtete Agatha noch ernster. »Also hast du ihn umgebracht.«

Roy schrie vor Lachen, warf die Beine in die Luft, dass

er von seinem Stuhl fiel, und wand sich gackernd auf dem Teppich des Restaurants. Die anderen Gäste sahen ihn mit jenem gefrorenen, höflichen Lächeln an, mit dem Engländer gemeinhin unangemessenes Benehmen quittieren.

»Oh, Aggie«, keuchte Roy, nachdem sein Freund ihn und den Stuhl wieder aufgerichtet hatte, »du bist die Größte!«

Geduldig schilderte Agatha die ganze Geschichte. Es war ein tragischer Unfall gewesen.

»Und was sagen die Bauerntrampel?«, fragte Roy, der sich die tränenden Augen trocknete. »Bist du jetzt die Lucrezia Borgia der Cotswolds?«

»Schwer zu sagen, was sie denken«, sagte Agatha. »Aber ich sollte wohl lieber verkaufen. Der ganze Umzug nach Carsely war eine blöde Idee.«

»Warte mal«, sagte Steve, der sorgfältig ein Stück Hummerfleisch aus der Schale pulte und es sich dann in den Mund steckte. »Wo wächst dieser Kuhtod?«

»In den West Midlands, und dies, wie die Polizei so scharfsinnig anmerkte, sind die West Midlands.«

Steve runzelte die Stirn. »Wächst er auch auf Feldern, auf denen Gemüse angebaut wird?«

Agatha überlegte, was sie in dem Buch bei Foyle's gelesen hatte. »Nein, er wächst in Sumpfgebieten.«

»Ich habe gehört, dass die Cotswolds für ihren Spargel und die Erdbeeren berühmt sind … ach, und Pflaumen«, sagte Steve. »Das habe ich gelesen. Aber nicht für Spinat. Und wie kommt eine Sumpfpflanze auf ein Spinatfeld?«

»Keine Ahnung«, antwortete Agatha. »Soweit ich weiß, wächst sie auch in anderen Teilen Großbritanniens. Ich meine, das Zeug in Covent Garden kommt von überall her, aus England und aus dem Ausland.«

Steve schüttelte langsam den Kopf. Sein Mund stand offen, als er auf ein weiteres Stück Hummer blickte. »Was ist? Überlegst du, ob wir einen Monat mit ›R‹ haben?«, fragte Roy. »Du siehst aus wie eine dieser Schießbudenfiguren, denen man einen Ball in den Mund werfen muss.«

»So etwas passiert nicht einfach so«, sagte Steve.

»Was?«

»Na, pass auf. Ein Spinatfeld wird abgeerntet. Irgendwie gerät eine Sumpfpflanze in den Spinat. Klar? Aber wieso ist dann keiner sonst tot umgefallen? Wie gelangt alles ausgerechnet in diese eine Quiche? Ein wenig Kuhtod hätte zwangsläufig auch in einer *anderen* Quiche landen müssen. Und in diesem Fall hätte noch einer von Economides' Kunden ins Gras gebissen.«

»Tja, das wird sich die Polizei sicher angesehen haben«, sagte Roy ein klein wenig gereizt. Ihm gefiel nicht, dass Steve das Gespräch beherrschte.

Steve schüttelte bedächtig den Kopf.

»Jetzt bleiben wir mal auf dem Teppich«, sagte Agatha. »Wer sollte denn wissen, dass ich wütend davonmarschieren und die Quiche dalassen würde? Oder dass die Cummings-Brownes sie mit nach Hause nehmen? Der Vikar hätte sie auch einem bedürftigen Rentner geben können. Oder Lord Pendlebury hätte sie für sich eingepackt.«

»Wann hast du die Quiche zum Wettbewerb gebracht?«, fragte Steve.

»Am Abend zuvor.«

»Dann stand sie eine Nacht lang unbewacht in der Schule? Jemand könnte eine andere Quiche mit Kuhtod darin gebacken und gegen deine ausgetauscht haben.«

»Womit wir wieder beim Motiv wären«, sagte Agatha. »Nehmen wir an, jemand hat meine Quiche tatsächlich ausgetauscht. Wer sollte wissen, dass Cummings-Browne sie mit nach Hause nimmt? Ich wusste vorher ja selbst nicht, dass ich sie nicht wieder mitnehmen würde.«

»Aber vielleicht war das Gift ja auch für dich bestimmt«, antwortete Steve. »Verstehst du nicht? Selbst wenn du den Wettbewerb gewonnen hättest, hätte nur das kleine Probierstück für den Preisrichter gefehlt. Und dann hättest du den Rest wieder mit nach Hause gebracht.« Er beugte sich vor. »Wer hasst dich so sehr?«

Agatha dachte an Mrs. Barr und zuckte mit den Schultern. »Das ist lächerlich. Liest du Agatha Christie?«

»Ständig«, bestätigte Steve.

»Tja, ich auch, aber so entzückend diese Detektivgeschichten auch sind, glaub mir, Morde passieren gewöhnlich spontan, brutal und in Städten. Ein betrunkener Dreckskerl von Ehemann etwa, der seine Frau totprügelt. Begreifst du denn nicht? Ich *möchte* einfach gern, dass es Mord war.«

»Ja, das ist klar. Weil du als Betrügerin aufgeflogen bist.«

»Äh, warte mal …«

»Trotzdem sieht das alles sehr merkwürdig aus.«

Agatha verstummte. Hätte sie doch nur niemals versucht, diesen blöden Wettbewerb zu gewinnen!

Als sie bezahlte und ihre Gäste hinaus in die Nacht scheuchte, überkam sie wieder das Gefühl, schrecklich allein zu sein. Sie hatte ein ganzes Wochenende mit diesem lustigen Pärchen vor sich, und dennoch schien die Anwesenheit der beiden Männer Agathas Einsamkeit nur noch mehr hervorzuheben. Roy lag rein gar nichts an ihr. Sein Freund wollte das ländliche England sehen, und da kam ihm Agatha gerade recht.

Roy besichtigte ihr Cottage eingehend. »Sehr niedlich, Aggie«, lautete sein Urteil. »Nachgemachtes Messing-Zaumzeug! Tss, tss! Und diese ganzen Farmwerkzeuge!«

»Was hattest du erwartet?«, fragte Agatha verärgert.

»Ich weiß nicht, Süße. Das sieht aus wie eine Theaterkulisse, kein bisschen nach Aggie.«

»Ich könnte mir eine Erklärung vorstellen«, sagte Steve. »Es gibt Leute, deren Persönlichkeit sich nicht in ihrer Einrichtung widerspiegelt. Typen, die nicht häuslich sind.«

»Und es gibt Leute, die irgendwann genug gehört haben«, bemerkte Agatha spitz. »Ab ins Bett mit euch. Ich bin müde. Die Dorfveranstaltungen fangen erst morgen Mittag an. Ihr könnt also ruhig ausschlafen.«

Am nächsten Morgen übernahm Roy die Küche, als er sah, dass Agatha die Würstchen fürs Frühstück in der Mikrowelle aufwärmen wollte. Während er fröhlich vor sich hin pfiff, bereitete er alles zu, und Agatha sagte ihm, dass er irgendwann eine gute Ehefrau für jemanden wäre. »Eher als du, Agatha«, bestätigte er munter. »Ein Wunder, dass dich die ganzen Mikrowellen-Currys nicht längst ins Grab gebracht haben.«

Steve kam in einem blau-goldgestreiften Bademantel mit dem Wappen eines Kricket-Clubs die Treppe herunter. »Hat er von einem Marktstand«, erklärte Roy. »Gib dir keine Mühe, mit ihm zu reden, Aggie. Er wird erst wach, wenn er seine erste Tasse Kaffee intus hat.«

Agatha las die Morgenzeitung, nachdem sie sie einmal auf der Suche nach einem Artikel über die Quiche-Vergiftung durchgeblättert hatte. Doch der Todesfall wurde nicht mehr erwähnt.

Der Vormittag verging angenehm ruhig, und mittags machten sie sich auf den Weg zur Hauptstraße. Roy schlug lauter Räder auf dem Weg an Mrs. Barrs Haus vorbei. Drinnen zuckte die Gardine an einem Fenster, wie Agatha sah.

Steve holte ein großes Notizbuch hervor, um alles über

die Feierlichkeiten aufzuschreiben, die mit der Krönung der Maikönigin begannen, einem hübschen kleinen Schulmädchen mit einer zarten, altmodischen Figur. Eigentlich sahen alle Schulkinder wie Illustrationen aus einem antiquarischen Buch aus, so unschuldig und noch gar nicht entwickelt. Aus London war Agatha Schulmädchen mit Brüsten und richtigen Hintern gewöhnt. Die Königin auf ihrem Wagen wurde von Morris-Tänzern mit blumengeschmückten Hüten und Glöckchen an den Knien gezogen. Roy war enttäuscht von ihnen, wahrscheinlich weil sie trotz der Blumenhüte wie ein trinkfreudiges Rugbyteam aussahen und von einem weißhaarigen Mann angeführt wurden, der diverse Leute im Publikum mit einer Schweineblase schlug. »Die soll fruchtbar machen«, sagte Steve versonnen, worauf Roy vor Lachen schrie und Agatha sich für ihn schämte.

Sie schlenderten an den Ständen entlang, die auf der Hauptstraße aufgebaut worden waren. Jeder verkaufte irgendetwas für irgendeinen guten Zweck. Agatha hielt sich bewusst fern von dem Stand mit Selbstgebackenem. Bei einer Tombola gewann Roy eine Büchse Sardinen und war so begeistert darüber, dass er ein Los nach dem anderen kaufte, bis er es schaffte, noch eine Flasche Scotch zu gewinnen. Beim Kegeln versuchten sie alle drei ihr Glück. Die Dorfkapelle spielte Songs aus verschiedenen Musicals, und dann traten wieder die Morris Dancer auf. Begleitet von Fiedel und Akkordeon hüpften sie über den sonnenbeschienenen Platz. »Ist euch bewusst, dass ihr einen Anachronismus lebt?«, fragte Steve nachdenklich und kritzelte eifrig in sein Notizbuch.

Roy wollte mehr Lose ziehen, und er und Steve entfernten sich. Agatha stöberte an einem Stand nach ein paar Secondhand-Büchern, bis sie bemerkte, wer hinter dem Tisch stand. Mrs. Cartwright!

Wie Agatha bereits beim Wettbewerb aufgefallen war, stach ihr dunkler Teint deutlich aus den rosigen und blassen Gesichtern der Dorfbewohner heraus. Das krause schwarze Haar hing ihr offen über den Rücken, und sie hatte die kräftigen Arme vor ihrem üppigen Busen verschränkt.

»Mrs. Cartwright?«, sagte Agatha zaghaft. Die Frau sah sie an. »Ah, Sie müssen Mrs. Raisin sein! Eine schlimme Sache, das mit der Quiche.«

»Ich verstehe überhaupt nicht, was da passiert ist. Ja, ich hätte sie nicht kaufen dürfen, dennoch bleibt die Frage, wie in aller Welt Kuhtod in eine Londoner Quiche kommt?«

»London ist voll von schlimmen Dingen«, sagte Mrs. Cartwright und richtete einen umgekippten Stapel mit Taschenbüchern auf.

»Tja, jedenfalls werde ich wohl verkaufen müssen«, sagte Agatha. »Nach dem, was passiert ist, kann ich nicht hierbleiben.«

»'s war ein Unfall. Nach einem Unfall läuft man nicht einfach weg. Außerdem fand ich es richtig gut, dass eine aus London meint, sie muss eine Quiche *kaufen*, um mit mir zu konkurrieren.«

Agatha lächelte süßlich. »Ich habe schon gehört, dass Sie die beste Bäckerin in den Cotswolds sind. Wenn es Ihnen recht ist, würde ich wirklich gern mit Ihnen übers Backen reden. Darf ich Sie bei Gelegenheit besuchen kommen?«

»Jederzeit«, sagte Mrs. Cartwright wenig euphorisch. »Judd's Cottage, hinterm Red Lion in der alten Station Road.«

Roy kam herbeistolziert, und Agatha ging rasch mit ihm weiter. Sie wollte auf keinen Fall, dass er Mrs. Cartwright mit seinem Geplapper und seinem affektierten Gehabe verschreckte. Allmählich fühlte Agatha sich besser. Mrs. Cartwright hatte sie weder eine Betrügerin genannt noch sonst irgendwie beschimpft oder unfreundlich behandelt.

Doch dann, Steve und Roy hatten sich wieder zu ihr gesellt und sie wollten sich auf den Heimweg machen, kam ihnen plötzlich Mrs. Barr entgegen. Sie blieb vor Agatha stehen und funkelte sie zornig an. »Mich erstaunt, dass Sie es wagen, sich hier am helllichten Tage zu zeigen«, sagte sie.

»Huch? Da wird wohl jemand von seinem Hüfthalter gezwickt, was?«, fragte Roy.

»Diese Frau«, Mrs. Barr nickte zu Agatha, »hat den Tod eines unserer angesehensten Gemeindemitglieder verschuldet. Sie hat ihn vergiftet!«

»Das war ein Unfall«, erwiderte Roy, ehe Agatha den Mund aufmachte. »Husch, husch, hinfort, Gewitterziege. Komm, Aggie.«

Mrs. Barr öffnete und schloss ihren Mund wie ein Fisch auf dem Trockenen, sprachlos vor Empörung. Roy zog Agatha an ihr vorbei.

»Was für eine alte Kuh«, sagte Roy, als sie in die Lilac Lane einbogen. »Was hat die eigentlich für ein Problem?«

»Ich habe ihr die Putzfrau gestohlen.«

»Ah, das ist wahrlich ein Schwerverbrechen! Es wurden schon Morde für weniger begangen. Bring uns nach Bourton-on-the-Water, Aggie. Steve will es sehen, und wir haben seit dem opulenten Frühstück nichts mehr gegessen.«

Zwar fühlte sich Agatha von ihrem Zusammenstoß mit Mrs. Barr noch ein wenig mitgenommen, aber sie holte brav ihren Wagen. »Stow-on-the-Wold«, krähte Roy eine Viertelstunde später, als Agatha an einem Dorf vorbeifuhr. »Das müssen wir uns angucken!« Also kehrte Agatha um, fuhr auf den Dorfplatz und schoss mit ihrem Saab in die letzte freie Parklücke, in die eben ein Familienvan zurücksetzen wollte.

So viele Morris Dancer hatte sie noch nie gesehen. Sie schienen überall zu sein und waren viel temperamentvoller als die in Carsely. Gegen ihr Springen und Taschentücherschwenken nahm sich Nijinsky wie eine lahme Ente aus.

»Ich denke, wer *einmal* Morris Dancer gesehen hat, kennt sie alle«, konstatierte Roy. »Steck dein verdammtes Notizbuch ein, Steve!«

»Das ist wirklich sehr interessant«, sagte Steve. »Einige Quellen sagen, das Morris Dancing hieß ursprünglich Moorish Dancing und wurde demnach von Mauren eingeführt. Was meinst du?«

»Ich meine ... gähn, gähn, gähn«, antwortete Roy jammernd. »Fahren wir und kosten den kosmopoliten Charme von Bourton-on-the-Water.«

Zweifellos ist Bourton-on-the-Water eines der hübschesten Dörfer in den Cotswolds. Mitten durch das Dorf fließt ein kristallklarer Fluss, den mehrere Steinbrücken überspannen. Leider ist das Dorf wegen seiner sagenumwobenen Schönheit auch ständig voller Touristen. Und an diesem Maifeiertag waren sie in solchen Scharen herbeigeströmt, dass Agatha sich nach den friedlichen Straßen Londons sehnte. Überall waren Touristen: große Familien, klebrige, quengelnde Kinder, Busladungen walisischer Rentner, muskelbepackte, tätowierte Männer aus Birmingham. Junge Lolitas in weißen, hochgeschlitzten Röcken stöckelten eisschleckend auf hohen weißen Schuhen umher und kicherten über alles, was ihnen begegnete. Steve wollte alles sehen, was es gab, von den Kunstgalerien bis hin zu den Museen. Agatha fühlte sich deprimiert, denn viele der Dorfmuseen stellten Dinge aus, die sie noch aus ihrer Jugend kannte, und eigentlich sollten in Museen nur wirklich alte Sachen gezeigt werden. Das Dorf bot auch ein Motorenmuseum, gleichfalls gerappelt voll mit Touristen, und unglücklicherweise hatte jemand Steve vom Birdland erzählt, dem Vogelpark am Ende des Dorfes. Folglich mussten sie dort auch hin, Vögel anstarren und Pinguine bewundern. Schon oft hatte Agatha sich gefragt, wie es sein musste, in Hongkong oder Tokio zu leben. Hier hatte sie die Antwort. Überall Leute. Überall *essende* Leute: Eiscreme, Schokoriegel, Hamburger, Pommes frites … lauter englische Kiefer, die schmatzten, malmten, kauten. Und die Menschen schienen das Gewimmel zu genießen, mit Ausnahme der kleinen Kinder, die müde waren und quengelten, während sie von ihren gleichgültigen Eltern durch die Straßen gezerrt wurden.

Es wurde bereits merklich kühler, als Steve endlich mit einem zufriedenen Seufzer sein Notizbuch zuschlug. Er sah auf seine Uhr. »Ist ja erst halb vier«, sagte er. »Wir können es noch nach Stratford-upon-Avon schaffen. Ich muss unbedingt an Shakespeares Geburtsort gewesen sein!«

Agatha stöhnte im Geiste. Vor gar nicht langer Zeit hätte sie ihm gesagt, das könne er vergessen und dass sie sich zu Tode langweilte und müde wäre. Aber der Gedanke an Carsely und Mrs. Barr reichte, dass sie artig mit ihnen zum Parkplatz ging und Richtung Stratford fuhr.

Sie parkte im mehrgeschossigen Parkhaus und stürzte sich mit Roy und Steve ins Getümmel. Hier gab es noch viel mehr Leute und diesmal aus allen erdenklichen Nationen. Sie ließen sich mit der Menge durch Shakespeares Zuhause treiben, einen seltsam seelenlosen Ort, wie Agatha abermals befand. Das Haus war zu Tode restauriert worden, und Agatha konnte nicht umhin zu vermuten, dass die alten Pubs in den Cotswolds im Vergleich dazu antiker wirkten.

Anschließend ging es nach unten, um den Avon anzusehen, gefolgt von Steves Suche nach Karten für die *King Lear*-Aufführung der Royal Shakespeare Company am Abend. Zu Agathas Verdruss konnte er sogar welche ergattern.

Mit knurrendem Magen, weil sie immer noch nichts gegessen hatten, hockte Agatha im dunklen Theater. Ihre Gedanken schweiften bald ab zum ... Mord? Es konnte sicher nicht schaden, ein bisschen mehr über Mr. Cummings-Browne herauszufinden. Mrs. Simpson hatte die Leiche gefunden, doch wie hatte Mrs. Cummings-Browne reagiert? Der erste Akt verstrich, ohne dass Agatha auch nur Bruchstücke der Handlung mitbekam. Nach zwei großen Gläsern Gin in der Pause war sie ziemlich beschwipst. Wieder einmal malte sie sich aus, wie sie den Fall lösen und so die Anerkennung der Dorfbewohner gewinnen würde. Beim letzten Akt schlief sie tief und fest, und der wortgewaltige Shakespeare stieß bei ihr auf taube Ohren.

Erst als sie nach draußen gingen – schon wieder durch Menschenmassen –, wurde Agatha klar, dass sie nichts zu essen im Haus hatte und es für einen Restaurantbesuch zu spät war. Aber Steve, der irgendwann im Laufe des Tages eine Tragetasche bei sich gehabt hatte, verkündete, er hätte im Birdland frische Forellen gekauft und plante, abends für sie zu kochen.

»Du solltest echt hier Wurzeln schlagen und bleiben, Aggie«, sagte Roy, als sie vor Agathas Cottage ausstiegen. »Keine Leute. Ruhe. Frieden. Du hast Glück, dass du nicht in einem Touristendorf wohnst. Verirren sich überhaupt mal Touristen hierher?«

»Im Red Lion gibt es Zimmer, glaube ich«, antwortete Agatha. »Und ein paar Leute vermieten ihre Cottages, aber viele sind es nicht.«

»Trinken wir was, solange Steve kocht«, schlug Roy vor und sah sich in Agathas Wohnzimmer um. »An deiner Stelle würde ich diesen ganzen kitschigen Krempel rausschmeißen, die Becher und das falsche Zaumzeug und die Farmwerkzeuge. Schaff dir ein paar Bilder und Blumenschalen an. Und ein Feuerkorb bringt's echt nicht, schon gar nicht so ein nachgemachter, pseudo-mittelalterlicher. In einem gemauerten Kamin verbrennt man richtige Holzscheite.«

»Nein, zu dem Feuerkorb stehe ich«, sagte Agatha, »aber von einigen anderen Dingen werde ich mich wohl trennen.« Sie dachte sich: Die sammeln hier doch allen möglichen Kram für wohltätige Zwecke. Ich könnte am Dienstag den Wagen beladen und alles zum Pfarrhaus bringen. Dann mache ich mich gleich ein bisschen beliebt.

Das Essen war fantastisch. Ich muss dringend Kochen lernen, ermahnte sich Agatha, etwas anderes habe ich ja sowieso nicht zu tun. Steve schlug sein Notizbuch auf. »Morgen würde ich gerne nach Warwick Castle fahren, falls es dir nicht zu viel ist, Agatha.«

Agatha stöhnte. »Warwick Castle ist wie Bourton-on-the-Water. Die Burg platzt vor Touristen aus allen Nähten.«

»Aber hier steht«, sagte Steve, der einen Reiseführer zückte, »dass sie eine der schönsten Mittelalterburgen in England ist.«

»Ja, kann schon sein, aber …«

»Ich möchte da wirklich sehr gerne hin.«

»Na gut! Dann fahren wir aber zeitig los. Wir sollten versuchen, vor den ersten Busladungen dort zu sein.«

Warwick Castle war ein Touristentraum. Die Burg bot

alles, von den Zinnen und Türmen bis hin zur Folterkammer und dem Kerker. Es gab Zimmer, in denen Madame Toussauds Wachsfiguren eine viktorianische Hausgesellschaft nachstellten. An der Einfahrt standen überall Schilder: VORSICHT! FREILAUFENDE PFAUEN! Zur Burg gehörten noch ein Rosen- und ein Pfauengarten. Es würde also einige Zeit dauern, die ganze Anlage zu besichtigen, und exakt das hatte Steve vor. Mit schier unerschöpflicher Begeisterung kletterte er die Türme hinauf, lief die Wachgänge entlang und stieg hinunter zu den Kerkern. Er war so fasziniert, dass er die Touristenmengen hinter sich gar nicht wahrnahm, blieb mitten im Prunkgemach stehen und machte sich Notizen. »Willst du über alles hier schreiben?«, fragte Agatha ungeduldig.

»Nur in Briefen«, sagte Steve. Jede Woche schrieb er einen langen Brief an seine Mutter in Sydney. Agatha hoffte, bald fahren zu können, aber die Tyrannei durch das Notizbuch wurde nur von jener durch die Videokamera abgelöst. Steve bestand darauf, dass sie nach ganz oben auf einen der Wachtürme stiegen und er Agatha und Roy filmte, wie sie sich gegen eine zinnenbewehrte Brüstung lehnten.

Agathas Füße schmerzten, als sie wieder ins Auto stiegen. Sie aßen in einem Pub in Warwick zu Mittag, und Agatha, wie betäubt vor Müdigkeit, stimmte blindlings einer Rundfahrt durch die Cotswolds-Dörfer zu, die sie noch nicht gesehen hatten und deren Namen Steve reizten: Upper und Lower Slaughter, Aston Magna, Chipping Campden und so fort. In Chipping Campden fand Steve geöffnete Geschäfte und kaufte weitere Lebensmittel ein.

Nach dem Abendessen war Agatha so müde, dass sie nur noch ins Bett wollte. Bedauerlicherweise stellte sich heraus, dass Steves Kamera zu jener Sorte gehörte, die man in einen handelsüblichen Fernseher einstöpseln konnte, um die Aufnahmen sofort anzusehen.

Agatha lehnte sich mit halbgeschlossenen Augen in ihrem Sessel zurück. Sie hasste es, sich selbst gefilmt zu sehen. Roys Geschrei schreckte sie auf. »Warte mal! In Warwick Castle. Oben auf dem Turm, da, die Frau da! Aggie, guck doch mal! Spul zurück, Steve.«

Der Film flackerte zurück und lief dann wieder an. Agatha und Roy waren oben auf dem Turm zu sehen. Roy gackerte und machte Blödsinn. Dann fuhr die Kamera langsam über die Umgebung, Zentimeter für Zentimeter, wie es Agatha vorkam. Offenbar wollte Steve den klassischen Amateurfehler eines zu schnellen Kameraschwenks vermeiden. Und plötzlich war eine Frau im Bild, die nur ein kleines Stück von Agatha und Roy entfernt stand. Eine ziemlich altjüngferliche Gestalt in einer Tweedjacke, einem Glockenrock aus Tweed und flachen Schuhen. Hasserfüllt starrte sie Agatha an und hatte ihre Finger zu Krallen gekrümmt. Die Kamera bewegte sich wieder zu Agatha und Roy zurück.

»Auftritt Mordverdächtige, Klappe, die erste«, sagte Roy. »Kennst du die, Aggie?«

Agatha schüttelte den Kopf. »Ich habe diese Frau noch nie gesehen, jedenfalls nicht im Dorf. Spiel das Stück noch mal ab.«

Da waren die hasserfüllten Augen wieder. »Vielleicht hat sie gar nicht mich so angeguckt«, sagte Agatha. »Vielleicht ist ihr Mann gerade die Treppe heraufgekommen.« Sie sah zu Steve, der stumm verneinte und sagte: »Sonst war da keiner. Ich erinnere mich, dass ich die Frau erst bemerkt habe, als ich sie zufällig filmte. Und als ich fertig war, schwärmten haufenweise Touristen heran.«

»Wie seltsam.« Roy starrte mit leerem Blick auf den nun

ebenfalls leeren Bildschirm. »Wie gut kann sie dich kennen, um dich so zu hassen? Hatten wir irgendwas Komisches gesagt?«

»Roy hat Blödsinn gemacht«, antwortete Agatha matt. »Schade, dass du keinen Ton hast, Steve.«

»Ach so, nein, stimmt nicht. Bei der Aufnahme hier habe ich welchen. Normalerweise ist mir der Ton egal, weil ich Musik aufspiele, ehe ich die Kassetten an meine Mutter schicke.«

»Dann mach den Ton lauter!«, befahl Roy, der neugierig wurde.

Als Erstes hörten sie die Windgeräusche oben auf dem Turm. Dann kam Roys Stimme: »Soll Aggie sich wie Tosca von den Zinnen stürzen?« Und Agatha sagte: »Oh Roy, vergiss es. Mann, ist das kalt hier!«

Von Roy folgte in theatralischem Tonfall: »So kalt wie das Grab, in das Mr. Cummings-Browne dank deiner Quiche fuhr, Agatha.«

Agathas Stimme erwiderte gereizt: »Er ist in keinem Grab! Er wurde auf dem Salisbury Plain in alle Winde verstreut. Reicht das jetzt, Steve?«

Dann sagte Steve: »Nur noch ein bisschen«, und nun folgte die Einblendung der wütenden Frau.

»Und du behauptest, dass dich keiner hasst!«, spottete Roy. »Die sieht aus, als wollte sie dich umbringen. Wer das wohl ist?«

»Ich mache zu Hause einen Ausdruck davon und schick ihn dir«, sagte Steve. »Dann hast du wenigstens einen Ausgangspunkt. Sie muss von Cummings-Brownes Tod gewusst haben.«

Agatha war stumm. Auch ohne Foto würde sie dieses Gesicht und den hasserfüllten Blick nie vergessen.

»Nachti-Nacht«, sagte Roy. »Welchen Zug müssen wir morgen nehmen?«

Agatha stand auf. »Am Feiertag fahren die Regionalzüge nicht so oft. Ich bringe euch nach Oxford, lade euch zwei zum Mittagessen ein, und dann nehmt ihr den Zug von dort.«

Sie hatte gedacht, dass sie froh wäre, die beiden wieder los zu sein, aber als sie sich auf dem Bahnsteig in Oxford von ihnen verabschiedete, wünschte sie sich auf einmal, sie würden nicht fahren.

»Kommt gerne wieder«, sagte sie. »Jederzeit.«

Roy gab ihr einen feuchten Schmatzer auf die Wange. »Machen wir, Aggie. War ein super Wochenende.«

Der Schaffner pfiff, Roy sprang zu Steve in den Waggon, und der Zug setzte sich in Bewegung.

Gedankenverloren blickte Agatha den Wagen nach, bis sie hinter einer Biegung verschwanden, bevor sie langsam nach draußen zum Parkplatz ging. Sie hatte ein bisschen Angst und wäre am liebsten mit den beiden Männern nach London gefahren. Warum hatte sie bloß ihren Job aufgegeben?

Doch nun war ihr Zuhause in Carsely, in einem Tal in den Cotswolds Hills. Carsely, wo sie sich blamiert hatte, wo sie nicht dazugehörte und nie dazugehören würde.

5

Am nächsten Tag belud Agatha ihren Saab mit Figuren-
krügen, Zinnbechern, falschem Zaumzeug und Farmwerk-
zeugen und fuhr den kurzen Weg zum Pfarrhaus.

Mrs. Simpson war damit beschäftigt, das Cottage zu putzen. Mittags wollte Agatha mit ihr reden. Es mochte mit der
Vergiftung zu tun haben, jedenfalls sagte Mrs. Simpson wieder Mrs. Raisin zu Agatha, sodass Agatha sich gezwungen
sah, sie mit Mrs. Simpson statt mit Doris anzusprechen. Sie
war fleißig und korrekt, aber sie wirkte auch misstrauisch.
Wenigstens hatte sie heute nicht ihr eigenes Mittagessen
mitgebracht.

Mrs. Bloxby, die Vikarsfrau, machte Agatha selbst auf.
Weil sie fürchtete, abgewiesen zu werden, erzählte Agatha
hastig, dass sie nur schnell ein paar Sachen brächte, von denen sie hoffte, dass die Kirche sie für einen guten Zweck
verwenden könnte.

»Wie nett von Ihnen«, sagte Mrs. Bloxby. »Alf!«, rief sie
über ihre Schulter, »Mrs. Raisin bringt uns Sachen, die sie
spenden möchte. Kommst du bitte her und hilfst uns?« Agatha war verwundert. Vikare sollten keine schlichten Namen wie Alf tragen, eher solche wie Peregrine, Hilary oder
Aloysius.

Zu dritt trugen sie die Kartons ins Wohnzimmer des Pfarrhauses, wo Agatha einige Stücke herausnahm, um sie zu zeigen. »Meine liebe Mrs. Raisin«, rief Mrs. Bloxby aus, »sind Sie sicher? Sie können diese Sachen verkaufen und viel Geld dafür bekommen. Ich meine, nicht für das Zaumzeug, aber die Krüge und die Farmwerkzeuge sind echt. Dies hier«, sie hielt ein glänzendes Folterinstrument in die Höhe, »ist eine ganz alte Maulwurffalle. Von denen findet man heute kaum noch welche.«

»Nein, ich freue mich, wenn Sie durch den Verkauf ein wenig Geld einnehmen. Aber geben Sie das bitte einer Wohltätigkeitsorganisation, die es nicht gleich für Cocktailpartys oder politische Kontaktpflege verprasst.«

»Aber natürlich«, antwortete der Vikar. »Wir unterstützen vor allem die Krebsforschung und die Kinderhilfe. Dürfen wir Ihnen eine Tasse Kaffee anbieten, Mrs. Raisin?«

»Sehr gerne.«

»Ich lasse Sie dann in der Obhut meiner Frau, wenn Sie erlauben. Ich muss noch die Predigten für Sonntag vorbereiten.«

»Predigten?«

»Ich predige in drei Kirchen.«

»Warum halten sie nicht in allen dreien denselben Gottesdienst?«

»Verlockend, doch es wäre wohl kaum ein Zeichen, dass mir an der jeweiligen Gemeinde liegt.«

Der Vikar zog sich zurück, und seine Frau ging in die Küche, um Kaffee zu machen. Agatha blieb allein im Wohnzimmer zurück und sah sich um. Das Pfarrhaus musste sehr alt sein. Die Fensterrahmen wie auch der Fußboden hatten zweifellos bessere Zeiten erlebt. Es gab keinen Teppichboden wie in Agathas Cottage, dafür alte Dielenbretter, die wie schwarzes Glas schimmerten, und in der Mitte einen bunten Perserteppich. Im Kamin glühten Holzscheite, und auf einem kleinen Beistelltisch stand eine Potpourri-Schale, auf einem anderen Tischchen eine Vase mit Blumen. Die niedrige Fensterbank schmückte eine Schale mit Hyazinthen. Die Sessel waren abgewetzt, und Agatha rückte ein wenig auf den Federpolstern hin und her. Der Couchtisch vor ihr war neu, von jener Sorte, die man in Heimwerkermärkten kaufte und selbst zusammenschraubte. Bedeckt mit Zeitungen, Zeitschriften und einem halbfertig gestickten Kissenbezug fügte er sich gut in die Einrichtung des Zimmers ein. In Jahrzehnten, die sie dem Kaminrauch ausgesetzt gewesen waren, hatten sich die Deckenbalken schwarz gefärbt. Neben einer schwachen Lavendelnote und dem Kamingeruch duftete es nach den Hyazinthen und dem Potpourri.

Alles strahlte Behaglichkeit und *Güte* aus. Agatha beschloss, dass Reverend Bloxby zur raren Spezies von Männern in der anglikanischen Kirche gehörte, die tatsächlich glaubten, was sie predigten. Zum ersten Mal seit ihrer Ankunft in Carsely fühlte sich Agatha nicht angegriffen, und als die Tür aufging und die Vikarsfrau erschien, überkam sie der dringende Wunsch, von ihr gemocht zu werden.

»Ich habe ein paar Crumpets getoastet«, sagte Mrs. Bloxby. »Es ist immer noch so kalt. Allmählich werde ich es leid, immerzu den Kamin anzufeuern. Ich nehme an, in Ihrem Cottage gibt es eine Zentralheizung, also haben Sie das Problem nicht.«

»Ihr Haus ist wunderschön«, sagte Agatha.

»Danke. Milch und Zucker?« Mrs. Bloxby hatte ein zartes Gesicht, in dem sich Falten zeigten, und ihr braunes Haar war von grauen Strähnen durchwirkt. Sie war schlank, beinahe zierlich und hatte lange, feingliedrige Hände.

»Und leben Sie sich gut ein, Mrs. Raisin?«

»Eigentlich nicht. Vielleicht ziehe ich wieder fort.«

»Ah, wegen Ihrer Quiche«, sagte Mrs. Bloxbury unaufgeregt. »Probieren Sie einen Teekuchen. Ich backe sie selbst, und sie zählen zu den wenigen Sachen, die mir gelingen. Ja, eine schreckliche Geschichte. Der arme Mr. Cummings-Browne.«

»Die Leute müssen mich für einen furchtbaren Menschen halten«, sagte Agatha.

»Nun, es war Pech, dass in dieser teuflischen Quiche Kuhtod war, aber glauben Sie mir, in den Dörfern wird bei solchen Wettbewerben ständig geschummelt. Sie sind nicht die Erste.«

Agatha nahm sich einen vor Butter triefenden Teekuchen und sah die Vikarsfrau erstaunt an. »Bin ich nicht?«

»Nein, nein. Warten Sie, da war vor fünf Jahren Miss Tenby. Sie war neu hergezogen und wollte um jeden Preis den Blumenwettbewerb gewinnen. Also bestellte sie ein Blumengesteck beim Floristen in St. Anne's. Ganz unverhohlen. Es war ein sehr hübsches Gesteck, allerdings hatten die Nachbarn gesehen, wie der Lieferwagen des Floristen es brachte, und so flog alles auf. Dann war da die alte Mrs. Carter. Sie kaufte ihre Erdbeermarmelade, klebte ihr eigenes Etikett darauf und gewann. Keiner hätte es je erfahren, hätte sie nicht im Red Lion ein Gläschen zu viel getrunken und mit ihrer List geprahlt. Ja, Ihre Täuschung hätte gewiss für einiges Gerede im Dorf gesorgt, Mrs. Raisin, wenn solche Sachen nicht schon häufiger passiert wären. Außerdem geht es bei der Preisverteilung auch nicht gerecht zu.«

»Sie meinen, Mr. Cummings-Browne hat geschummelt?«

Mrs. Bloxby lächelte. »Sagen wir, er neigte dazu, seine Lieblinge gewinnen zu lassen.«

»Aber wenn das allgemein bekannt ist, warum machen die Leute dann überhaupt noch mit?«

»Weil sie stolz auf ihre Fähigkeiten sind, und das möchten sie vor den anderen zeigen. Übrigens war Mr. Cummings-Browne auch in anderen Dörfern Preisrichter, und wie es scheint, bevorzugt er in jedem eine der Teilnehmerinnen. Abgesehen davon ist es keine Schande zu verlieren. Alf wollte schon oft jemand anderen zum Preisrichter ernennen, doch die Cummings-Brownes spenden ziemlich viel für wohltätige Zwecke. Und das eine Jahr, in dem Alf tatsächlich einen anderen Preisrichter durchsetzen konnte, gab der den ersten Preis seiner Schwester, die nicht einmal im Dorf lebte.«

Agatha atmete erleichtert auf. »Dank Ihnen komme ich mir gleich etwas weniger schäbig vor.«

»Ach, das ist wirklich eine sehr traurige Sache. Sie müssen Schreckliches durchgemacht haben.«

Zu Agathas Entsetzen stiegen ihr Tränen in die Augen, die sie hastig wegtupfte. Die Vikarsfrau blickte taktvoll zur Seite.

»Seien Sie versichert«, sagte Mrs. Bloxby in Richtung Kaffeekanne, »dass Ihr kleiner Betrug nicht allzu viel Gerede verursacht hat. Mr. Cummings-Browne war kein beliebter Mann.«

»Warum nicht?«

»Manche Menschen sind es eben nicht«, antwortete die Vikarsfrau ausweichend.

Agatha beugte sich vor. »Glauben Sie, dass es ein Unfall war?«

»Oh ja, denn wenn es keiner gewesen wäre, würde man

naturgemäß seine Frau verdächtigen. Und Vera Cummings-Browne hat ihn auf ihre Weise aufrichtig geliebt. Sie müssen wissen, dass sie sehr reich ist, er hingegen nicht. Die beiden haben keine Kinder, daher hätte sie ihn jederzeit verlassen können, was sie jedoch nicht tat. Ich war an dem Tag bei ihr, als man ihren Mann tot auffand, und ich habe noch keine Frau gesehen, die schmerzlicher um ihren Mann trauert. Am besten lassen Sie die ganze Geschichte hinter sich, Mrs. Raisin. Heute Abend um acht trifft sich die Damengesellschaft von Carsely hier im Pfarrhaus. Kommen Sie doch auch.«

»Sehr gern, vielen Dank«, sagte Agatha scheu.

»Bist du die furchtbare Frau losgeworden?«, fragte der Vikar zehn Minuten später, als seine Frau in sein Arbeitszimmer kam.

»Ja. Ich glaube, sie ist gar nicht so schrecklich, und sie leidet wirklich wegen dieser Quiche-Sache. Ich habe sie zum Damentreffen heute Abend eingeladen.«

»Dann danke ich dem Himmel, dass ich nicht hier sein werde«, sagte der Vikar und wandte sich wieder seiner Predigt zu.

Agatha fühlte sich von ihren Sünden reingewaschen, als sie zurück zu ihrem Cottage fuhr. Fortan würde sie sonntags in die Kirche gehen und sich bemühen, ein guter Mensch zu sein. Zu Hause schob sie einen Ploughman's Pie in die Mikrowelle, den sie Mrs. Simpson zu Mittag servieren würde.

Als Mrs. Simpson dann später vorsichtig in dem heißen Brei herumstocherte, verpuffte Agathas neue Frömmigkeit. »Das ist nicht vergiftet«, zischte sie.

»Nein, es ist bloß … Ich mag Fertiggerichte nicht besonders.«

»Na gut, nächstes Mal koche ich Ihnen etwas Besseres. Ist Mrs. Cummings-Browne der Tod ihres Mannes sehr nahegegangen?«

»Oh ja, es war entsetzlich«, sagte Doris Simpson. »Sie war am Boden zerstört, ja, das war sie. Zuerst vor Schock wie gelähmt, und dann hat sie geweint und geweint. Ich musste die Frau vom Vikar holen, damit sie sie tröstet.«

Wieder überkamen Agatha bleierne Schuldgefühle. Sie musste raus. Zu Fuß ging sie zum Red Lion, wo sie sich ein Glas Rotwein und Bratwurst mit Pommes frites bestellte.

Dann fiel ihr ein, dass sie vorgehabt hatte, Mrs. Cartwright zu besuchen. Auch wenn ihr dies inzwischen eher sinnlos erschien, würde es sie wenigstens ablenken.

Das Judd's Cottage, in dem die Cartwrights wohnten, war ziemlich heruntergekommen. Die Gartenpforte hing schief in ihren Angeln, und im unkrautüberwucherten Vorgarten rostete ein altes Auto vor sich hin. Agatha blickte sich um und fragte sich, wie der Wagen in den Garten gelangt sein mochte. Es war keine Zufahrt zu entdecken. Hatten sie das Auto mit einem Kran über den Zaun gehievt?

Die Glasscheibe in der Haustür hatte einen Sprung, der mit braunem Klebeband repariert worden war. Agatha klingelte. Nichts passierte. Sie klopfte an die Tür. Nun erschienen Mrs. Cartwrights verschwommene Umrisse hinter dem Glas.

»Ah, Sie sind es«, sagte sie, nachdem sie geöffnet hatte. »Kommen Sie rein.«

Agatha folgte ihr in ein säuerlich muffelndes, unordentliches Wohnzimmer. Die Möbel waren fleckig und stellenweise blankgewetzt. Im Kamin stand ein Elektrostrahler mit zwei Heizstangen, auf dem sich das Kunststoffimitat eines Kohlehaufens befand. Das Fensterbrett zierte eine angeschlagene Vase mit Plastiknarzissen, und in einer Ecke stand eine Hausbar mit rosa Glastüren und rosa Neoninnenbeleuchtung.

»Möchten Sie etwas trinken?«, fragte Mrs. Cartwright. Ihr drahtiges Haar war auf rosa Schaumstoffwickler aufgedreht, und sie trug ein rosa Wickelkleid, das weit aufklaffte, als sie sich bewegte, sodass ihr schmutziger Unterrock hervorlugte.

»Ja, danke«, sagte Agatha und wünschte, sie wäre nicht hergekommen.

Mrs. Cartwright schenkte ihnen zwei große Gläser Gin ein und färbte ihn mit ein paar Spritzern Angostura pink. Nervös sah Agatha ihr Glas an, an dessen Rand Lippenstift haftete.

Mrs. Cartwright setzte sich hin und schlug die Beine übereinander. Ihre nackten Füße steckten in schmutzigen rosa Pantoletten. Zu viel Rosa, ging es Agatha durch den Kopf. Sie sieht aus wie eine Schmuddelausgabe von Barbara Cartland.

»Kannten Sie Mr. Cummings-Browne gut?«, fragte Agatha.

Mrs. Cartwright steckte sich eine Zigarette an und betrachtete Agatha durch die Qualmwolke. »Ein bisschen«, sagte sie.

»Mochten Sie ihn?«

»Geht so. Ich kann gerade nicht klar denken.«

»Weil er tot ist?«

»Nee, wegen dem Bingo drüben in Evesham. John, also was mein Mann ist, der hat mir das Geld gestrichen. Er will nicht, dass ich hingehe. Männer sind Schweine. Ich habe vier Kinder großgezogen, und jetzt sind sie aus dem Haus, und ich will ein bisschen Spaß haben, und da motzt er rum. Wissen Sie was? Geben Sie mir Geld, dass ich zum Bingo kann, und ich erinnere mich wieder.«

Agatha holte ihr Portemonnaie aus der Handtasche. »Reichen zwanzig Pfund?«

»Und ob!«

Agatha gab ihr das Geld. Im selben Moment hörte man, wie die Haustür geöffnet wurde. Mrs. Cartwright stopfte den Geldschein in ihren Ausschnitt, schnappte sich Agathas Glas und ihr eigenes und lief in die Küche.

»Ella?«, rief eine Männerstimme.

Die Zimmertür ging auf, und ein Gorilla von einem Mann kam herein, gerade als seine Frau aus der Küche zurück war. »Wer ist die?«, fragte er und wies mit dem Daumen auf Agatha. »Hab ich dir nicht gesagt, du sollst die Jehovas nicht reinlassen?«

»Das ist Mrs. Raisin unten aus der Lilac Lane. Sie ist zu Besuch.«

»Was wollen Sie?«, knurrte er.

Agatha stand auf. Mrs. Cartwright warf ihr einen warnenden Blick zu. »Ich sammle für wohltätige Zwecke«, sagte Agatha.

»Da können Sie gleich wieder abzischen. Wir haben keinen Penny zu vergeben. Dafür hat *sie* gesorgt.«

»John, setz dich hin und halt die Klappe. Ich bring Mrs. Raisin zur Tür.«

Agatha duckte sich ängstlich an John Cartwright vorbei und eilte hinter Mrs. Cartwright her, die ihr die Haustür öffnete. »Kommen Sie morgen«, flüsterte sie. »Um drei.«

Hatte die Frau irgendein dunkles Geheimnis oder es einfach nur geschafft, sie um zwanzig Pfund zu erleichtern?, fragte sich Agatha, als sie die Straße hinunterging.

Zu Hause in ihrem Cottage putzte Mrs. Simpson gerade die Schlafzimmer im Obergeschoss. Agatha stellte die Waschmaschine an und trug dann die nasse Wäsche in den Garten, wo eine Wäschespinne stand. Endlich fühlte sie sich entspannter und irgendwie sogar häuslich. Doch kaum ging sie auf die andere Seite der Wäschespinne, entdeckte sie Mrs. Barr. Sie lehnte auf ihrem Gartenzaun und funkelte Agatha voller Verachtung und Wut an. Agatha hängte die restlichen Wäschestücke auf und ging ins Haus.

»Die Post ist gekommen!«, rief Mrs. Simpson von oben. »Ich hab sie auf den Küchentisch gelegt.«

Es war das erste Mal, dass Agatha Post ins Cottage bekam: einen flachen braunen Umschlag. Sie riss ihn auf und fand darin einen großen Ausdruck von der Frau auf dem Turm. Agatha fröstelte. Diese starrenden Augen und dieser Hass erinnerten sie an Mrs. Barr. Auf der Vergrößerung klebte ein Post-it: *Vielen Dank für das fantastische Wochenende, Steve.*

Sie legte das Bild in die Küchenschublade, doch selbst durch die geschlossene Schublade fühlte sie den starren Blick noch.

Etwas Zerstreuungsliteratur würde helfen, beschloss sie und fuhr hinunter nach Moreton-in-Marsh. Leider hatte sie vergessen, dass Markttag war, wie sie bei ihrer Ankunft feststellte. Sie drehte mehrere Runden um den Parkplatz, bis schließlich jemand wegfuhr und eine Lücke frei wurde.

Nachdem sie durch den Old Market Place gegangen war – so hieß das neue Minieinkaufszentrum –, überquerte sie die Straße und bahnte sich einen Weg durch das Gedrängel zwischen den Marktständen hindurch zum Buchantiquariat auf der anderen Seite. Im hinteren Raum standen Taschenbücher dicht an dicht. Agatha kaufte sich drei Krimis – einen von Ruth Rendell, einen von Colin Dexter und einen von Colin Watson. Anschließend ging sie zurück zu ihrem Wagen. Kaum hatte sie Platz genommen, schlug sie das Buch von Colin Watson auf, dessen Geschichte sie sofort gefangen nahm. Was für ein Segen, dass es Krimis gab! Sie merkte gar nicht, wie die Zeit verging, während sie in ihrem Wagen hockte und las. Irgendwann dämmerte ihr, wie albern es war, hier auf einem Parkplatz zu stehen, wo sie es doch zu Hause viel bequemer hatte. Sie legte das Buch beiseite und fuhr zurück nach Carsely. Dort erwartete sie Bill Wong vor ihrer Haustür.

»Was ist los?«, fragte sie beunruhigt.

Bill lächelte. »Ich wollte nur sehen, wie es Ihnen geht.«

Im ersten Moment war sie dankbar, als sie die Tür aufschloss und voraus ins Haus ging. Drinnen hob sie den Ersatzschlüssel vom Fußboden auf, den Mrs. Simpson reichlich schwungvoll durch den Briefschlitz geworfen haben musste, denn er war bis in die Küche geflogen. Ihr wurde mulmig zumute. Sah Bill Wong aus einem bestimmten Grund nach ihr?

»Kaffee?«, fragte sie.

»Tee wäre mir lieber.« Im Wohnzimmer blickte Bill sich um. »Wo sind die ganzen Sachen hin?«

»Ich fand, dass sie nicht zu mir passen«, sagte Agatha, »deshalb habe ich sie der Kirche gegeben. Sie können sie verkaufen und das Geld für wohltätige Zwecke haben.«

»Und was passt zu Ihnen, wenn nicht Figurenkrüge und Farmwerkzeug?«

»Weiß ich nicht«, murmelte Agatha. »Irgendetwas Wohnlicheres.«

»Die Beleuchtung ist falsch«, sagte Bill, der zu den Deckenstrahlern aufsah. »Strahler sind nicht mehr in.«

»Sie hören sich an wie jemand, der über Akne redet«, konterte Agatha schnippisch. »Und wieso hält sich heute jeder für einen gottverdammten Innenarchitekten?«

»Ah, Sie meinen Ihre Freunde, die übers Wochenende hier waren? Der Fatzke und der mit den Cowboystiefeln?«

»Spionieren Sie mir nach?«

»Ich nicht. Ich hatte frei und war mit einer Freundin in Bourton-on-the-Water. Ein böser Fehler. Ich hatte nicht bedacht, wie voll es dort an einem Feiertag ist.«

»Ich kann mir gar nicht vorstellen, dass Sie eine Freundin haben.«

»Ach, nein? Warum nicht?«

»Ich weiß nicht. Vielleicht weil ich den Eindruck habe, dass Sie ständig im Dienst sind.«

»Nun, jedenfalls hoffe ich, dass Sie nicht vorhaben, die Miss Marple von Carsely zu werden, und immer noch einen Mord aus dem Unfall machen wollen.«

Agatha öffnete den Mund, um ihm von Mrs. Cartwright zu erzählen, überlegte es sich jedoch anders. Sicher würde es Bill nicht gefallen, dass sie sich einmischte, und ihr wohl zu Recht sagen, dass Mrs. Cartwright rein gar nichts zu erzählen hatte, sondern ihr bloß Geld abknöpfen wollte.

Stattdessen sagte sie: »Auf Warwick Castle ist etwas Komisches passiert. Steve, der junge Mann mit den Cowboystiefeln, hat oben auf dem Turm einen Videofilm von Roy, dem anderen jungen Mann, und mir gedreht. Abends, als wir uns die Aufnahmen ansahen, war auf den Bildern eine Frau zu sehen, die mich voller Hass anstarrte.«

»Interessant. Nun, sie könnte sauer gewesen sein, weil Sie ihr versehentlich auf den Fuß getreten sind.«

»Er hat einen Ausdruck gemacht, der ziemlich scharf ist. Wir haben über den Todesfall geredet, als er filmte. Wollen Sie das Bild mal sehen?«

»Ja, vielleicht kenne ich die Frau.«

Agatha brachte ihm den Ausdruck, den er eingehend betrachtete. »Die habe ich noch nie gesehen«, sagte er, »aber denkt man sich die grimmige Miene weg, sieht sie aus wie Hunderte anderer Frauen in den Dörfern hier: dürr, alt-jüngferlich, dünnes Haar, falsche Zähne, keine besonderen Merkmale ...«

»Woher wissen Sie, dass sie falsche Zähne hat, Sherlock?«

»Das erkennt man an den hängenden Mundwinkeln und dem schlaffen Kinn. Darf ich das mitnehmen?«

»Wozu?«

»Weil ich herausfinden könnte, wer sie ist, und Sie dann beruhigen könnte, dass diese Miss Spröde bloß Ihre Freunde abstoßend fand oder Sie sie an eine Frau erinnern, die sie nicht leiden kann. Dann würden Sie wieder ruhig schlafen.«

»Sehr freundlich von Ihnen«, sagte Agatha kühl. »So langsam wird mir wirklich unbehaglich, denn nebenan habe ich noch so eine Schreckschraube, die mich wütend über den Gartenzaun anfunkelt, weil ich ihr die Putzfrau weg-geschnappt habe.«

»Wegen der würde ich mir keine Sorgen machen. Na-türlich kommt es einem schweren Raub gleich, jemandem die Putzfrau auszuspannen, aber deshalb werden die Leute nicht handgreiflich. Ihr Problem ist, dass Ihr sonst so aktiver Verstand nicht mehr gefordert wird, Mrs. Raisin. Deshalb grübeln Sie über Nichtigkeiten nach. Warten Sie ein paar Monate, dann haben Sie sich eingelebt und engagieren sich irgendwo ehrenamtlich, vertrauen Sie mir.«

»Gott bewahre!« Agatha erschauderte.

»Ach nein? Wären Sie lieber nicht wohltätig?«

»Na, immerhin gehe ich heute Abend zum Treffen der Damengesellschaft von Carsely ins Pfarrhaus«, sagte Agatha.

»Das wird sicher nett.« Bills Augen blitzten amüsiert. »Und jetzt muss ich los. Ich habe heute Spätdienst.«

Nach einem Essen im Red Lion – eine Riesenbratwurst und Pommes frites mit reichlich Ketchup – ging Agatha zum Pfarrhaus und klingelte. Von drinnen war Stimmengewirr zu hören, und schlagartig wurde Agatha nervös. Ja, sie fühlte sich sogar ein kleines bisschen eingeschüchtert.

Mrs. Bloxby öffnete. »Kommen Sie herein, Mrs. Raisin. Wir sind schon fast vollzählig.« Sie führte Agatha ins Wohnzimmer, in dem an die fünfzehn Frauen saßen. Bei Agathas Anblick verstummten sie und sahen sie neugierig an. »Ich mache Sie bekannt«, sagte Mrs. Bloxby. Agatha versuchte, sich die Namen zu merken, doch sie entfielen ihr praktisch in dem Augenblick, in dem sie ausgesprochen waren. Mrs. Bloxby bot Agatha Tee, Kuchen und Sandwiches an. Agatha nahm ein Gurkensandwich.

»Nun, wenn alle bereit sind«, sagte Mrs. Bloxby, »kann unsere Vorsitzende, Mrs. Mason, beginnen. Mrs. Mason, Sie haben das Wort.«

Mrs. Mason war eine große Frau in einem lilafarbenen Nylonkleid und weißen Schuhen, die groß wie Kähne waren. Sie blickte sich im Zimmer um. »Wie Sie alle wissen, meine Damen, kommen die älteren Leute in unserem Dorf nur selten vor die Tür. Es wäre schön, wenn diejenigen von Ihnen, die ein Auto haben, hin und wieder einen Ausflug mit unseren Senioren machen könnten. Ich lese nun die

Namen der alten Leute vor. Melden Sie sich, wenn Sie etwas Zeit erübrigen können.«

An Freiwilligen mangelte es nicht, als Mrs. Mason die Liste in ihrer Hand durchging. Agatha schaute sich um. Irgendwie wirkte es fast altmodisch, wie ernst es den Frauen damit war, anderen zu helfen. Sie alle waren mittleren Alters, ausgenommen eine blasse junge Frau neben Agatha, die Mitte zwanzig sein musste. »Hab kein Auto«, flüsterte sie Agatha zu, »und auf 'm Rad kann ich sie ja schlecht mitnehmen.«

»Und dann«, sagte Mrs. Mason, »hätten wir noch Mr. und Mrs. Boggle, Culloden.«

Die Stimmen verstummten. Das Kaminfeuer hinter Mrs. Mason knackte munter, Teelöffel klimperten gegen Porzellan, Kiefer mahlten. Keine Freiwilligen.

»Ich bitte Sie, meine Damen. Mr. und Mrs. Boggle würden sich sehr über einen Ausflug freuen. Es müsste nicht einmal weit sein. Ihnen genügt es schon, wenn sie mal jemand mit nach Evesham zum Einkaufen nimmt.«

Agatha glaubte, den Blick der Vikarsfrau zu spüren. Ihre Stimme klang merkwürdig, als sie sich sagen hörte: »Ich nehme sie mit. Wäre Donnerstag recht?«

Täuschte sie sich, oder wirkten alle anderen erleichtert? »Ah, sehr schön, danke, Mrs. Raisin. Wie überaus freundlich von Ihnen. Gewiss kennen Sie sich noch nicht ganz so gut im Dorf aus. Die Sozialwohnungen, Moreton Road 28, Culloden. Sagen wir um neun Uhr am Donnerstagmorgen? Ich werde Mr. und Mrs. Boggle Bescheid geben.«

Agatha nickte.

»Schön. Die alten Herrschaften werden entzückt sein. Nun, wie Sie wissen, hat uns die Damengesellschaft von Mircester nächste Woche zu sich eingeladen und verspricht uns einen spannenden Tag. Ich reiche jetzt ein Buch herum, in das sich alle eintragen können, die mitkommen wollen. Die Retford Bus Company stellt uns für den Tag einen Bus zur Verfügung.«

Das Buch ging herum, und nach kurzem Zögern schrieb Agatha ihren Namen hinein. Sie hatte ja sonst nichts vor.

»Ach ja«, sagte Mrs. Mason, »der Bus fährt um elf Uhr vormittags hier vor dem Pfarrhaus ab. Bis dahin dürften wir wohl alle aufgestanden sein.« Braves Lachen. »Und nun wird unsere Sekretärin, Miss Simms, das Protokoll unseres letzten Treffens verlesen, falls eine von Ihnen nicht dabei sein konnte.«

Zu Agathas Verblüffung stand die junge Frau neben ihr auf und stellte sich neben Mrs. Mason. Mit monotoner, nasaler Stimme las sie das Protokoll vor. Agatha unterdrückte ein Gähnen. Nach Miss Simms folgte die Kassenführerin mit einem umfangreichen Bericht über Geld, das bei der letzten Veranstaltung für die Krebsforschung eingenommen worden war.

Agatha war fast eingeschlafen, als sie ihren Namen hörte. Die Kassenführerin war von Mrs. Bloxby abgelöst worden. »Ja«, sagte die Vikarsfrau, »als unser neues Mitglied, Mrs. Raisin, mit mehreren Kartons voller Sachen zu uns kam, die sie zum Verkauf spenden wollte, dachte ich mir sofort, dass ich Ihnen einige davon zeigen sollte. Ich glaube, diese Spende verlangt nach einem Sonderverkauf.«

Hochzufrieden registrierte Agatha die Ahs und Ohs der Damen, als ihre Figurenkrüge und die polierten Farmwerkzeuge vorgeführt wurden. »Von denen kaufe ich selbst was«, sagte eine der Damen.

»Wie schön, dass Sie genauso angetan sind, wie ich es bin«, sagte Mrs. Bloxby. »Ich schlage vor, dass wir uns die

Schulaula für den zehnten Juni, einen Samstag, reservieren lassen und die Sachen dort ausstellen. In der Woche davor treffen wir uns, um die Preise festzulegen. Und bis dahin haben wir noch genügend Zeit, weitere Sachen zu sammeln, die wir verkaufen können. Mrs. Mason, würden Sie wieder das Café übernehmen?«

Mrs. Mason nickte.

»Mrs. Raisin, möchten Sie vielleicht den Verkaufsstand leiten?«

»Wie wäre es, wenn wir eine Versteigerung daraus machen?«, fragte Agatha. »Ich bin die Auktionatorin. Die Leute zahlen mehr, wenn sie gegen andere bieten.«

»Was für eine hervorragende Idee! Sind alle dafür?« Hände reckten sich.

»Prima. Der Erlös geht an die Kinderhilfe. Und mit ein bisschen Glück können wir eine Ankündigung in den örtlichen Zeitungen bekommen.«

»Darum kümmere ich mich«, sagte Agatha, die sich minütlich besser fühlte. Dies hier war wie in alten Zeiten.

Ihre Hochstimmung erhielt einen Dämpfer, als das Treffen endete und sich die Damen zum Gehen bereit machten. Da stupste Miss Simms sie an und sagte: »Ich möchte nicht mit Ihnen tauschen.«

»Meinen Sie die Auktion?«

»Nee, die Boggles. Zwei mürrischere Alte finden Sie diesseits von Gloucester nicht.«

Doch im nächsten Moment war Mrs. Bloxby bei ihnen, die die Bemerkung gehört haben musste, und lächelte Agatha an. »Es ist eine wahrhaft gute Tat von Ihnen, dass Sie die Boggles fahren wollen. Die alte Mrs. Boggle hat eine schlimme Arthritis. Für die beiden alten Leutchen bedeutet es sehr viel, wenn sie einmal herauskommen.«

Vor Mrs. Bloxbys geballter Güte und schlichter Freundlichkeit schrumpfte Agatha innerlich zusammen. Und wieder hatte sie das Bedürfnis, von ihr gemocht zu werden.

Auch die anderen Frauen plauderten mit ihr über dieses und jenes, und keine erwähnte das Wort Quiche.

Ein herrliches Gefühl von Zugehörigkeit erfüllte sie, als sie nach Hause ging. Die Lilac Lane begann, ihrem Namen gerecht zu werden, indem sie die Abendluft mit dem schweren Duft von Fliederblüten versüßte. Über den Cottage-Türen blühten blasslila Glyzinien.

Ich muss unbedingt meinen Garten herrichten, dachte Agatha.

Sie schloss ihre Haustür auf und schaltete das Licht ein. Auf der Fußmatte im Flur lag ein einzelnes Blatt Papier, von dem aus ihr eine gekritzelte Nachricht entgegenschrie: »Miesch dich nich ein, du Schlambe.«

Mit zwei Fingerspitzen hob Agatha das Blatt auf und blickte unglücklich auf die fehlerhaft hingeschmierten Worte. Und zum ersten Mal wurde ihr bewusst, wie ruhig es abends im Dorf war. Sie war umgeben von einer unheimlichen, bedrohlichen Stille.

Alte Häuser knarrten und ächzten, wenn es in der Nacht abkühlte. Agathas Cottage bildete da keine Ausnahme. Folglich lag Agatha noch lange Zeit wach und erschrak bei jedem Geräusch, bis sie endlich mit dem Schürhaken in der Hand einschlief.

6

Am nächsten Morgen zerrte ein heftiger Wind an den zarten Maiknospen. Sonnenlicht strömte durch Agathas Fenster. Es war einer dieser Tage, an denen alles in Bewegung schien und die Farben klar und leuchtend waren. Agatha holte den Drohbrief aus dem Mülleimer, denn sie sollte ihn Bill Wong zeigen. Was hatte die Nachricht zu bedeuten? Bisher hatte sie doch überhaupt keine richtigen Nachforschungen angestellt. Aber Bill hätte sicher eine Menge Fragen, und womöglich rutschte ihr heraus, dass sie bei Mrs. Cartwright gewesen war und diese ihr gesagt hatte, sie solle wiederkommen.

Sie glättete das Blatt und schob es zwischen die Kochbücher. Für alle Fälle würde sie es erst einmal aufheben.

Nach dem Frühstück klopfte es an der Tür. Für einen kurzen Moment fürchtete Agatha, dass es Mrs. Barr sein könnte. Zum Teufel mit der Frau! Sie war nichts weiter als eine verrückte alte Schachtel, von der sich die unerschütterliche Agatha Raisin nicht an den Karren fahren ließ.

Aber es waren Mrs. Bloxby und, zu Agathas Leidwesen, Vera Cummings-Browne.

»Dürfen wir hereinkommen?«, fragte Mrs. Bloxby.

Agatha ging voraus in die Küche und machte sich auf Tränen und Vorwürfe gefasst. Mrs. Bloxby lehnte höflich ab, als Agatha Kaffee anbot, und sagte: »Mrs. Cummings-Browne hat Ihnen etwas zu sagen.«

Vera Cummings-Browne sprach allerdings die Tischplatte an, nicht Agatha. »Ich bin sehr unglücklich und traurig über den Verlust meines Ehemannes, Mrs. Raisin. Aber inzwischen habe ich mich ein wenig beruhigt, und ich möchte Ihnen sagen, dass ich Ihnen keine Vorwürfe mache. Es war ein Unfall, ein seltsamer und unglücklicher Zufall.« Nun blickte sie auf. »Ich habe schon immer geglaubt, dass es *Bestimmung* ist, wenn jemand stirbt, wissen Sie? Ob es ein betrunkener Autofahrer ist, der auf den Gehweg fährt, oder ein Holzbalken, der irgendwo herunterfällt. Der Gerichtsmediziner meint, dass Reg die Vergiftung hätte überleben können, wäre er bei besserer Gesundheit gewesen. Aber er hatte zu hohen Blutdruck und ein schwaches Herz. Sein Tod war wohl Fügung.«

»Es tut mir sehr leid«, sagte Agatha matt. »Wie freundlich von Ihnen, mich zu besuchen.«

»Das ist meine Christenpflicht«, entgegnete Mrs. Cummings-Browne.

Agatha hoffte, dass ihre Miene überzeugend Trauer und Mitgefühl ausdrückte, während es in ihrem Kopf arbeitete. »Fügung ... meine Christenpflicht?« Wie *bühnenreif*. Dann jedoch vergrub Mrs. Cummings-Browne ihr Gesicht in den Händen und schluchzte herzerweichend. »Oh, Reg, du fehlst mir so. Oh, Reg!«

Mrs. Bloxby führte die weinende Mrs. Cummings-Browne nach draußen. Nein, dachte Agatha, sie trauerte ehrlich um ihren Mann. Und Mrs. Cummings-Browne hatte ihr vergeben. Nun sollte auch Agatha nach vorn blicken und die ganze Geschichte vergessen.

Zunächst einmal wollte sie bei den ansässigen Zeitungen

Werbung für die Auktion machen. Die Redakteure waren an scheue Bettelanrufe der Damen aus den Gemeinden gewöhnt. Eine wie Agatha Raisin hingegen hatten sie noch nicht am anderen Ende der Leitung gehabt. Abwechselnd bedrängte und beschwatzte Agatha sie, bis sie das Gefühl hatten, dass die Auktion einer Versteigerung der Kronjuwelen nur unwesentlich nachstand. Alle versprachen, Reporter zu schicken, und sie würden Wort halten müssen, wenn sie es nicht mit Agatha zu tun bekommen wollten.

So verstrich ihr Vormittag auf angenehme Weise. Nach einem Mittagessen aus Farmer Gile's Steak and Kidney Pie (»für die Mikrowelle geeignet«) spazierte Agatha abermals zu den Cartwrights.

Mrs. Cartwright öffnete. Wieder hatte sie rosa Lockenwickler im Haar und trug einen rosa Morgenmantel.

»Kommen Sie rein«, sagte sie. »Ein Drink?«

Agatha nickte. Noch ein rosa Gin. Wo hatte sich Mrs. Cartwright diesen Drink abgeschaut? Müssten nicht Piccolos und Cognac, Lager mit Limone oder Cola-Rum eher ihr Geschmack sein?

»Wie war's beim Bingo?«, fragte Agatha.

»Nicht einen Penny gewonnen«, antwortete Mrs. Cartwright grimmig. »Aber heute Abend habe ich Glück. Ich hab am Morgen zwei Elstern im Garten gesehen.«

Da Elstern eine geschützte Art waren, sah man die elenden schwarz-weißen Biester überall. Es wäre vielmehr ein Wunder gewesen, hätte Mrs. Cartwright keine gesehen.

»Ich möchte etwas über Mr. Cummings-Browne wissen«, sagte sie.

»Und was zum Beispiel?« Mrs. Cartwright kniff die Augen vor dem Rauch der Zigarette zusammen, die sie in ihrer braunen Hand hielt.

Von ihrem Platz im Wohnzimmer aus konnte Agatha in die völlig verdreckte Küche sehen. Das war wohl kaum die Wirkungsstätte einer leidenschaftlichen Hobbybäckerin.

»Na ja, Sie haben Jahr für Jahr den Preis gewonnen, und deshalb dachte ich mir, dass Sie ihn ganz gut kannten.«

»So gut wie jeden andern im Dorf«, sagte Mrs. Cartwright und trank von ihrem Gin.

»Backen Sie viel?«

»Nee. Früher mal. Ab und zu backe ich für Mrs. Bloxby. Eine schreckliche Frau ist die. Der kann man nie nichts abschlagen. Kommen Sie mit in die Küche. Ich zeig's Ihnen.«

Schmutziges Geschirr türmte sich in der Spüle. Von einem alten Kalenderblatt an der Wand sah eine Blondine schmachtend hinunter, die nichts als ein durchsichtiges Etwas und Sandaletten trug. Aber auf einer sauberen Ecke des Küchentisches, neben einer halbleeren Milchflasche und einem marmeladenverschmierten Butterstück, stand ein Tablett mit feinen kleinen Törtchen. Sie sahen köstlich aus. Keine Frage, Mrs. Cartwright konnte backen.

»Jedenfalls, ich habe eine Quiche gebacken und einen Zehner gekriegt«, sagte Mrs. Cartwright. »Alles Zeitverschwendung, wenn Sie mich fragen. Mein Mann isst nicht mal Quiche. Früher habe ich welche für die Harveys gemacht, und die haben sie in ihrem Laden verkauft. Lief sogar ganz gut. Aber heute schaffe ich das alles nicht mehr.« Sie schlurfte auf ihren Absatzpantoletten ins Wohnzimmer zurück.

Agatha beschloss, sich nicht so einfach abspeisen zu lassen. »Ich habe Ihnen gestern zwanzig Pfund für Informationen gegeben, die ich noch nicht bekommen habe.«

»Das Geld ist weg.«

»Ja, aber wie und wofür Sie es ausgegeben haben, ist nicht mein Problem«, konterte Agatha schroff.

Mrs. Cartwright hob eine Hand an ihre Stirn. »Was war das noch gleich? Verdammt, meine Erinnerungen werden ganz verschwommen.«

Ihre Augen blitzten, als Agatha in ihrer geräumigen Handtasche wühlte und einen weiteren Zwanziger herausfischte. Sofort wollte sie danach greifen. »Oh nein«, sagte Agatha. »Erst die Informationen. Könnte Ihr Mann wieder hereinplatzen?«

»Nee, der ist oben auf der Martins-Farm. Er arbeitet bei denen.«

»Gut. Was können Sie mir erzählen?«

»Ich war überrascht«, sagte Mrs. Cartwright, »dass Mr. Cummings-Browne gestorben ist.«

»Wer war das nicht?«, murmelte Agatha.

»Ich meine, ich habe echt gedacht, er bringt *sie* mal um.«

»Was? Wieso?«

»Er hat manchmal mit mir geredet. Dauernd reden Leute mit mir über ihre Probleme. Liegt daran, dass ich so ein mütterlicher Typ bin.« Mrs. Cartwright gähnte, griff in ihren Morgenmantel und kratzte sich an einer ihrer gewaltigen Brüste. Eine Woge säuerlichen Schweißgeruchs schlug Agatha entgegen, und unwillkürlich ging ihr durch den Kopf, wie selten man heutzutage noch einem richtig schmutzigen Menschen begegnete. »Reg konnte Vera nicht ausstehen. Die hat ihn so was von kurz gehalten, und er musste sich echt ein Bein ausreißen, bevor die ihm mal Geld für den Pub gegeben hat, hat er gesagt. Er hatte ja nur seine mickrige Pension, und mit der kam er nicht weit. Er hat immer zu mir gesagt, ›Ella‹, hat er gesagt, ›irgendwann dreh ich der Frau den Hals um, und dann bin ich sie ein für alle Mal los‹.«

Agatha stutzte. »Aber er ist gestorben, nicht sie.«

»Die Alte war wohl schneller. Sie hat ihn gehasst.«

»Ich war mit den beiden essen, und mir kamen sie eigentlich wie ein zufriedenes Paar vor.«

»Nee, mit Reg konnte man auch mal Spaß haben, aber Mrs. Hochnäsig hat mir immer bloß die kalte Schulter gezeigt. Das war kein Unfall nicht. Das war Mord.«

»Und wie soll sie das angestellt haben? Ich meine, es war meine Quiche.«

»Verdammt, ich fühl es hier.« Mrs. Cartwright schlug sich eine Hand auf den Busen, woraufhin Agatha erneut Schweißgeruch entgegenschlug.

»Mrs. Cummings-Browne war heute Morgen bei mir«, sagte Agatha. »Sie hat mir vergeben. Die Frau ist vollkommen am Boden, weil ihr Mann tot ist, und auf mich hat das nicht gespielt gewirkt.«

»Sie ist in der Theatergruppe von Carsely«, erwiderte Mrs. Cartwright abfällig. »Und sie ist verdammt gut. Eine richtige Schauspielerin.«

»Nein«, beharrte Agatha. »Ich merke es, ob Leute ehrlich zu mir sind oder nicht. Und Sie sind es nicht, Mrs. Cartwright.«

»Ich hab Ihnen gesagt, was ich weiß.« Mrs. Cartwright starrte auf den Geldschein in Agathas Hand.

Draußen quietschte die kaputte Pforte im Wind, und Agatha zuckte zusammen. Auf eine zweite Begegnung mit John Cartwright konnte sie gut verzichten. Also warf sie Mrs. Cartwright das Geld zu und sagte rasch: »Sie wissen, wo Sie mich finden. Falls Sie mir noch etwas erzählen können, lassen Sie es mich wissen.«

»Mach ich«, sagte Mrs. Cartwright, die sehr zufrieden aussah, nachdem sie endlich das Geld bekommen hatte.

Agatha war kaum durch die Pforte, als sie John Cartwright die Straße entlangstapfen sah. Eilig lief sie weiter, doch leider hatte er sie schon entdeckt. Er holte sie ein, packte ihren Arm und riss sie herum. »Sie schnüffeln rum und fragen nach Cummings-Browne«, knurrte er. »Ella hat's mir gesagt. Ich sag das zum letzten Mal, kommen Sie ihr noch einmal nahe, brech ich Ihnen das Genick. Der olle Bock hat gekriegt, was er verdient hat, und das kriegen Sie auch.«

Agatha riss sich von ihm los und lief davon. Ihre Wangen glühten. Zu Hause steckte sie den Drohbrief zusammen mit einem kurzen Anschreiben in einen Umschlag, den sie an Detective Constable Wong, Polizei Mircester, adressierte. Nun war sie sich sicher, dass John Cartwright die Nachricht geschrieben hatte.

Sie lief zum Briefkasten und dann wieder zurück nach Hause. Kurz vor ihrem Cottage bemerkte sie ein Paar, das zum New Delhi, Mrs. Barrs Haus, ging. Die beiden drehten sich um und sahen Agatha an. Wo hatte sie die Leute schon einmal gesehen? Nach ein wenig Grübeln fiel es ihr wieder ein: Sie waren unter den anderen Gästen im Horse and Groom gewesen, an dem Abend, als sie mit Roy und Steve dort gegessen und über den »Mord« gesprochen hatte.

Sie ging ins Haus. Kurz darauf stand sie im Wohnzimmer und schaute sich um. In ihrem ganzen Leben hatte sie noch nie selbst Möbel ausgesucht. Die ersten Jahre in London hatte sie in verschiedenen möblierten Zimmern gewohnt, dann eine möblierte Wohnung gemietet und schließlich ein Haus gekauft, bei dem sie ebenfalls die Einrichtung übernahm.

Jetzt schloss sie die Augen und versuchte sich vorzustellen, was ihr gefallen würde. Sie hatte keine Ahnung. Auf jeden Fall musste die dreiteilige Sitzgarnitur weg. Sie wollte etwas, was mehr so aussah wie das Wohnzimmer im Pfarrhaus. Tja, Antiquitäten konnte man kaufen, und es war ein guter Grund, für den Rest des Tages aus Carsely herauszukommen.

Sie fuhr nach Cheltenham Spa. Das unsinnige Einbahnstraßensystem zwang sie, ewig im Kreis zu fahren, bis sie schließlich anhielt und einen Passanten nach einem Antiquitätengeschäft fragte. Sie wurde zu einem Straßengewirr hinter der Montpellier Terrace geschickt. Dort entdeckte sie einen freien Platz auf einem privaten Parkplatz vor einem Wohnhaus. Ihren ersten Fund machte sie in einem ehemaligen Kino, das zu einem Möbelhaus umgebaut worden war: einen alten Ohrensessel aus hellgrünem Leder und ein Chesterfield-Sofa mit Flechtlehnen und hellgrünen Kissen. Zur großen Freude des Verkäufers nahm sie auch noch einen viktorianischen Stuhl aus Obstbaumholz. Fasziniert strich sie mit den Fingern über die feinen Schnitzereien. Ohne mit der Wimper zu zucken, bezahlte sie alles und sagte, sie würde die Sachen nach dem zehnten Juni abholen.

Agatha plante, das Dorf zu verblüffen, indem sie auch noch ihre Wohnzimmermöbel bei der Auktion anbot. Auf dem Weg aus dem Kino-Möbelhaus fielen ihr zwei edle Lampen ins Auge, die sie gleichfalls kaufte. Sie erinnerte sich daran, wie sie sich als Schulkind geschworen hatte, mit ihrem ersten eigenen Geld in den nächsten Süßwarenladen zu gehen und sich so viel Schokolade zu kaufen, wie sie nur wollte. Bis es so weit gewesen war, galt ihr ganzes Sehnen allerdings einem Paar hochhackiger violetter Schuhe mit Schleifen. Nun genoss sie es, hinreichend Geld zu besitzen, um sich gönnen zu können, was sie sich wünschte.

Bevor sie Cheltenham verließ, besorgte sie bei Marks and Spencer Riesengarnelen in Knoblauchbutter und eine Packung Lasagne. Beides konnte sie zu Hause in der Mikrowelle aufwärmen. Zwar war das immer noch nicht selbstgekocht, aber doch ein bisschen besser als die Tiefkühlkost aus dem Dorfladen.

Später, nachdem sie gut gegessen hatte, setzte sie sich mit einem Krimi ins Wohnzimmer. Beiläufig überlegte sie, ob sie den Fernseher ins Schlafzimmer stellen sollte. Im Pfarrhauswohnzimmer gab es keinen Fernseher.

Erst als sie sich fürs Bett bereit machte, erinnerte sie sich daran, dass morgen ihr Tag mit den Boggles war. Vielleicht hatte sie ja Glück, und die beiden erwarteten nicht, dass Agatha sie den ganzen Tag herumfuhr.

Pünktlich am nächsten Morgen fand sie sich vor dem Heim der Boggles ein. Warum hatten sie es Culloden genannt? Waren sie Schotten?

Nein. Mr. Boggle war ein agiler, kleiner, schrumpeliger Mann mit einem deutlichen Gloucestershire-Akzent, und seine Frau, eine knarzende alte Gewitterziege, stammte ohne Zweifel aus Wales.

Agatha wartete darauf, dass einer der beiden erwähnte, wie nett sie doch war, oder sich in irgendeiner Form dankbar zeigte. Doch nichts in der Art geschah. Die beiden stiegen hinten in den Wagen, und Mr. Boggle sagte: »Wir fahren nach Bath.«

Bath? Agatha hatte auf einen Zielort in der Nähe gehofft, zum Beispiel Evesham.

»Das ist ziemlich weit weg«, sagte sie.

Mrs. Boggle piekte ihr einen knochigen Zeigefinger in die Schulter. »Sie wollen uns ausfahren, jetzt fahren Sie.«

Agatha holte ihren Straßenatlas hervor. Am einfachsten war es, den Fosse Way nach Circenster zu nehmen und dann weiter nach Bath zu fahren.

Sie seufzte. Es war ein herrlicher Tag. Der Sommer hielt Einzug in England. Rosa und weiße Weißdornblüten verströmten ihren schweren Duft entlang der gewundenen Straße durch Carsely. Zu beiden Seiten des Fosse Way – bei dem es sich offensichtlich um eine Römerstraße handelte, denn sie verlief schnurgerade über Hügel und durch Täler – blühten Rapsfelder in leuchtendem Van-Gogh-Gelb, welches neben den eher gedämpften Farben der englischen Landschaft beinahe aufdringlich wirkte. Von ihren Fahrgästen auf der Rückbank kam kein Mucks. Agatha wurde allmählich munterer. Vielleicht begnügten sich ihre alten Schützlinge mit ihrem Fahrdienst und zogen in Bath auf eigene Faust los.

Aber in Bath fingen Agathas Probleme erst an. Die Boggles machten ihr unmissverständlich klar, dass sie nicht beabsichtigten, von irgendeinem Parkplatz aus zu Fuß zur Trinkhalle zu gehen. Dort nämlich wollten sie »eine Kur machen«, wie sie sagten. Agatha sollte sie dort absetzen und dann einen Parkplatz suchen. Schweißgebadet kämpfte sie sich durch das Einbahnstraßendickicht und bemühte sich, Mr. Boggles Bemerkung, »Sind wohl keine gute Autofahrerin, hä?«, zu ignorieren.

»Und nu?«, fragte Mrs. Boggle, als sie den Säuleneingang der Trinkhalle erreicht hatten. »Helfen Sie uns jetzt raus oder was?«

Mrs. Boggle war eine kleine rundliche Frau. Sie trug einen Tweedmantel und einen langen Schal, der sich hoffnungslos mit dem Sicherheitsgurt verheddert hatte. Und sie roch sehr streng nach billigem Eau de Toilette. »Schubsen Sie nicht so! Sie tun mir weh!«, meckerte sie, als Agatha versuchte, sie aus ihren Fesseln zu befreien. Ihr Mann stieß Agatha mit dem Ellbogen beiseite, zückte eine Nagelschere und fuhr mit ihr durch den Schal. »Jetzt guck dir an, was du gemacht hast!«, jammerte Mrs. Boggle.

»Hör auf zu jaulen, Frau«, sagte Mr. Boggle und wies mit dem Daumen auf Agatha. »Die kauft dir einen neuen.«

Von wegen, dachte Agatha, als sie endlich neben einem Busbahnhof einparkte. Sie ließ sich absichtlich Zeit und traf eine Stunde später in der Trinkhalle ein. Die Boggles saßen im Café vor leeren Tassen und Tellern mit Kuchenkrümeln.

»Sind Sie auch endlich da«, sagte Mr. Boggle und gab ihr die Rechnung. »Sie sind mir ja eine.«

»Um die Alten schert sich heute keiner mehr nicht. Die denken alle nur an Discos und Drogen«, sagte Mrs. Boggle, und beide sahen Agatha vorwurfsvoll an.

»Haben Sie schon Ihre Kur gemacht?«, fragte Agatha.

»Machen wir jetzt«, antwortete Mrs. Boggle. »Helfen Sie mir hoch.«

Agatha hievte sie auf die Beine. Die Mischung aus billigem Duftwasser und muffiger Kleidung verursachte ihr Übelkeit. In der Trinkhalle schlürften die Boggles mehrere Becher von dem schwefelhaltigen Heilwasser. »Möchten Sie sich die römischen Bäder ansehen?«, fragte Agatha, die an Mrs. Bloxby dachte und daran, wie gern sie sich bei ihr beliebt machen würde. »Ich kenne die auch noch nicht.«

»Bloß nicht, die haben wir schon zigmal gesehen«, jammerte Mrs. Boggle. »Wir wollen zu Polly Perkin's Pantry.«

»Was ist das?«

»Da essen wir Mittag.«

»Es ist erst zehn vor zwölf«, sagte Agatha, »und Sie hatten gerade Kaffee und Kuchen.«

»Holen Sie jetzt mal lieber den Wagen«, befahl Mr. Boggle. »Das is' oben in der Monmouth Road. Sollen wir vielleicht zu Fuß hinmarschieren? Wie rücksichtslos!«

Der Gedanke an eine kleine Pause von den Boggles bewegte Agatha, ihre Befehle widerspruchslos hinzunehmen. Wieder ließ sie sich Zeit und fuhr gegen ein Uhr vor der Trinkhalle vor, um die beiden einzusammeln. Das Klagen und Schimpfen von Mrs. Boggle, ihre Gelenke wären vom langen Warten ganz steif geworden, beachtete sie nicht.

Niemand konnte Agatha Raisin vorwerfen, einen verwöhnten Gaumen zu haben, aber sie wusste sehr gut, wann sie ausgenommen wurde, und kaum saß sie mit dem Horrorpärchen in Polly Perkin's Pantry, fragte sie sich unwillkürlich, ob die zwei mit den Cummings-Brownes seelenverwandt waren. Die Kellnerinnen in ihren Spitzenleibchen und den weißen Dienstmädchenhauben flitzten so schnell hin und her, dass sie gar nicht erst in die Verlegenheit kamen, sich um ihre Gäste zu kümmern.

Die Speisekarte war teuer und in jener putzig betulichen Art gehalten – mit extrem ausführlichen Beschreibungen und kleinen Scherzen –, die Agatha nicht ausstehen konnte. Die Boggles wollten grüne Bohnen und Backfisch als Vorspeise – »knusprig und goldgelb auf einem grünen Bett aus frischem, handverlesenem Salat« –, gefolgt von Kalbsschnitzel – »so zart und appetitlich, dass Ihnen das Wasser im Mund zusammenläuft, mit aromatischer Weißweinsoße und gegrillten Aubergine-Streifen, zarten jungen Möhren und frisch geernteten grünen Erbsen«. »Und eine Flasche Sekt«, sagte Mr. Boggle.

»Halt, ich bin kein Goldesel«, beschwerte sich Agatha.

»Sekt ist gut gegen meine Arthritis«, sagte Mrs. Boggle beleidigt. »Wir kriegen nicht oft was Gutes, aber wenn Sie unbedingt jeden Penny umdrehen wollen …«

Agatha gab nach. Wenn die beiden sich betranken, schliefen sie vielleicht auf der Rückfahrt, war ihre Hoffnung.

Die Kellnerinnen standen nun in einer Ecke zusammen, redeten und kicherten. Agatha stand auf und ging zu ihnen. »Ich habe nicht vor abzuwarten, bis Sie uns bedienen wollen. Also bewegen Sie sich«, fauchte sie. »Ich erwarte einen freundlichen, guten und *schnellen* Service, und zwar *sofort*. Und gucken Sie mich nicht so unschuldig an. Los jetzt!«

Eine nunmehr angesäuerte Kellnerin folgte Agatha zu ihrem Tisch und nahm die Bestellung auf. Der Champagner war warm, und Agatha platzte der Kragen. Sie sprang auf und sah sich unter den anderen bleichen, scheuen Gästen um. »Wieso sitzen Sie alle hier und lassen sich diesen furchtbaren Service bieten?«, rief sie. »Sie *bezahlen* dafür, verdammt!«

»Sie haben recht«, antwortete ein brav aussehender Mann. »Ich sitze hier schon seit einer halben Stunde, und keine Bedienung ist auch nur in die Nähe meines Tisches gekommen.«

Wütende, frustrierte Rufe ertönten im Restaurant. Eilig wurde der Chef aus einem Büro im ersten Stock geholt. Und wie der Blitz kam ein Eiskühler. »Das geht aufs Haus«, murmelte der Mann, der sich über Agatha beugte. Die Kellnerinnen huschten umher, bedienten aber diesmal die Gäste. Ihre langen Röcke schwangen hin und her, ihre Spitzenleibchen hoben und senkten sich unter ihren wütenden Atemzügen, und ihre weißen Spitzenhauben wippten.

»Die werden heute nach der Arbeit ordentlich erledigt sein.« Agatha grinste. »So schnell haben die sich in ihrem Leben noch nicht bewegt.«

Mrs. Boggle spießte ein Stück Backfisch auf und schob

es sich komplett in den Mund. »Wir hatten hier noch nie Ärger«, sagte sie mit vollem Mund. »Oder, Benjamin?«

»Nee, *uns* respektieren die Leute«, bestätigte Mr. Boggle.

Agatha wollte den beiden gerade gehörig die Leviten lesen, als Mr. Boggle hinzufügte: »Waren Sie eins von seinen Weibern?«

Sie sah ihn fragend an.

»Von wessen Weibern?«

»Reg Cummings-Browne, der, den Sie vergiftet haben.«

»Ich habe ihn nicht vergiftet!«, rief Agatha, senkte ihre Stimme aber gleich wieder, denn schon starrten die anderen Gäste zu ihnen hinüber. »Es war ein Unfall. Und wie kommen Sie auf die Idee, dass ich ein Verhältnis mit Cummings-Browne hatte?«

»Man hat Sie oben bei Ella Cartwright gesehen. Gleich und gleich gesellt sich gern, sag ich immer.«

»Sie meinen, Mrs. Cartwright hatte eine Affäre mit Cummings-Browne?«

»Natürlich. Hat doch jeder gewusst, jeder außer ihrem Mann.«

»Wie lange?«

»Weiß nicht. Muss sie aber abserviert haben, denn er war hinter einer in Ancombe her, habe ich gehört.«

»Also war Cummings-Browne ein Schwerenöter.«

Aufgemuntert von dem Champagner, fing Mr. Boggle auf einmal an zu kichern. »Der war unter den Röcken von halb England, wenn Sie mich fragen.«

Agathas Gedanken überschlugen sich. Sie erinnerte sich an das Abendessen mit den Cummings-Brownes. Als Mrs. Cartwrights Name fiel, war es zwischen dem Paar sehr still geworden. Und nicht zu vergessen die vielen trauernden Frauen bei der gerichtlichen Untersuchung.

»Natürlich«, sagte Mrs. Boggle dann, »wussten wir alle, dass Sie vergiftet werden sollten, wenn überhaupt.«

»Und warum sollte mich jemand vergiften wollen?«, fragte Agatha.

»Na, nach dem, was Sie mit Mrs. Barr gemacht haben. Haben ihr einfach Mrs. Simpson weggeschnappt und ihr mehr Geld versprochen. Das habe ich bei Harvey's gehört.«

»Sie wollen mir doch nicht erzählen, dass Mrs. Barr mich vergiften wollte, weil ich ihr die Putzfrau ausgespannt habe?«

»Wieso nicht? Ist doch ein Grund. Und sie sagt, Sie ruinieren das Ansehen vom Dorf.«

»Sind Sie immer so ungezogen zu Leuten, die Sie für einen Tag herumfahren?«, fragte Agatha.

»Ich sag's, wie's ist«, sagte Mrs. Boggle stolz.

Agatha wollte etwas erwidern, als ihr einfiel, dass sie selbst es meistens nicht anders hielt. Und so fragte sie nur, nachdem die beiden den Hauptgang vernichtet hatten: »Möchten Sie noch Nachtisch?«

Dumme Frage. Selbstverständlich wollten sie. Prince-Regent-Torte mit Eis – »verführerisch gut«.

Agatha dachte über Cummings-Browne nach. Er war Preisrichter bei diversen Dorfwettbewerben gewesen. Er hatte seine Lieblinge. Waren seine Lieblinge auch seine Affären gewesen? Und was war mit Mrs. Barrs unverhältnismäßig großer Feindseligkeit? Ging es wirklich nur um Mrs. Simpson? Oder reichte Mrs. Barr Selbstgebackenes, Marmelade und Blumengestecke bei den Dorfwettbewerben ein?

»Ich will keinen Kaffee«, sagte Mrs. Boggle. »Sonst muss ich gleich aufs Klo.«

Agatha bezahlte, gab aber kein Trinkgeld – Champagner hin oder her.

»Wenn Sie beide hier warten, hole ich den Wagen«, sagte sie. Bald war sie das Horrorduo los, dachte sie und war deshalb guter Dinge, als sie mit dem Wagen vor das Restaurant fuhr.

Doch auf halbem Weg hinaus aus Bath piekte Mrs. Boggle ihr abermals den knochigen Finger in die Schulter. »He! Wo fahren Sie denn hin?«

»Nach Hause.«

»Wir wollen zum Promenadenkonzert«, sagte Mr. Boggle. »Was soll das denn für 'n Ausflug sein, wenn man nicht mal das Promenadenkonzert hört?«

Einzig der Gedanke an Mrs. Bloxbys sanftmütiges Gesicht brachte Agatha dazu, den Wagen zu wenden. Das Paar musste an den Parade Gardens abgesetzt werden, Agatha noch einen Parkplatz suchen, den sie sehr weit weg fand, und zu Fuß zurücklaufen. Nun galt es, Liegestühle für die Boggles aufzutreiben.

Die Sonne schien, das Orchester dudelte sich durch ein scheinbar endloses Repertoire, und der Nachmittag ging dahin. Anschließend wollten die Boggles zum Tee in die Trinkhalle. Aßen die zwei immer so viel? Oder konnten sie Nahrung für einen langen Winterschlaf speichern, bis sie wieder jemand mitnahm?

Endlich erlaubten sie Agatha, sie nach Hause zu bringen. Alles verlief bestens, bis sie den Fosse Way erreichten und sich erneut ein Finger in Agathas Schulter bohrte. »Ich muss mal«, sagte Mrs. Boggle.

»Kann das warten, bis wir in Bourton-on-the-Water oder in Stowe sind?«, rief Agatha nach hinten. »Da gibt es öffentliche Toiletten.«

»Ich muss aber jetzt«, jammerte Mrs. Boggle.

Agatha fuhr seitlich an den Grünstreifen.

»Sie braucht Hilfe«, sagte Mr. Boggle.

Also war es an Agatha, Mrs. Boggle auf ein Feld und hinter ein paar Büsche zu begleiten, wo Mrs. Boggle Toilettenpapier aus ihrer Handtasche kramte.

Das Ganze war eine ganz und gar unerfreuliche Erfahrung, und Agatha war ziemlich grün um die Nase, als sie ihren Schützling wieder zum Wagen zurückbrachte. Eher gefror die Hölle, als dass sie sich jemals wieder auf solch einen Tag einließ.

Sie war abgekämpft und den Tränen nahe, als sie das Culloden erreichten. »Warum Culloden?«, fragte sie.

»Wie wir damals das Haus gekauft haben«, sagte Mr. Boggle, »sind wir runter zur Gärtnerei, wo sie die Schilder für die Häuser verkaufen. Ich wollte Rose Cottage, aber sie wollte Culloden.«

Agatha hievte Mrs. Boggle aus dem Wagen und stellte sie neben ihren Mann. Dann hechtete sie buchstäblich hinters Lenkrad zurück und brauste mit Vollgas davon.

Vor ihrer Haustür erwartete sie Detective Constable Wong.

»Haben Sie sich einen schönen Tag gemacht?«, fragte er, als sie ihn ins Haus ließ.

»Ich hatte einen höllischen Tag, wenn Sie es genau wissen wollen«, sagte Agatha, »und ich möchte nicht darüber reden. Was führt Sie her?«

Er setzte sich an den Küchentisch und breitete den anonymen Brief vor sich aus. »Haben Sie eine Ahnung, wer Ihnen das geschickt hat?«

Agatha stellte den Wasserkocher an. »Ich dachte, dass es John Cartwright gewesen sein könnte. Er hat mich bedroht.«

»Und warum sollte John Cartwright Sie bedrohen?«

»Weiß ich nicht«, antwortete sie verlegen. »Ich habe nur seine Frau besucht, und das schien ihm nicht zu gefallen.«

»Sie haben Fragen gestellt«, sagte Bill.

»Na ja, wussten Sie, dass Cummings-Browne ein Verhältnis mit Ella Cartwright hatte?«

»Ja.«

Agatha sah ihn mit leuchtenden Augen an. »Na, das ist doch ein Motiv!«

»Ihr Eifer, den Unfall zu einem Mord zu machen, bringt Sie bloß in Schwierigkeiten. Die Leute mögen es nicht, wenn man in ihrem Privatleben herumschnüffelt. Dieses anonyme Schreiben ist allerdings interessant. Keine Fingerabdrücke.«

»Jeder weiß über Fingerabdrücke Bescheid«, sagte Agatha spitz.

»Und jeder weiß, dass die Polizei sie nur Leuten zuordnen kann, die schon aktenkundig sind. Kein Polizist würde einem ganzen Dorf wegen eines hässlichen Briefs die Fingerabdrücke abnehmen. Und der hier wurde von jemandem verfasst, der richtig schreiben kann, aber den Eindruck erwecken will, es nicht zu können.«

»Wie kommen Sie darauf?«

»Selbst im breitesten Gloucester-Dialekt hört sich das Wort ›misch‹ genauso an, wie es geschrieben wird, nicht nach einem langen ›I‹. Und wie man Schlampe schreibt, weiß eigentlich jeder. Wen haben Sie noch ausgefragt, abgesehen von den Cartwrights?«

»Keinen! Allerdings habe ich mit meinen Freunden im Horse and Groom über den Mord geredet, und dort waren auch zwei Bekannte meiner Nachbarin zu Gast.«

»Nicht Mord«, sagte Bill geduldig. »Unfall. Den Brief behalte ich vorerst. Übrigens habe ich niemanden gefunden, der die Frau auf Ihrem Foto erkennt. Ich bin hier, weil ich Sie warnen möchte, Agatha Raisin. Wühlen Sie nicht im Leben anderer Menschen herum, sonst gibt es hier bald einen echten Mord, mit Ihnen als Leiche.«

7

Agatha hatte zwar eine kompakte Figur, trug aber bislang nur sehr wenige überschüssige Pfunde mit sich herum. Umso verdrossener war sie, als sie am nächsten Morgen beim Anziehen feststellte, dass sie um die Hüften ein paar Zentimeter zugelegt hatte. In London war sie viel gelaufen, weil man dort zu Fuß schneller vorankam als in einem Bus sitzend, der durch den dichten Verkehr kroch. Seit sie jedoch in Carsely war, nahm sie für fast alle Wege den Wagen, ausgenommen die kurzen Gänge ins Dorf. Carsely durfte nicht der Grund dafür werden, dass Agatha Raisin sich gehen ließ!

Sie fuhr zu einem Fahrradgeschäft in Evesham und kaufte sich ein leichtes Klapprad, das sie in ihrem Kofferraum transportieren konnte. In Dorfnähe wollte sie sich erst auf einem Fahrrad sehen lassen, wenn sie wieder sicher radeln konnte. Immerhin hatte sie zuletzt mit sechs Jahren auf einem Fahrradsattel gesessen.

Sie parkte ihren Wagen abseits der Straße neben einem Wanderweg, holte ihr kleines Rad heraus und schob es zu dem grasüberwucherten Weg. Dort stieg sie auf und trat unsicher in die Pedale. Wackelig strampelte sie eine leichte Steigung hinauf, bevor es bergab durch ein hübsches Waldstück ging, dessen Boden von Sonnenflecken gesprenkelt war. Eine herrliche Leichtigkeit überkam Agatha. Nach wenigen Kilometern allerdings bemerkte sie, dass sie sich dem Dorf näherte, und kehrte um. Das viele Laufen in London hatte ihren Beinen einige Muskeln beschert, aber die reichten nicht aus, um das ganze Stück zurück bergauf zu radeln. Also stieg sie auf halber Strecke ab und schob. Gleichzeitig zogen Wolken auf, und bald setzte ein ekliger Nieselregen ein.

In London hätte Agatha in eine Bar oder ein Café flüchten können, bis der Schauer vorbei war, doch hier gab es nichts als Felder, Waldstücke und das stete Tropfen aus den Bäumen über ihr.

Entsprechend froh war sie, als sie endlich wieder ihren Wagen erreicht und das Klapprad verstaut hatte. Sie wollte gerade losfahren, da rumpelte auf der Straße ein Auto an ihr vorbei. Erstaunt blickte sie ihm nach. Es war eindeutig die Rostlaube aus dem Vorgarten der Cartwrights. Ohne nachzudenken, wendete sie ihren Wagen und folgte dem anderen. Ihr Zielobjekt bewegte sich über die geschlängelten Landstraßen Richtung Ancombe. Agatha versuchte, unbemerkt zu bleiben, nur waren sonst keine Autos unterwegs, was es schwierig machte. Soweit sie sehen konnte, saß Mrs. Cartwright allein in dem rostigen Wagen.

Kurz vor Ancombe fielen ihr große Schilder mit Pfeilen auf, die Fahrer zum ANCOMBE JAHRMARKT lotsten. Anscheinend wollte Mrs. Cartwright dorthin. Nun tauchten auch andere Autos auf, und Agatha ließ einen Mini zwischen sich und Mrs. Cartwright.

Mrs. Cartwright parkte auf einer nassen Wiese. Agatha ignorierte einen winkenden Parkplatzwächter und stellte ihren Saab ein gutes Stück weiter ab. So abrupt, wie der

Regen eingesetzt hatte, hörte er auch wieder auf, und die Sonne kam durch. Klamm und zerknautscht stieg Agatha aus. Mrs. Cartwright war nirgends zu sehen. Ihr Wagen, ein alter Ford Vauxhall, war leer, als Agatha an ihm vorbeiging.

Sie ging Richtung Jahrmarkt, zahlte ihren Eintritt und kaufte außerdem ein Programm. Nach kurzem Blättern entdeckte sie, was sie suchte: Der Backwettbewerb fand in einem Zelt in der Platzmitte statt.

Unmittelbar vor dem Zelt allerdings tauchte plötzlich Mrs. Cartwright vor ihr auf. »Was machen Sie hier?«, fragte die Frau misstrauisch.

»Wie haben Sie Ihren Wagen aus dem Garten bekommen?«, fragte Agatha.

»Zaun umkippen, rausfahren, Zaun wieder aufstellen. So geht das seit Jahren, aber kümmert sich John vielleicht mal drum? Nee. Wieso sind Sie hier?«

»Ich hatte von dem Jahrmarkt gelesen«, sagte Agatha unverfänglich. »Reichen Sie etwas beim Wettbewerb ein?«

»Quiche«, lautete Mrs. Cartwrights lakonische Antwort. Dann grinste sie. »Spinat-Quiche. Hier gibt's bessere Preise als drüben in Carsely.«

»Rechnen Sie damit, dass Sie gewinnen?«

»Klar doch. Hier hab ich ja keine Konkurrenz.«

»War Mr. Cummings-Browne bei diesem Wettbewerb auch Preisrichter?«

»Nee. Bei den Hunden. Beste Züchtung und so.« Sie blickte sich verstohlen um. »Wollen Sie was hören?«

»Sie haben schon vierzig Pfund von mir bekommen und ich so gut wie nichts von Ihnen«, sagte Agatha verärgert. »Und sagen Sie Ihrem Mann, er soll aufhören, mir zu drohen.«

»Der droht dauernd andern Leuten, und er findet, Sie

sind eine aufdringliche Kuh. Aber wenn Sie nicht wissen wollen, was in Ancombe war ...«

Sie drehte sich halb zum Gehen.

»Moment«, sagte Agatha. »Was können Sie mir erzählen?«

Mrs. Cartwrights dunkle Augen blickten gierig auf Agathas Handtasche.

Agatha öffnete den Schnappverschluss und zog ihr Portemonnaie heraus. »Zehn, wenn ich denke, dass die Information sie wert ist.«

Mrs. Cartwright beugte sich vor. »Den Hundewettbewerb hat immer ein Scotchterrier gewonnen.«

»Und?«

»Und die Frau, die ihre Scotchterrier vorgeführt hat, ist Barbara James von der Combe Farm. Die war auch bei der Untersuchung im Gericht und hat wie blöd geheult.«

»Sie meinen ...«

»Unser Reg hat schon was verlangt, wenn er einen gewinnen lassen sollte.«

Agatha gab ihr die zehn Pfund und sah wieder ins Programm. Der Hundewettbewerb fand auf einem Platz nahe dem Zelt statt. Als sie wieder aufblickte, war Mrs. Cartwright verschwunden.

Agatha setzte sich auf eine Bank an den mit Seilen abgesperrten Platz und schlug wieder das Programm auf. Beim Wettbewerb um die beste Züchtung sollte eine Lady Waverton Preisrichterin sein. Agatha schaute sich um. Eine pummelige Frau in einem Tweedkostüm und mit einer Deerstalker-Mütze auf dem Kopf hockte auf einem Jagdstuhl, über dessen kleine Sitzfläche ihr breiter Hintern bedenklich hinausquoll, und musterte die Hunde, die an ihr vorbeigeführt wurden. Eine etwa fünfunddreißigjährige Frau mit rosigen Wangen und braunen Locken führte ihren Scotch-terrier vor. Das muss Barbara James sein, dachte Agatha.

Es war todlangweilig. Agatha fielen fast die Augen zu. Die Teilnehmer hingegen wirkten nervös und aufgeregt wie Eltern bei einer Preisverleihung in der Schule. Lady Waver-ton schrieb etwas auf einen Zettel, und ein Bote brachte das Papier zum Podium, wo ein Mann mit einem Mikro-phon auf einem Stuhl saß. »Achtung, Achtung«, sagte der Mann. »Die Preise für die beste Züchtung gehen an: Dritter Platz, Mr. J. G. Feathers für seinen Sealyham-Terrier Pride of Moreton; zweiter Platz, Mrs. Comely für ihren Otter-hund Jamesy Bright Eyes. Und der Gewinner ist …«

Barbara James hob ihren Scotchterrier auf den Arm, knuddelte ihn und sah erwartungsvoll zu den beiden Zei-tungsfotografen hinüber. »Der Gewinner ist Miss Sally Gentles Pudel Bubbles Daventry of the Fosse.«

Miss Sally Gentle mit ihrem weißen, schleifchenge-schmückten Kringelhaar sah ihrem Hund frappierend ähn-lich. Wutentbrannt verließ Barbara James den Platz.

Agatha stand auf und folgte ihr. Barbara ging geradewegs ins Bierzelt. Am Eingang blieb Agatha stehen, bis sich die enttäuschte Hundehalterin ein Pint Bier geholt hatte. Ei-gentlich mochte Agatha kein Bier, aber sie bestellte sich ein halbes Pint und setzte sich zu Barbara an einen der wack-ligen Tische. Dort mimte sie die Überraschte. »Ah, Miss James!«, rief sie, beugte sich vor und tätschelte den Scotch-terrier, der nach ihrer Hand schnappte. »Verspielt, was?« Agatha bedachte den Hund mit einem giftigen Blick. »So ein hübscher Kopf. Ich hätte gewettet, dass er gewinnt.«

»Das ist das erste Mal seit sechs Jahren, dass ich verloren habe«, sagte Barbara, streckte die Beine in ihren Jodhpurs aus und starrte missmutig auf ihre Schuhspitzen.

Agatha seufzte sehr überzeugend. »Der arme Mr. Cummings-Browne.«

»Reg konnte einen guten Hund auf Anhieb erkennen.« Barbara setzte ihren Hund auf den Boden. »Ab mit dir. Gassi.« Der Hund trottete zum Zeltausgang und hob das Bein an einem Abfalleimer. »Kannten Sie Reg?«

»Nur flüchtig«, antwortete Agatha. »Ich war mit den Cummings-Brownes essen, kurz bevor er starb.«

»Es hätte nie passieren dürfen«, sagte Barbara. »Aber das ist das Problem mit den Cotswolds-Dörfern. Hier ziehen zu viele Leute aus den Großstädten hin. Wissen Sie, wie er gestorben ist? Irgendeine Pute namens Raisin hat eine Quiche gekauft und sie als selbstgemacht beim Wettbewerb eingereicht.«

Agatha war drauf und dran, ihr zu gestehen, dass sie Mrs. Raisin war, als plötzlich ein heftiger Regenguss einsetzte. Es war ein weiter Fußmarsch bis zu ihrem Wagen. Eisiger Wind blies ins Zelt.

»Wie schrecklich«, sagte Agatha deshalb nur. »Kannten Sie Mr. Cummings-Browne gut?«

»Wir waren eng befreundet. Mit Reg war's immer lustig.«

»Haben Sie auch etwas beim Backwettbewerb eingereicht?«

Barbara wurde misstrauisch. »Warum das denn?«

»Die meisten Frauen hier scheinen in diesem Bereich ganz talentiert zu sein.«

»Ich kann nicht backen, aber ich versteh was von Hunden. Verdammt, ich hätte gewinnen müssen! Was weiß diese Lady Mistdreck schon, dass sie bei einer Hundeshow die Preisrichterin geben darf? Ich sag's Ihnen: Nix. Die Veranstalter suchen einen Preisrichter und schnappen sich dann irgendeinen Idioten mit Titel. Die könnte nicht mal ihren eigenen Hintern beurteilen!«

Als Barbara ihr Glas hob, bemerkte Agatha, wie muskulös sie war, und beschloss, sich zu verabschieden.

Leider guckte in diesem Moment Ella Cartwright ins Bierzelt, entdeckte Agatha und rief: »Na, gefällt's Ihnen hier, Mrs. Raisin?«

Langsam stellte Barbara ihr Glas ab. »Sie!«, zischte sie und warf sich über den Tisch, die Hände nach Agathas Hals ausgestreckt.

Agatha machte einen Satz rückwärts, sodass ihr dünner, mit Leinen bespannter Aluminiumstuhl umfiel. »Jetzt regen Sie sich nicht auf«, sagte sie matt.

Doch Barbara stürzte sich auf sie und packte sie bei der Gurgel. Die anderen Gäste im Zelt sahen grinsend zu. Agatha gelang es, ein Knie anzuwinkeln und mit aller Kraft gegen Barbaras Bauch zu stemmen. Diese stolperte zurück, stürmte jedoch gleich wieder auf Agatha los. Unglücklicherweise blockierte sie den einzigen Ausgang. Agatha floh hilferufend hinter den Tresen, während die Männer im Zelt die beiden Frauen grölend anfeuerten. In ihrer Hilflosigkeit griff Agatha sich ein großes Küchenmesser und hielt es vor sich. »Aus dem Weg«, japste sie außer Atem.

»Mörderin!«, kreischte Barbara, wich aber zurück. Dann leuchtete ein greller Kamerablitz auf. Einer der Lokalfotografen hatte soeben einen Schnappschuss von der messerschwingenden Agatha gemacht.

Während sie die Behelfswaffe vor sich hielt, ging Agatha vorsichtig um den Tresen herum zum Ausgang. »Kommen Sie mir ja nie wieder nahe, oder ich *bring Sie um!*«, schrie Barbara.

Vor dem Zelt ließ Agatha das Messer fallen und rannte

los. Erst als sie sicher in ihrem Wagen saß und die Türen von innen verriegelt hatte, atmete sie richtig durch. Sie ließ den Motor an, fuhr aber noch nicht los. Tiefe Verzweiflung überwältigte sie. Der Fotograf! Vor ihrem geistigen Auge sah sie schon die Titelseiten der Lokalblätter. Was war, wenn die Londoner Zeitungen die Story aufgriffen? O Gott! Sie musste die Bilder vernichten.

Zittrig und erschöpft stieg sie aus und stapfte über die matschige Wiese.

Agatha sah sich immer wieder aufmerksam um, ob Barbara James ihr irgendwo auflauerte, während sie an den Ständen vorbeiging, an denen alte Bücher, Landbekleidung, Trockenblumen, Töpfersachen und Selbstgebackenes verkauft wurden. Es gab sogar einen Stand mit Landweinen. Dort fand sie den Fotografen, der zusammen mit einem Reporter Holunderwein probierte. Agathas Herz schlug schneller. Seine Kameratasche hatte er neben sich abgestellt, aber der Apparat, mit dem er das Foto gemacht hatte, hing noch um seinen Hals. Agatha hielt sich im Hintergrund, damit er sie nicht sah. Eine ganze Weile probierten die beiden Männer weiter Weine, bis das Terrier-Rennen angekündigt wurde. Dann sagte der Fotograf etwas zu dem Reporter, und sie gingen zu dem abgesperrten Platz hinüber. Agatha folgte ihnen und wartete, bis die beiden in der Arena waren. An einem der Stände kaufte sie sich einen Wachsmantel und einen Regenhut. Es goss nach wie vor, und es sollte noch ein langer Tag werden. Nach dem Terrier-Rennen kam ein Schauspringen. Agatha schlich unauffällig am Rande der sich ausdünnenden Zuschauermenge herum, obwohl sie glaubte, mit dem Hut und dem langen Mantel einigermaßen gut getarnt zu sein.

Am Ende des Schauspringens hörte der Regen wieder auf, und kühles gelbes Sonnenlicht flutete den Jahrmarkt. Mit klopfendem Herzen beobachtete Agatha, wie der Fotograf die Kamera in seine Tasche legte, noch etwas in ihr herumkramte und dann eine andere Kamera herausnahm. Sie zog ihren Mantel aus. Der Fotograf und der Reporter kehrten zum Weinstand zurück. »Probieren Sie mal den Birkenwein«, sagte die Frau am Stand, als Agatha sich heranschlich. Sie ließ ihren Mantel auf die Kameratasche fallen, hob ihn mitsamt der Tasche auf und huschte hinter das Zelt. Dort öffnete sie die Tasche, schnappte sich die Kamera und löschte alle Digitalbilder im Speicher. Irritiert starrte sie auf mehrere Speicherkarten, die sich ebenfalls in der Tasche befanden. So ein Pech. Sie nahm alle heraus, schlüpfte wieder in ihren Mantel und stopfte die Karten in ihre Tasche.

Von der anderen Seite hörte sie jemanden »Polizei!« rufen und lief weg. Die Kameratasche hatte sie auf dem Boden zurückgelassen. Sie war sicher, dass die Frau, die den Wein ausschenkte, sie nicht bemerkt hatte, und die beiden Männer hatten sich kein einziges Mal zu ihr umgedreht. Zum Glück waren die zwei nur von einem Lokalblatt, denn überregionale Reporter hätten sich vermutlich sofort auf sie und Barbara James konzentriert und den Zwischenfall bis zur vergifteten Quiche zurückverfolgt. Hiesige Fotografen und Reporter aber wussten, dass ihr Job bei diesen Jahrmärkten einzig und allein der war, so viele Gesichter und Gewinner wie möglich auf die Seiten zu bringen. Trotzdem hätten sie das Bild von ihr mit dem Messer im Bierzelt bestimmt gedruckt, zusammen mit ein paar Zitaten der zornigen Barbara James.

An der Parkplatzausfahrt wurde Agatha von einem Polizisten herangewunken. Ängstlich öffnete sie das Seitenfenster und sah ihn an. »Einem Fotografen wurde die Kameratasche gestohlen«, sagte er. »Haben Sie etwas Verdächtiges gesehen?« Dabei blickte er suchend in ihren Wagen. Agatha sah unruhig auf ihre Manteltasche. »Nein«, antwortete sie. »Das ist ja furchtbar.«

Weiter hinten ertönte ein Ruf: »Wir haben die Tasche!« Der Polizist richtete sich wieder auf. »Ah, dann hat sich das erledigt«, sagte er grinsend. »Diese Fotografen trinken gern mal etwas zu viel. Dieser hier hatte wohl bloß vergessen, wo er seine Sachen abgestellt hat.«

Er trat zurück, und Agatha fuhr los. Sie atmete erst auf, als sie zu Hause war und ein großes Feuer im Kamin gemacht hatte. Sobald es munter brannte, warf sie die Speicherkarten hinein und guckte zu, wie sie in der Hitze verschmorten. Dann hörte sie einen Wagen vorfahren.

Sie blickte aus dem Fenster. Barbara James!

Agatha duckte sich hinter das Sofa und kauerte dort zitternd. Das Klopfen an der Tür wurde rasch zu einem wilden Hämmern und Treten. Agatha stieß ein leises Wimmern aus. Auf einmal wurde es still. Sie wollte schon aufstehen, als etwas gegen ihr Wohnzimmerfenster knallte und sie sich noch tiefer duckte. Gleich darauf hörte sie, wie ein Wagen wegfuhr, von dem sie inständig hoffte, dass es Barbaras war. Sicherheitshalber blieb sie noch eine Weile hinter dem Sofa.

Nach ungefähr zehn Minuten stand sie vorsichtig auf und sah zum Fenster. Braune Exkremente und Fetzen von Küchenpapier klebten dort. Barbara musste eine beachtliche Ladung bei sich gehabt haben.

Agatha ging in die Küche, füllte einen Eimer mit Wasser und schüttete den Inhalt von draußen gegen das Fenster. Das wiederholte sie, bis das Fenster wieder sauber war. Sie wollte gerade ins Haus zurück, als sie Mrs. Barr sah, die an ihrer Gartenpforte stand. Ihre blassblauen Augen blitzten hämisch.

Agathas knurrender Magen erinnerte sie wenig später daran, dass sie noch nichts gegessen hatte. Doch sie wagte sich nicht noch einmal aus dem Haus. Wenigstens hatte sie noch Brot und Butter, und so machte sie sich einige Scheiben Toast.

Ihr Telefon klingelte schrill, und zaghaft nahm Agatha den Hörer ab. »Halloho«, erklang Roys Stimme. »Bist du das, Aggie?«

»Ja«, sagte sie und bekam vor Erleichterung weiche Knie. »Wie geht's?«

»Nicht so berauschend.«

»Was macht Steve?«

»Keine Ahnung. Er hat schlechte Laune.«

»Kauf ihm ein Buch über das Landleben, dann strahlt er wieder.«

»Um den zum Strahlen zu bringen, muss man ihm mit einer Taschenlampe ins Ohr leuchten«, jammerte Roy. »Übrigens habe ich den Etat für Tolly-Babynahrung bekommen.«

»Gratuliere!«

»Wozu?«, rief er schrill. »Babynahrung ist so was von nicht mein Ding, Schätzchen! Das machen die absichtlich, weil sie hoffen, dass ich total versage. Die Werbung ist eher dein Ding.«

»Warte mal, war es nicht Tolly-Babynahrung, in deren Gläschen irgendein Irrer gemahlenes Glas gemischt hatte und das Unternehmen damit erpressen wollte?«

»Ja, der Täter wurde inzwischen verhaftet. Jetzt will Tolly seinen Ruf wiederherstellen.«

»Versuch's mit Öko«, schlug Agatha vor. »Schlag den

Marketingleuten eine neue Produktlinie mit Vollwertbaby-nahrung vor, ohne Zusatzstoffe und mit einem speziellen Sicherheitsdeckel. Und besorg dir eine Animationsfigur für die Promotion. Schmeiß eine Presseparty, auf der ihr den neuen Sicherheitsverschluss präsentiert. ›Nur Tolly schützt Ihr Baby‹, so etwas in der Art. Und bei der Veranstaltung darfst du nichts trinken, verstanden? Außerdem lädst du alle Journalisten, die selbst Babys haben, einzeln zum Mittag-essen ein.«

»Die haben keine Babys«, jaulte Roy. »Das Einzige, was die produzieren, ist Gift und Galle.«

»Ein paar fruchtbare Exemplare dieses Berufszweigs gibt es durchaus.« Agatha dachte nach. »Jean Hammond zum Beispiel hat ein Baby, und Jeffrey Constables Frau hat auch gerade eines bekommen. Du findest sicher noch mehr, wenn du dich anstrengst. Und Journalistinnen fühlen sich so oder so verpflichtet, über Babys zu schreiben, um zu be-weisen, dass sie in dieser Hinsicht keine Berührungsängste haben. Sie müssen sich nach außen hin mit den Hausfrauen identifizieren, die sie insgeheim verachten. Weißt du noch, wie Jill Stamp laufend von ihrem Patensohn schwärmte? Sie hat überhaupt keinen. Er war eine reine Erfindung, um ihr Image abzurunden.«

»Ich wünschte, du könntest das machen, Aggie.« Roy stöhnte. »Für dich zu arbeiten, hat viel mehr Spaß gemacht. Wie läuft das Landleben denn so?«

Agatha zögerte, ehe sie antwortete: »Gut.«

Eine längere Stille trat ein, und plötzlich wurde Agatha bewusst, dass Roy womöglich auf eine Einladung wartete.

»Erinnerst du dich an den ganzen Kitsch in meinem Wohnzimmer?«

»Welchen, die falschen Messingbeschläge und das?«

»Ja, ich versteigere die ganzen Sachen für wohltätige Zwecke, am zehnten Juni, einem Samstag. Hast du Lust, herzukommen und mich in Aktion zu erleben?«

»Unbedingt!«

»Also abgemacht. Ich hole dich am Freitagabend, dem neunten, am Bahnhof ab. Mich wundert offen gesagt, dass du London freiwillig verlässt.«

»London ist eine *Kloake*«, raunte er verdrossen.

»O Gott, da kommt ein Wagen!«, rief Agatha und lief zum Fenster. »Ah, schon gut, dass ist nur die Polizei.«

»Was hast du denn wieder angestellt?«

»Das erzähle ich dir, wenn wir uns sehen. Bis dann!«

Agatha öffnete Bill Wong. »Ist irgendwas, oder kommen Sie mich bloß mal wieder besuchen?«

»Nicht ganz.« Er folgte ihr in die Küche und setzte sich.

»Wie ich höre, waren Sie auf dem Jahrmarkt in Ancombe.«

»Und?«

»Sie wurden im Bierzelt gesehen, wie Sie mit einem Messer vor Miss Barbara James herumgefuchtelt haben.«

»Notwehr. Die Frau wollte mich erwürgen.«

»Warum?«

»Weil sie ein Verhältnis mit Cummings-Browne hatte und rotsah, als sie meinen Namen erfuhr. Das ist zumindest meine Vermutung.«

Bill schlug seinen Notizblock auf und blickte darauf. »Ben Birkin, der Fotograf vom *Cotswolds Courier,* hat ein Bild von Ihnen gemacht, und siehe da, hinterher wurde seine Kameratasche geklaut. Die Tasche mit allen Kameras fand man wieder, doch sämtliche Bilder waren gelöscht und die Speicherkarten verschwunden.«

»Seltsam«, sagte Agatha. »Kaffee?«

»Ja, gern. Ich hatte auch einen Anruf von Fred Griggs, Ihrem Dorfpolizisten. Ihm wurde gemeldet, dass eine Frau, die der Beschreibung nach Barbara James sein müsste, Kot gegen Ihr Fenster geschmissen hat.«

»Sie ist wahnsinnig«, sagte Agatha und stellte Bill den Kaffeebecher hin, dass es knallte. »Vollkommen durchgedreht. Und Sie behaupten immer noch, dass Cummings-Brownes Tod ein Unfall war? Die Szene im Bierzelt tut mir leid, und, ja, ich bin froh, dass der Fotograf seine Aufnahmen verloren hat. Ich mache schon genug durch und brauche mein Bild nicht auch noch auf der Titelseite irgendeines Käseblatts. O Gott, ich nehme an, die bringen die Geschichte auch ohne Foto.«

Er musterte sie nachdenklich. »Sie haben eine Menge Glück. Der Redakteur war so sauer auf Ben Birkin, dass er nichts von den zwei Frauen im Bierzelt hören wollte. Und zufällig hält John James, Barbaras Ehemann, Anteile an dem Unternehmen, dem die Zeitung gehört. Der Redakteur will lediglich so viele Namen und Bilder von Einheimischen wie möglich. Und weil auf dem Jahrmarkt jede Menge Hobbyfotografen waren, denen Ben ihre Bilder abkaufen konnte, wird wohl nichts nachkommen. Wollen Sie Barbara James wegen tätlichen Angriffs anzeigen? Oder wegen des Hundehaufens, den sie gegen Ihr Fenster geworfen hat?«

Agatha schauderte. »Nein. Ich will die Frau nie wiedersehen.«

»Ich habe mich noch ein wenig nach Cummings-Browne erkundigt«, sagte Bill. »Anscheinend war er ein ganz schöner Schürzenjäger. Hat man ihm nicht angesehen, was? Ich meine, der komisch spitze Schädel und die Trichterohren. Ach, und ich weiß, wer die Frau ist, die Sie auf Warwick Castle so wütend angestarrt hat.«

»Wer?«

»Miss Maria Borrow, eine vertrocknete Jungfer aus der Gemeinde, also nicht aus dieser hier, sondern aus Upper Cockburn.«

»War sie auch eine von Cummings-Brownes Affären?«

»Das halte ich für unwahrscheinlich. Sie ist eine pensionierte Lehrerin, zweiundsechzig und ein bisschen plemplem. Sie hält sich für eine Hexe.«

»Nun, ich würde sagen, das Alter spielt keine Rolle. Ich meine, Cummings-Browne konnte kaum erwarten …«

»Die letzten drei Jahre gewann sie den Marmeladenwettbewerb in Upper Cockburn, und Mr. Cummings-Browne war der Preisrichter. Sie halten sich fern von ihr, Mrs. Raisin, bitte. Genießen Sie Ihren Ruhestand.«

Er stand auf, ging jedoch nicht zur Haustür sondern ins Wohnzimmer, wo er zum Kamin blickte. Er griff nach einem Schürhaken und stocherte in den Flammen herum, bis kleine Plastikstücke durch den Feuerkorb fielen.

»Ehrlich, Sie haben eine Menge Glück, Mrs. Raisin. Zufällig kann ich Ben Birkin nicht ausstehen.«

»Wieso nicht?«

»Ich hatte mal einen harmlosen Flirt mit einer verheirateten Frau, und Ben fotografierte uns, als ich sie hinter der Abtei in Mircester umarmte. Er brachte das Bild in die Zeitung und schrieb darunter: ›In den Armen des Gesetzes ist man sicher‹. Daraufhin stand ihr Mann bei mir vor der Tür, und ich hatte meine liebe Not, mich aus der Geschichte herauszureden.«

Agatha schnappte den Köder nicht. »Ich verstehe nicht, worauf Sie hinauswollen. In einem der Umzugskartons waren noch abgelaufene Plastikkarten aller Art, und die habe ich verbrannt.«

Schmunzelnd schüttelte Bill den Kopf. »Man sollte denken, nach so vielen Jahren in der Werbung könnten Sie besser lügen. Kümmern Sie sich in Zukunft um Ihre eigenen Angelegenheiten, Agatha Raisin, und überlassen Sie die Ermittlungen der Polizei.«

Das stürmische Regenwetter wich einem klaren, blauen Himmel. Noch ein bisschen angegriffen von ihrem Zusammenstoß mit Barbara James packte Agatha ihr Klapprad ins Auto und fuhr durch die Cotswold. An einem ruhigen Wanderweg hielt sie an und wechselte auf das Fahrrad. Riesige Glyzinien blühten über Cottage-Türen, und Weißdornblüten wehten wie Schneegestöber an den Wegrändern auf. Der goldene Sandstein der Häuser schimmerte im warmen Sonnenlicht, und London schien sehr weit weg.

In Chipping Campden verwarf sie ihr Vorhaben, ein paar Pfund abzunehmen, und gönnte sich ein Steak and Kidney Pie in der antiken Behaglichkeit des Eight Bells, bevor sie die Hauptstraße mit ihren grünen Hecken entlangschlenderte. Bewundernd sah sie sich die Sandsteinhäuser mit ihren spitzen Giebeln, hohen Schornsteinen und Bogengängen, den Ziergiebeln, Säulen, den Sprossenfenstern, zweiflügeligen Läden und den breiten, flachen Stufen an. Trotz der unvermeidlichen Touristen, wirkte alles ruhig und beschaulich. Wohlig satt von ihrer Fleischpastete, fühlte Agatha sich wieder ein wenig versöhnt mit der Welt. In der Dorfmitte stand die Markthalle von 1627, deren kurze dicke Säulen schwarze Schatten auf die Straße warfen. Das Leben könnte so unkompliziert sein. Sie brauchte nichts weiter zu tun, als Cummings-Brownes Tod zu vergessen.

Während der nächsten Tage blieb es sonnig. Agatha streifte weiter umher, teils mit dem Rad, teils zu Fuß. Und abends erlebte sie ein neues Gefühl von gesunder Erschöpfung. Als jedoch der Ausflug der Carsely-Damen nahte, wurde ihr mulmig zumute.

Ihre Sorge war unbegründet, stellte sie fest. Beim Einsteigen in den Bus blickten ihr keine wütenden Gesichter entgegen. Sie freute sich, Mrs. Doris Simpson zu entdecken, und setzte sich neben sie, um mit ihr über dies und jenes zu plaudern. Die Frauen im Bus waren zumeist mittleren Alters. Einige hatten Strickzeug dabei, andere Stickarbeiten. Der Wagen ächzte rumpelnd die Landstraße hinunter, die Sonne schien, und alles war friedlich.

Agatha nahm an, dass das Unterhaltungsprogramm der Damen von Mircester aus Tee und Kuchen bestand, und hatte vor, sich nicht zurückzuhalten. Immerhin hatte sie sich die letzten Tage sehr viel bewegt, da durfte sie sich ruhig mit etwas Kuchen verwöhnen. Im Gemeindesaal von Mircester aber erwartete sie ein komplettes Mittagessen samt Wein. Letzteren hatten die Mitglieder der Damengesellschaft von Mircester selbst gekeltert, und er war hochprozentig. Zum Mittagessen servierten sie eine klare Suppe, Brathühnchen mit Pommes frites und grünen Bohnen und einen Sherry-Trifle zum Dessert. Es folgte ein Apfelcognac, für den Mrs. Rainworth, ein verknöchertes altes Mütterchen, tosenden Applaus bekam.

Die Vorsitzende der Mircester-Damen stand auf. »Wir haben eine Überraschung für Sie«, wandte sie sich an Mrs. Bloxby. »Wenn die Damen bitte in ihrem Bus zum Malvern Theatre fahren wollen. Dort sind Plätze für uns reserviert.«

»Und was sehen wir uns an?«, fragte Mrs. Bloxby.

Die Mircester-Damen johlten und lachten. »Warten Sie es ab.«

»Ich frage mich, was das sein kann«, sagte Agatha zu Doris Simpson, als sie wieder in den Bus stiegen. Nun waren sie wieder bei Doris und Agatha. »Weiß ich nicht«, sagte Doris. »Irgendein Kindertheater hat dort mal etwas aufgeführt. Vielleicht ist es das.«

»Puh, ich habe zu viel getrunken! Wahrscheinlich schlafe ich sowieso gleich ein.«

»Na, das ist ja eine Überraschung«, sagte Doris, kaum dass der alte Bus vor dem Theater hielt. »Da steht *All-American Dance Troupe*.«

»Das ist sicher eine dieser modernen Ballett-Truppen.« Agatha stöhnte. »Alle tanzen in schwarzen Strumpfhosen auf einer Bühne herum, die wie ein Trümmerhaufen aussieht. Tja, ich hoffe, die Musik ist nicht zu laut.«

Drinnen machte sie es sich mit den anderen Mitgliedern der Carsely-Damengesellschaft gemütlich.

Ein Trommelwirbel erklang, und der Vorhang ging auf. Agatha blinzelte. Das war ja eine Männer-Striptease-Show! Die Musik wummerte und pulsierte, und Lichtkegel huschten über die Bühne. Agatha sank tiefer in ihren Sessel, ihr Gesicht glühte vor Scham. Mrs. Rainworth, die Erfinderin des Apfelcognacs, stand auf ihrem Sitz und schrie hysterisch: »Ausziehen!« Fast alle Frauen kreischten und riefen derbe Aufforderungen. Agatha war froh, dass Doris Simpson ihr Strickzeug hervorgeholt hatte und weder von dem Geschehen auf der Bühne noch vom Benehmen des Publikums etwas mitzubekommen schien. Die Stripper waren braungebrannt und muskulös. Sie zogen sich nicht vollständig aus, und ihre anzüglichen Bewegungen erinnerten Agatha an Affen. Keck, aber harmlos. Die meisten Damen indes waren außer Rand und Band. Eine blondierte Mittfünfzigerin, die zu den Mircester-Damen gehörte, wollte die Bühne stürmen und musste von den anderen zurückgehalten werden.

Agatha litt schweigend. Betrüblicherweise endete ihre Pein nicht mit der Show. Die Frauen aus dem Publikum konnten sich mit den Strippern fotografieren lassen, wenn sie wollten – für zehn Pfund. Und von wenigen Ausnahmen abgesehen wollten die Carsely-Damen es.

»Hat Ihnen die Show gefallen, Mrs. Raisin?«, fragte die Vikarsfrau, Mrs. Bloxby, als Agatha mit zittrigen Knien in den Bus stieg. »Ich bin schockiert«, antwortete Agatha.

»Ach, das war doch nur ein bisschen Spaß«, sagte Mrs. Bloxby. »Im Fernsehen habe ich schon Schlimmeres gesehen.«

»Mich erstaunt, dass *Sie* es amüsant fanden«, gestand Agatha.

»Es sind so nette junge Männer. Wussten Sie, dass sie eine Sonderaufführung für kurdische Flüchtlinge gegeben und dabei fünftausend Pfund eingenommen haben? Und das komplette Geld von den Fotos ist für die Renovierung der Klosterkirche vorgesehen.«

»Wie clever von ihnen«, murmelte Agatha, die sich mit guter PR auskannte. Die Stripper rückten ab und zu etwas Geld für wohltätige Zwecke heraus, und schon galten sie als respektabel und durften die Frauen der Cotswolds, die in ganzen Busladungen zu ihnen kamen, in einen Rausch der Lust versetzen. Vielleicht hatten diese Amerikaner damit eine neue englische Tradition begründet, dachte Agatha zynisch. In fünftausend Jahren traten vielleicht Stripper auf den Dorfwiesen auf, während Reiseführer über die Anfänge dieses uralten Rituals dozierten.

Zurück im Gemeindesaal verwandelten sich sämtliche

Damen wieder in würdige Gemeindemitglieder, die über Veranstaltungen und Spendenaufrufe sprachen. Mrs. Bloxby erhob sich und verkündete: »Unsere Mrs. Raisin veranstaltet am zehnten Juni eine Spendenauktion. Ich hoffe, Sie alle kommen und helfen mit, die Gebote in die Höhe zu treiben. Wir sind Mrs. Raisin sehr dankbar und hoffen, dass alle sie nach Kräften unterstützen.« Agatha krümmte sich innerlich und war darauf gefasst, dass jemand rief: »Doch nicht *die* Mrs. Raisin, die den armen Mr. Cummings-Browne vergiftet hat?« Stattdessen wurde ihr applaudiert. Agatha war sehr gerührt, als sie sich zum Dank verneigte. Bill Wong hatte recht: Ihr Ruhestand könnte richtig schön sein, wenn sie Reg Cummings-Browne und diese verfluchte Quiche vergaß.

8

Agatha blieb bei ihrem Entschluss, sich um ihre eigenen Angelegenheiten zu kümmern, statt um den Tod von Cummings-Browne. Sie verwandte ihre gesamte Energie auf die örtlichen Zeitungen, bei denen sie die Werbetrommel für die Auktion rührte. Und die Redakteure druckten brav alles. Genau so hatten es die Journalisten vor nicht allzu langer Zeit getan, wenn sie einen Kunden oder ein Produkt vermarkten wollte.

Die gutmütigen Damen der Carsely-Gesellschaft schleppten Bücher, Teller, Vasen und Sonstiges heran. Je näher die Auktion rückte, umso häufiger bekam Agatha Besuch. Mrs. Mason, die Vorsitzende der Damengesellschaft, kam regelmäßig mit irgendwelchen Damen vorbei, die ihre Spenden abgaben, bis Agathas Wohnzimmer wie ein Trödelladen aussah.

Sie war so mit den Vorbereitungen beschäftigt, dass sie um ein Haar Roy vergaß und im letzten Moment zum Bahnhof hetzte. Sie wünschte, er würde nicht kommen. Endlich begann sie, sich wie ein Teil dieses Dorfes zu fühlen, und Roy mit seinem eitlen, überheblichen Benehmen konnte ihrem neuen Image als der großzügigen Agatha einigen Schaden zufügen.

Zu ihrer Beruhigung unterschied er sich nicht von den anderen Pendlern aus London, als er aus dem Zug stieg. Er trug einen normalen Haarschnitt, keine Ohrringe und einen Geschäftsanzug. Hängekörbe mit Blumen schmückten den Bahnhof von Moreton-in-Marsh, und Rosen blühten in den Beeten auf dem Bahnsteig. Es war ein vollkommener Abend.

»Wie eine andere Welt«, sagte Roy. »Zuerst fand ich, dass du einen furchtbaren Fehler gemacht hast, hierherzuziehen, Aggie, aber jetzt beneide ich dich.«

»Was macht die Babynahrung?«, fragte Agatha, während sie in ihren Wagen stiegen.

»Ich habe alles so gemacht, wie du gesagt hast, und es war ein voller Erfolg. Jetzt bin ich wer in der Firma. Weißt du, wer mein neuester Kunde ist?«

Agatha verneinte stumm.

»Die Kette Handley's Nursery.«

Agatha staunte. »Noch mehr Babys?«

»Nein, Süße, Gärten! Die geben mir sogar einen Kleiderzuschuss für Tweedjacken, Cordhosen und die passenden Schuhe, ist das zu glauben? Oh Mann, ich dachte immer, ich mag Blumen, aber die haben alle diese endlos langen lateinischen Namen, wie chemische Formeln, und ich hatte nie Latein. Das ist alles derart langweilig: Gartenschuppen und Gartenzwerge und komische Pflastersteine.«

»Vielleicht kaufe ich mal einen Gartenzwerg«, sagte Agatha. »Nein, nicht für mich«, ergänzte sie rasch, denn sie wollte ihn für Mrs. Simpson.

»Setzen wir uns lieber in die Küche«, schlug sie vor, als sie zu Hause waren. »Im Wohnzimmer steht alles voll mit Sachen für die Auktion.«

»Kochst du?«, fragte Roy ängstlich.

»Ja, eine der Frauen aus der Damengesellschaft von Carsely, Mrs. Mason, bringt es mir bei.«

»Was ist das für eine Damengesellschaft?«

Agatha erzählte es ihm und auch von dem Ausflug nach Mircester, und er lachte, bis ihm die Tränen kamen.

Zum Abendessen servierte sie ihm Gemüsesuppe, Shepherd's Pie und Apple Crumble. »Halten Sie sich erst mal an die einfachen Sachen«, hatte Mrs. Mason ihr empfohlen.

»Das ist richtig gut«, sagte Roy. »Und du trägst ein Blümchenkleid, Aggie.«

»Es ist bequem«, verteidigte sie sich. »Außerdem habe ich ein bisschen zugenommen.«

»Na, rollst du vielleicht bald zum Dorf hinaus?«, fragte er grienend.

»Früher habe ich nie geglaubt, dass man in meinem Alter einfach so zunimmt«, sagte Agatha. »Ich dachte, das ist bloß eine Ausrede für mangelnde Selbstdisziplin. Aber inzwischen setze ich schon beim Luftholen Fett an. Und ich habe keine Lust, dauernd Fahrrad zu fahren oder irgendwelchen Sport zu machen. Mir ist eher danach, es endgültig aufzugeben und einfach dick zu werden.«

»Tja, wenn du so isst, wirst du auf jeden Fall nicht schlank. Du solltest abends höchstens ein paar Salatblätter knabbern, wie ein Kaninchen.«

Nach dem Abendessen zeigte Agatha ihm die Sachen im Wohnzimmer. »Ein Lieferwagen kommt morgen früh, und wenn alles in der Schule abgeladen ist, fahren sie nach Cheltenham und holen die neuen Sachen. Übrigens kannst du mir ein paar Tipps geben, was ich mit dem Garten anfangen soll, wo du jetzt so viel übers Gärtnern lernst.«

»Noch ist es nicht zu spät, neue Pflanzen einzusetzen«, sagte Roy, der es sichtlich genoss, sein frisch erworbenes

Wissen mit ihr zu teilen. »Säen kannst du nichts mehr. Fahr in eine Gärtnerei, und hol dir jede Menge Blumen. Du brauchst einen echten Cottage-Garten, mit altmodischen Sachen, Kletterrosen und so etwas. Probier's mal, Aggie.«

»Ja, mal sehen. Vorausgesetzt, ich entscheide mich, hierzubleiben.«

Roy sah sie prüfend an. »Meinst du den Mord? Was ist passiert?«

»Ich will nicht darüber reden«, sagte sie hastig. »Am besten vergessen wir die ganze Geschichte.«

Am Morgen stand Agatha in der Schulaula, die Hände in die Hüften gestemmt, und sah sich unglücklich um. In der Halle wirkten all die Sachen aus ihrem Wohnzimmer irgendwie verloren und armselig. Mrs. Bloxby erschien und sagte sanft: »Wie nett das alles aussieht.«

»Tut es nicht«, widersprach Agatha. »Es sieht nicht die Bohne nach einer besonderen Veranstaltung aus. Wir haben zu wenige Sachen. Können die anderen nicht noch irgendetwas bringen? Egal was.«

»Ich sehe mal, was ich tun kann.«

»Und das Orchester, die Dorfkapelle, sollte hier spielen. Das gibt dem Ganzen etwas Feierlicheres. Wie wäre es mit ein paar Morris-Tänzern?«

»An diese Dinge hätten Sie früher denken müssen, Mrs. Raisin. Wie sollen wir das alles so kurzfristig organisieren?«

Agatha blickte auf ihre Uhr. »Neun«, sagte sie. »Die Auktion fängt um drei an.« Sie nahm ihr Notizbuch hervor. »Wo wohnt der Orchesterleiter? Und wo finde ich die Morris Dancer?«

Verwirrt gab Mrs. Bloxby ihr Ansprechpartner und Adressen. Agatha rannte nach Hause und weckte Roy, der noch süß und selig schlief. »Du musst mir ein paar Schilder malen, schnell«, sagte sie. »Warte mal. Die Schilder vom Maifest lagern bei Harvey's, das habe ich gesehen. Hol dir die und übermal sie. Schreib *Schnäppchen, Schnäppchen, Schnäppchen – Große Versteigerung – 15.00 Uhr – Tee. Musik. Tanz.* Und stell die Schilder oben an der A-44 auf, mit einem fetten Pfeil Richtung Carsely, und weitere Schilder im Dorf, die die Autofahrer zur Schule leiten.«

»Das kann ich nicht«, murrte Roy schläfrig.

»Oh doch, du kannst! Hopp, hopp.«

Sie sprang ins Auto, fuhr zum Orchesterleiter und erklärte ihm ungerührt, es wäre seine Pflicht, mit seinen Leuten bei der Auktion aufzutreten. »Ich will Last-Night-of-the-Prom-Stücke«, sagte Agatha. »*Rule, Britannia, Land of Hope and Glory, Jerusalem* und so etwas. Alle Zeitungen schicken ihre Leute, und Sie wollen doch nicht, dass die hinterher schreiben, die Dorfkapelle hätte es nicht für nötig befunden, sich wohltätig zu engagieren.«

Ähnlich verfuhr sie mit den Morris-Tänzern. Die Nächste auf ihrer Liste war Doris Simpson. Agatha stellte mit Freuden fest, dass sie sich diesen Samstag freigenommen hatte. »Es geht um die Schulaula«, sagte Agatha aufgeregt. »Die sieht furchtbar aus. Wir brauchen Blumen.«

»Bestimmt kann ich mit den anderen Damen zusammen einiges besorgen. Setzen Sie sich, Agatha, und trinken Sie einen Tee. Sonst trifft Sie noch der Schlag!«

Aber Agatha brauste gleich weiter. Das gesamte Dorf klapperte sie ab, drohte und flehte und forderte Sachen für die Auktion ein, bis ihr Wagen vollgestopft war mit dem, wie sie fand, scheußlichsten Zeug, das sie je gesehen hatte.

Roy schwitzte in der bereits heißen Sonne, als er zur A-44 hinaufstapfte und Schilder in den Seitenstreifen rammte. Die Farbe war noch feucht; einen Topf rote und einen Topf weiße hatte er bei Harveys gekauft. Seine Zeichenkünste machten nicht viel her, doch zumindest waren die Schilder lesbar. Anschließend trottete er wieder hinunter ins Dorf, wo er weitere Schilder platzierte. Dabei dachte er, dass es typisch für Agatha war, ihn alles zu Fuß erledigen zu lassen.

Nachdem er seine Schuldigkeit getan hatte, ging er zum Cottage zurück, wo er noch ein paar Stunden schlafen wollte.

Doch dort fiel Agatha gleich aufs Neue über ihn her. »Guck mal!«, rief sie und hielt ein Narrenkostüm samt Kappe und Glöckchen in die Höhe. »Ist das nicht klasse? Miss Simms, die Sekretärin, hat es letzte Weihnachten bei einer Pantomime-Aufführung getragen, und sie ist genauso dünn wie du. Es passt dir sicher. Los, zieh es an.«

Roy wich zurück. »Wozu?«

»Du stellst dich oben an die A-44 neben ein Schild und winkst die Leute ins Dorf. Ein bisschen herumhüpfen und tanzen solltest du auch.«

»Kommt nicht in Frage!«

Agatha beäugte ihn nachdenklich. »Mach es, und ich gebe dir einen Tipp für diese Gärtnereien, mit dem du zu *dem* PR-Mann schlechthin aufsteigst.«

»Der wäre?«

»Ich verrate es dir nach der Auktion.«

»Aggie, ich kann nicht! Ich würde mir wie der letzte Narr vorkommen.«

»Du sollst ja auch wie ein Narr aussehen. Mein Gott noch mal, du bist schon schlimmer durch London marschiert! Weißt du noch, als dein Haar pink war? Als ich dich gefragt habe, wieso, hast du gesagt, du magst es, wenn die Leute dich angaffen. Tja, hier bietet sich wieder eine Chance. Ich sorge dafür, dass dein Foto in die Zeitungen kommt und sie schreiben, dass du ein bekannter PR-Mann aus London bist. Los jetzt, Roy. Das ist keine Bitte, sondern ein Befehl.«

»Ja, ja, schon gut«, murmelte Roy. Manchmal erinnerte Agatha Raisin ihn beängstigend an seine tyrannische Mutter.

»Aber eines sage ich dir«, entgegnete er, weil er sich einen Rest Unabhängigkeit bewahren wollte, »ich latsche nicht den ganzen Weg zu Fuß in dieser Hitze. Gib mir deinen Wagen.«

»Den brauche ich vielleicht selbst noch. Nimm mein Fahrrad.«

»Ich soll die Strecke bergauf radeln? Du hast doch einen Vogel!«

»Jetzt zieh das Kostüm an. Ich hole inzwischen das Rad.«

So übel war das alles gar nicht. Nein, eigentlich überhaupt nicht übel, dachte Roy später, als er am Straßenrand herumhüpfte und sein Narrenzepter Richtung Carsely schwenkte. Die Autofahrer hupten und winkten ihm zu, und ein Bus voller Amerikaner hatte sogar angehalten, um ihn zu fragen, was das für eine Auktion wäre. Auf seine Auskunft hin, dort gäbe es »tonnenweise seltene Antiquitäten«, drängten die Amerikaner ihren Reiseleiter, einen Abstecher zur Schule von Carsely zu machen.

Um zehn vor drei stieg er auf Agathas Rad und rollte den Hügel hinunter zum Dorf. Er hatte vorgehabt, sich umzuziehen, bevor er weiter in die Schule fuhr, doch es gefiel ihm so gut, wie alle ihn anstarrten, dass er es sich anders überlegte. Draußen vor der Schule vollführten die Morris Dancer ihre Luftsprünge, drinnen spielte die Dorfkapelle *Rule, Britannia* so gut sie konnte, und, man glaubte es kaum, eine Matrone im Britannia-Kostüm sang dazu. Die Schulaula war gerammelt voll.

Schließlich verstummte das Orchester, und Agatha, die einen weißen Strohhut mit blauen Astern zu einem schwarzen Kleid mit kleinem blauen Kragen trug – was auch zum königlichen Gartenfest gepasst hätte –, trat ans Mikrophon.

Agatha plante, mit den unwichtigsten Sachen anzufangen und sich nach und nach zu steigern.

Das Publikum war schon leicht angetrunken, was zweifellos der alten Mrs. Rainworth aus Mircester geschuldet war. Sie hatte draußen einen Stand aufgebaut, an dem sie ihren Apfelcognac zum Kauf anbot.

Mrs. Mason brachte Agatha als Erstes eine Kiste mit alten Büchern, hauptsächlich Liebesromane im Taschenbuchformat. Obenauf lag ein alter Leinenband, den Agatha hochnahm und näher betrachtete. Es handelte sich um ein Buch über Pferdezucht. Alle *S* sahen wie *F* aus, mithin stammte es wahrscheinlich aus dem 18. Jahrhundert, war aber trotzdem wertlos. Sie schlug es auf, sah auf den Innentitel und gab sich betont überrascht. Dann legte sie es hastig zurück und sagte: »Das ist nichts. Vielleicht fangen wir mit etwas Interessanterem an.«

Sie blickte hinüber zu Roy, der instinktiv seinen Einsatz erkannte. »Nein, wollen wir nicht!«, rief er. »Fangen Sie mit diesem Los an. Ich biete zehn Pfund.«

Verwundertes Raunen ging durch den Saal. Mrs. Simpson, die wie alle gebeten worden war, die Gebote möglichst in die Höhe zu treiben, meldete sich artig mit »Ich biete fünfzehn Pfund« zu Wort. Ein kleiner Mann, der wie ein Händler aussah, merkte auf. »Wer bietet mir zwanzig?«, fragte Agatha. »Es ist für einen guten Zweck. Bietet jemand zwanzig?« Mrs. Simpson stöhnte hörbar, da wedelte der kleine Mann mit seiner Zeitung. »Zwanzig«, sagte Agatha. »Bietet jemand fünfundzwanzig?«

Die Carsely-Damen blieben stumm und umklammerten ihre Handtaschen. Ein anderer Mann hob die Hand. »Ich habe fünfundzwanzig«, sagte Agatha. Die wertlose Bücherkiste brachte fünfundzwanzig Pfund ein, die Agatha dem Bieter ohne einen Funken Reue abknöpfte. Es war ja für einen guten Zweck.

Das Bieten ging weiter. Die Touristen stiegen ebenfalls mit ein, und nach und nach drängelten sich immer mehr Leute in der Schule. Die Dorfbewohner begannen, mitzubieten. Die Veranstaltung war inzwischen zu einem solchen Ereignis geworden, dass alle hinterher sagen wollten, sie hätten mitgemacht. Die Sonne brannte durch die Fenster in die Aula. Zwischendurch hörte man die Fiedel und das Akkordeon draußen, denn die Morris Dancer tanzten weiter, gelegentlich übertönt von der alten Mrs. Rainworth, die ausrief: »Apfelcognac nach Original-Cotswolds-Rezept!«

Der Lokalsender Midlands Television erschien, und Agatha legte sich noch mehr ins Zeug. Das Bieten lief wie am Schnürchen. Die Sachen verschwanden Stück für Stück. Ihr Sofa und die Sessel gingen an einen Händler aus Gloucestershire, und sogar die nachgemachten Messingbeschläge fanden Abnehmer. Für das Farmwerkzeug boten die Amerikaner begeistert mit, denn sie hatten einen erstaunlich guten Blick für echte Antiquitäten.

Als die Auktion vorbei war, hatte Agatha Raisin 25 000 Pfund für die Kinderhilfe eingenommen. Allerdings wusste sie auch, dass sie nun diejenigen beschwichtigen musste, die sich betrogen fühlten.

»Ich möchte Ihnen allen herzlich danken«, sagte sie mit sehr glaubhaft kippelnder Stimme. »Manche von Ihnen haben vielleicht den Eindruck, dass sie zu viel bezahlt haben. Aber vergessen Sie nicht, Ihr Geld hilft Kindern in Not. Wir, die Menschen aus Carsely, danken Ihnen aus tiefstem Herzen. Und nun möchte ich Sie bitten, mit mir zusammen *Jerusalem* zu singen.«

Nach dem allseits bekannten Kirchenlied stimmte Mrs. Mason *Land of Hope and Glory* an. Dann sprach der Vikar ein Gebet, und alle strahlten vor Begeisterung.

Agatha wurde von Reportern umringt. Keine überregionalen Medien, stellte sie fest, aber was machte das schon? Sie sagte, das Gesicht zur Kamera von Midlands Television gewandt: »Nicht mir gebührt der Ruhm für diesen Erfolg. Das große Publikum verdanken wir Roy Silver, einem Londoner PR-Fachmann, der uns freiwillig und unentgeltlich unterstützt hat. Roy, verbeug dich!«

Rot vor Entzücken sprang Roy auf die Bühne und schwang seine Glockenkappe vor der Kamera. Dann spielte das Orchester ein Stück aus *Mary Poppins*, während sich die Menge auflöste. Einige Leute gingen ins Café, andere zurück zum Apfelcognacstand, und der Rest schaute den Morris-Tänzern zu.

Ein Anflug von Bedauern regte sich in Agatha, und beinahe wünschte sie, sie hätte Roy nicht die ganzen Lorbeeren überlassen. Er war außer sich vor Freude und, gefolgt von den Fernsehkameras, hinaus zu den Morris-Tänzern gegangen, wo er Räder schlug und nach Herzenslust herumkasperte.

»Ein Jammer, dass keine überregionalen Zeitungen da

waren«, klagte Roy abends, als er und Agatha auf ihren neuen Möbeln im Wohnzimmer saßen.

»Sei froh, wenn du es in die Lokalzeitungen schaffst.« Agatha war gereizt und müde. »Aber das erfahren wir erst am Montag, denn sonntags gibt es hier keine Zeitungen, und im Fernsehen bringen sie am Wochenende auch so gut wie keine Regionalnachrichten.«

»Stell den Fernseher an«, sagte Roy. »Die Midlands-Nachrichten kommen kurz nach den landesweiten.«

»Das sind insgesamt nur drei Minuten, und da wird man kaum eine Dorfauktion als Aufhänger nehmen.«

Roy schaltete den Apparat ein. Die Lokalnachrichten brachten etwas über einen weiteren Mord in Birmingham, ein vermisstes Kind in Stroud, eine Massenkarambolage auf der M-6 und dann: »Nun zu etwas Erfreulicherem. Das pittoreske Dorf Carsely in den Cotswold konnte heute die Rekordsumme von ...« Und da war Roy, der hüpfend und winkend an der Straße stand, als Nächstes eine Aufnahme von Agatha bei der Auktion, wie die ganze Halle *Jerusalem* anstimmte, ein Schnitt zu Roy mit den Morris-Tänzern – »Roy Silver, ein Londoner Manager« –, und Roy, der sein Gezappel unterbrach, um sehr ernst zu erklären: »Für einen guten Zweck tut man, was man kann.«

»Ich muss sagen, ich bin überrascht«, gestand Agatha.

»Später kommen noch mal Nachrichten«, sagte Roy, der in der Zeitung herumblätterte. »Die muss ich aufnehmen und dem alten Wilson zeigen.«

»Ich sah fett aus«, konstatierte Agatha unglücklich.

»Das sind die Kameras, Süße, die packen jedem ein paar Kilos drauf. Übrigens, hast du jemals herausgekriegt, wer diese Frau auf dem Turm von Warwick Castle war?«

»Ach, die. Miss Maria Borrow aus Upper Cockburn.«

»Und?«

»Und nichts. Ich habe beschlossen, die Sache auf sich beruhen zu lassen. Bill Wong, ein Detective Constable, scheint zu glauben, dass ich nur angegriffen wurde, weil ich herumgeschnüffelt habe.«

Roy guckte sie neugierig an. »Erzähl mal.«

Genervt berichtete Agatha ihm alles, was seit seinem letzten Besuch passiert war.

»Also ich würde es nicht einfach dabei belassen«, sagte Roy. »Weißt du was? Sieh zu, dass du irgendwo ein Rad für mich auftreibst, und wir radeln rüber zu diesem Dorf, Upper Cockburn, und gucken uns mal um. Außerdem ist Bewegung gesund.«

»Ich weiß nicht …«

»Wir fragen nur ein bisschen, ganz beiläufig.«

»Darüber denke ich nach der Kirche nach«, sagte Agatha.

»Kirche?«

»Ja, Gottesdienst, Roy. Morgen früh.«

»Hach, wie freue ich mich auf das ruhige Leben in London! Und was ist jetzt eigentlich mit der Idee für meine Gärtnerei?«

»Ach ja, die. Wie wäre es damit: Besorg dir eine neue Pflanze und benenne sie nach der Queen.«

»Gibt es denn noch keine Rose, die ihren Namen trägt?«

»Ist doch völlig egal. Noch eine kann nicht schaden.«

»Aber werden solche Sachen nicht immer auf der Chelsea Flower Show gemacht?«

»Sei nicht so negativ. Finde irgendeine Pflanze, nenne sie Queen Elizabeth und veranstalte eine Party in einer der Gärtnereien. Es ist egal, was du treibst, solange du damit in die Zeitungen kommst.«

»Brauche ich dafür nicht eine Genehmigung?«

»Weiß ich nicht. Erkundige dich. Ruf bei der Pressestelle des Palastes an, und frag dort nach. Glaub mir, die haben sicher nichts dagegen. Es ist eine Blume, mein Gott, kein Rottweiler!«

Seine Augen blitzten. »Könnte funktionieren. Wann macht Harvey's morgen auf?«

»Die öffnen sonntags nur für eine Stunde, von acht bis neun. Aber bei denen findest du nichts in den Zeitungen, Roy. Die überregionalen waren nicht bei der Auktion.«

»Trotzdem, wenn die Lokalblätter ein gutes Foto haben, schicken sie es an die großen Redaktionen weiter.«

Agatha unterdrückte ein Gähnen. »Träum weiter. Ich gehe ins Bett.«

Als sie am nächsten Morgen zur Kirche gingen, hatte Agatha das Gefühl, sie müsste Roy zurückpfeifen, bevor er vollends abhob. In der *Sunday Times* war ein Foto von ihm erschienen, wie er mit den Morris-Tänzern tanzte. Und drei alte Würdenträger des Dorfes waren abgelichtet worden, die ihn wohlwollend dabei bestaunten. Es war ein sehr gutes Foto, der englische Traum vom idyllischen Landleben schlechthin. Die Bildunterschrift lautete: »Der Londoner PR-Manager Roy Silver, 25, unterhält die Dorfbewohner von Carsely, Gloucestershire, nach seiner erfolgreichen Wohltätigkeitsauktion, deren Erlös sich auf sagenhafte 25 000 Pfund beläuft.«

Das war alles *mein* Werk, dachte Agatha und bereute bitterlich, dass sie Roy so beworben hatte.

Aber beim Gottesdienst sprach der Vikar aus, wem der Dank wirklich gebührte, und lobte ihre Mühe. Roy klemmte sich ein wenig verschnupft die *Sunday Times* vor seine Hühnerbrust.

Später sagte Mrs. Bloxby auf Nachfrage, sie hätte ein altes Fahrrad in ihrem Garten, das Roy benutzen könnte. »Es ist das Mindeste, was ich für Sie tun kann, Mrs. Raisin. Nicht genug damit, dass Sie Großartiges geleistet haben, Sie überließen Ihrem jungen Freund auch noch den ganzen Ruhm.«

Roy wollte darauf hinweisen, dass er schließlich stundenlang in lächerlicher Kostümierung an der Hauptstraße gestanden hatte, doch etwas in Mrs. Bloxbys sanftem Blick bewirkte, dass ihm sein Protest in der Kehle steckenblieb.

Upper Cockburn war rund zehn Kilometer entfernt, und sie radelten gemeinsam im strahlenden Sonnenschein los. »Das wird ein extrem heißer Sommer«, sagte Roy. »Und London kommt einem Lichtjahre entfernt vor.« Er nahm eine Hand vom Lenker und deutete auf die grünen Felder und Bäume zu beiden Seiten.

Plötzlich wünschte Agatha, sie würden nicht nach Upper Cockburn fahren. Sie hatte die ganze Geschichte doch vergessen wollen. Und es hatte weder weitere Anschläge auf sie gegeben noch weitere Drohbriefe.

Bald konnten sie den spitzen Kirchturm von Upper Cockburn über den Feldern aufragen sehen, und kurze Zeit später hatten sie die sonnige Dorfstraße erreicht. »Da ist ein Pub«, sagte Roy und zeigte zu Farmers Arms. »Lass uns einen Happen essen und ein bisschen herumfragen. Hat diese Miss Borrow auch bei Dorfwettbewerben mitgemacht?«

»Ja, mit selbstgemachter Marmelade«, antwortete Agatha gereizt. »Ach, Roy, wir essen etwas und fahren wieder nach Hause, einverstanden?«

»Mal sehen.«

Im Pub ließen die alten, geschwärzten Bodendielen und Holzmöbel den Raum düster wirken, und es roch nach Bier. Sie setzten sich in den Restaurantbereich. Aus der Bar nebenan hörte man Tina Turner röhren und das Klicken von Billardkugeln. Eine Kellnerin in einem extrem kurzen Rock und mit sehr, sehr langen Beinen sowie einem überaus freizügigen Dekolleté beugte sich zu ihnen, um ihre Bestellung aufzunehmen. Roy musterte sie unverhohlen lüstern, was Agatha erstaunte.

»Was ist denn eigentlich mit deinem Freund Steve? Wieso ist er im Moment knatschig?«, fragte sie.

»Was? Ach so, Beziehungsprobleme. Er hat sich mit einer verheirateten Frau eingelassen, die dann feststellte, dass ihr Kerl doch netter ist.«

In Zeiten wie diesen, wo die Frauen manchmal wie Männer und die Männer wie Frauen aussahen, konnte man leicht durcheinanderkommen, stellte Agatha fest. In tausend Jahren gab es womöglich nur noch Unisexgesichter, und die Leute liefen mit Ansteckschildchen herum, auf denen ihr Geschlecht stand. Oder die Frauen trugen Rosa und die Männer Blau. Oder …

»Woran denkst du?«, unterbrach Roy ihre Gedanken.

Agatha zuckte zusammen. »Ach, nur an diese Borrow«, log sie.

Roy nahm ihr leeres Gin-Glas und ging zur Bar, um ihr einen neuen Drink zu holen. Dort unterhielt er sich mit dem Wirt.

Als er zurückkam, grinste er triumphierend. »Miss Maria Borrow wohnt im Pear Trees, dem Cottage gleich links vom Pub. Na?«

»Ich weiß nicht. Es ist so ein schöner Tag. Wieso gucken wir uns nicht das Dorf an und verschwinden wieder?«

»Ich mache das nur für dich«, sagte Roy ernst. »Gott, ist diese Pastete köstlich! Es geht doch nichts über englische Hausmannskost, wenn sie ordentlich zubereitet ist.«

»Hätte ich bloß einen Salat genommen«, jammerte Agatha. »Ich kann jede einzelne Kalorie spüren.«

Ich bin ein charakterloser Wurm, tadelte sie sich, nachdem sie ihre Pastete verdrückt hatte und sich von Roy auch noch zu warmem Apple-Pie mit Sahne überreden ließ – mit echter Sahne, nicht diesem Fertigzeug, das wie Rasierschaum aussah.

Die Kellnerin klackerte auf ihren hohen Absätzen heran. »Sonst noch was?«, fragte sie.

»Nur Kaffee«, sagte Roy. »Das Essen war ausgezeichnet.«

»Ja, der Aushilfskoch sonntags ist besser als unsere Mrs. Moulson, die unter der Woche die Küche macht.«

»Wer ist denn Ihr Aushilfskoch?«

»John Cartwright aus Carsely drüben.«

Sie stöckelte wieder davon. »Was hast du?«, fragte Roy, als er Agathas entgeisterte Miene bemerkte.

»John Cartwright ist der Mann von Ella Cartwright, die ein Verhältnis mit Cummings-Browne hatte. Wer hätte gedacht, dass er kochen kann? Er ist ein großer, haariger Gorilla von einem Mann. Verstehst du, es wäre möglich gewesen. Jemand kann meine Quiche gegen eine selbstgemachte ausgetauscht haben.«

»Und noch einmal möchte ich darauf hinweisen, dass ohne Zweifel du das Ziel gewesen bist«, erinnerte sie Roy.

»Warte mal. Es kann doch auch sein, dass Cummings-Browne von Anfang an das Opfer sein sollte. Wieso nicht? Jeder wusste, dass er der Preisrichter ist. Vielleicht war bloß nicht genug Kuhtod in dem kleinen Stück, das er beim Wettbewerb probiert hat.«

»Das hätte der Mörder ja wohl hinbekommen.«

»Also John Cartwright kommt mir vor, als hätte er den IQ einer Zimmerpflanze.«

Die Kellnerin brachte den Kaffee. Sobald sie wieder verschwunden war, sagte Roy: »Hast du je über Economides nachgedacht?«

»Was? Warum sollte der Besitzer der Quicherie, der Cummings-Browne gar nicht kannte und auch nicht wusste, wofür ich die Quiche brauchte, Kuhtod hineingetan haben?«

»Nach allem, was ich gehört habe, hat Economides sich weder beklagt noch gejammert. Hat er verlangt, die Quiche zu sehen?«

»Nicht, dass ich wüsste. Aber es ist verständlich, dass er die Sache nicht an die große Glocke hängen wollte. Vielleicht ist der John Cartwright in der Küche ein anderer John Cartwright.«

»Trink deinen Kaffee aus, dann gehen wir hinter den Pub und gucken durchs Küchenfenster.«

Agatha bezahlte, und sie traten hinaus in den Sonnenschein. »Wie kommst du darauf, dass die Küche hinten ist?«

»Nur geraten. Rechts rum. Links ist der Parkplatz.«

Sie gingen um das Gebäude herum. Agatha wollte schon auf den kleinen Platz marschieren, wo die Mülltonnen zwischen Pub und den Schuppen dahinter standen, als sie erschrocken einen Satz zurück machte und mit Roy kollidierte. »Es *ist* John Cartwright«, flüsterte sie. »Er steht vor der Küchentür und raucht.«

»Lass mich mal gucken.« Roy schob sie zur Seite und linste um die Hausecke. John Cartwright lehnte im Türrahmen und hielt eine selbstgedrehte Zigarette in seiner großen, schmutzigen Hand. Seine Schürze war von Fett- und

Soßenflecken übersät, und im Sonnenlicht schimmerten die blauen Tätowierungen auf seinen behaarten Armen.

»Mir wird schlecht«, stöhnte Roy, der sich wieder zurückzog. »So dreckig, wie der aussieht, schreit einem aus jeder Pore ›Lebensmittelvergiftung‹ entgegen.«

»Ich denke, das reicht für heute«, sagte Agatha. »Vergessen wir die Borrow.«

»Oh nein«, erwiderte Roy stur. »Jetzt sind wir schon mal hier, und nun gucken wir sie uns auch an.«

Maria Borrows Cottage war ein niedriges, sehr altes Haus mit Reetdach. Die Sprossenfenster blinkten in der Sonne, und der kleine Garten war ein Blütenmeer von Rosen, Geißblatt, Löwenmaul, Rittersporn und Fleißigen Lieschen. Roy knuffte Agatha in die Seite und zeigte auf den Messingtürklopfer, der die Form eines grinsenden Teufels hatte.

»Was sollen wir denn sagen?«, fragte Agatha unglücklich.

»Nichts als die Wahrheit«, konterte Roy, der bereits nach dem Messingklopfer griff.

Knarrend ging die Tür auf, und Miss Maria Borrow erschien. Ihr graumeliertes Haar war oben auf dem Kopf zu einem Knoten gebunden. Sie hatte blasse Augen, die an Roy vorbei zu Agatha sahen.

»Ich wusste, dass Sie kommen würden«, sagte sie und trat beiseite, um sie hereinzulassen.

Im nächsten Moment fanden sie sich in einem niedrigen Wohnzimmer, vollgestopft mit Möbeln und silbernen Fotorahmen, wieder. An den Deckenbalken baumelten Sträuße getrockneter Kräuter und Blumen. Auf einem kleinen Tisch, an den sich Maria Borrow setzte, stand eine Kristallkugel.

Roy kicherte nervös. »Haben Sie uns dadrin kommen gesehen?«, fragte er.

Maria nickte eifrig. »Oh ja.« Trotz der Hitze trug sie ein langes violettes Wollkleid. »Sie sind gekommen, um Wiedergutmachung zu leisten«, sagte sie und drehte sich zu Agatha. »Sie und *Ihr* schicker Mann.«

»Mr. Silver ist ein junger Freund von mir«, korrigierte Agatha. »Genau genommen ist Mr. Silver sogar *beträchtlich* jünger als ich.«

»Eine Dame ist so jung wie der Herr, den sie begrabscht«, sagte Roy und gackerte vergnügt. »Hören Sie«, fuhr er ernster fort, »wir waren auf Warwick Castle und haben auf einem der Türme ein Video gedreht. Als wir es zu Hause angesehen haben, fiel uns auf, wie giftig Sie Aggie anstierten. Wir möchten gerne wissen, warum.«

»Sie haben meinen künftigen Ehemann vergiftet.«

In dem Schweigen, das folgte, war nur eine Fliege zu hören, die am Fenster sirrte.

Agatha räusperte sich. »Meinen Sie Mr. Cummings-Browne?«

Maria nickte heftig. »Oh ja, ja! Wir waren verlobt und wollten heiraten.«

»Aber er war schon verheiratet!«, rief Roy aus.

Maria winkte ab. »Er wollte sich scheiden lassen.«

Unsicher rutschte Agatha auf ihrem Stuhl hin und her. Vera Cummings-Browne war keine Schönheit, aber Maria Borrow mit ihrem aschfahlen Teint, den schmalen Lippen und den blassen Augen doch haushoch überlegen.

»Hatte er das seiner Frau gesagt?«, fragte Roy.

»Ich glaube schon.«

Agatha beobachtete sie nervös. Maria wirkte merkwürdig ruhig.

Agatha war froh, Roy das Reden überlassen zu können. »Hatten Sie beide eine Affäre?«

»Unsere Vereinigung sollte am Mittsommerabend vollzogen werden«, sagte Maria, die wieder zu Agatha sah. »Ich bin eine weißmagische Hexe, doch ich erkenne das Böse, wenn ich es sehe. Sie, Mrs. Raisin, sind ein Instrument des Teufels.«

Agatha stand auf. »Tja, dann wollen wir Sie nicht länger stören«, sagte sie. Allmählich bekam sie Beklemmungen und wollte dringend nach draußen, wo die Sonne schien und das ganz normale Landleben seinen Lauf nahm.

»Aber Sie werden bestraft«, fuhr Maria fort, als hätte sie Agatha nicht gehört. »Böse Taten werden immer bestraft. Dafür sorge ich schon.«

»Falls Aggie also irgendetwas zustoßen sollte, wissen wir, wo wir die Schuldige finden«, entgegnete Roy betont gelassen.

»Das werden Sie niemals erfahren«, entgegnete Maria Borrow, »denn es werden die übernatürlichen Mächte wirken, die ich heraufbeschwöre.«

Agatha machte auf dem Absatz kehrt und ging nach draußen. Auf der Dorfwiese fand ein Kricketspiel statt, gemächlich, unaufgeregt. Kleine Zuschauergrüppchen standen um das Spielfeld herum.

»Ich habe Angst«, sagte Agatha zu Roy, der ihr folgte. »Die Frau ist völlig irre.«

»Gehen wir ein Stück weiter weg«, schlug Roy vor. »So langsam glaube ich, dieser Reg Cummings-Browne hat wirklich alles gevögelt.«

»Wahrscheinlich hat er genommen, was er kriegen konnte. Er war ja kein Adonis. Wir hätten nicht herkommen sollen, Roy. Immer, wenn ich Fragen gestellt habe, ist mir hinterher etwas passiert. Jetzt lass uns einfach nur den Tag genießen.«

Sie gingen zu ihren Rädern, die sie neben dem Pub an einen Zaun geschlossen hatten. Als sie aufstiegen, kam John Cartwright um die Ecke des Pubs. Die Mittagszeit war vorbei, und er hatte seine Schürze abgelegt. Er sah die beiden, blieb stehen und blinzelte sie wütend an. Beide radelten los, so schnell sie konnten.

Auf dem Heimweg fuhr Roy gegen einen Stein und flog über den Lenker, landete aber glücklicherweise im weichen Gras. Er war unverletzt und kam mit einem Riesenschrecken davon. »Siehst du, was allen passieren kann?«, sagte er. »Du musst echt einen Fahrradhelm tragen, Aggie.«

Der Rest des Tages verlief sehr angenehm. Abends brachte Agatha Roy nach Oxford und winkte ihm wenig später am Bahnhof hinterher.

Am nächsten Tag fiel ihr seine Bemerkung über den Helm wieder ein, und sie kaufte sich einen in Moreton-in-Marsh. Obwohl sie mittags nur einen Hüttenkäsesalat und abends Hühnersalat aß, fühlte sie sich fett. Sie musste sich dringend bewegen. Sie setzte sich ihren neuen Helm auf, holte ihr Fahrrad und radelte aus dem Dorf und den Hügel hinauf. Mehrmals musste sie absteigen und schieben. Da Wolken am Abendhimmel aufzogen, wurde es rasch dunkel. Oben an der Straße drehte Agatha ihr Rad um. Sie freute sich schon auf die Fahrt bergab nach Carsely. Die Luft war warm und süßlich schwer. Hohe Hecken und Bäume sausten an ihr vorbei, und sie hatte das Gefühl zu fliegen – wie eine Hexe auf ihrem Besen.

Geschwindigkeit und Freiheit versetzten sie in einen regelrechten Rausch, sodass sie den Draht gar nicht sah, der in

Brusthöhe quer über den Weg gespannt war. Ihr Rad rollte weiter, während sie kopfüber auf den Asphalt schlug. Benommen nahm sie eilige Schritte wahr, die sich ihr näherten, und mit Entsetzen wurde ihr klar, dass sich der Draht nicht zufällig dort befunden hatte. Und dass möglicherweise gerade jemand auf sie zukam, um sie zu töten.

9

Agatha spürte eher, wie sich ihr Angreifer näherte, als dass sie ihn sah, und instinktiv rollte sie sich mit aller Kraft zur Seite. Im selben Moment krachte etwas auf die Stelle, an der sie eben noch gelegen hatte.

»Halt!«, rief eine Stimme. Agathas Angreifer rannte davon, während sie sich auf einen Ellbogen stützte. Ihr war schwindlig, als sie eine dunkle Gestalt in eine Heckenlücke neben dem Weg verschwinden sah. Dann wurde sie von einem hellen Fahrradlicht geblendet.

Bill Wongs Stimme ertönte laut und klar. »Wo ist er hin?«

»Da rüber«, sagte Agatha matt und hob ihren Arm in die Richtung, in die der Mann geflohen war. Bill ließ sein Rad am Wegesrand liegen und rannte durch die Hecke.

Vorsichtig bewegte Agatha ihre Arme und Beine, ehe sie sich aufsetzte und benommen ihren Helm abnahm. Ihr erster zusammenhängender Gedanke war: Verdammt, Roy, warum hast du mich überredet, weiter herumzuspionieren? Mühsam richtete sie sich auf. Kaum stand sie, wurde ihr speiübel und sie musste sich übergeben. Zittrig stolperte sie die Straße hinunter zu ihrem Fahrrad. Sie hob es auf und blieb mit schlotternden Knien stehen. Eine Eule segelte vor ihr durch die Luft, und Agatha schrie auf vor Schreck. Die

Stille erdrückte sie. Plötzlich wurde ihr klar, dass sie nicht warten konnte, bis Bill Wong zurückkam. In der Hoffnung, dass ihr Rad unbeschädigt war, stieg sie auf und rollte langsam hinunter nach Carsely. Das Dorf schien vollkommen verlassen, niemand war auf der Straße zu sehen. Agatha bog in die Lilac Lane und bemerkte, dass in Mrs. Barrs Cottage kein Licht brannte.

Sie ging in ihr Haus und verriegelte die Tür von innen. Wie lächerlich das Sicherheitsschloss auf einmal anmutete. Sie nahm sich vor, eine Sicherheitsfirma zu beauftragen, die ihr eine Alarmanlage installieren sollte und Außenlichter, die sich einschalteten, sowie sich jemand dem Cottage näherte. Im Wohnzimmer schenkte sie sich einen Cognac ein und zündete sich eine Zigarette an. Sie versuchte nachzudenken, doch ihr Gehirn war in eine Schockstarre gefallen. Als es an der Tür klopfte, zuckte sie so heftig zusammen, dass sie etwas von dem Cognac verschüttete. Sie hatte nicht einmal einen Türspion. »Wer ist da?«, fragte sie zittrig.

»Ich bin's, Bill Wong.«

Agatha öffnete. Hinter Bill Wong stand Fred Griggs, der Dorfpolizist. »Bald kommt Verstärkung«, sagte Bill. »Fred, am besten gehen Sie zurück und sperren die Stelle ab. Oh verdammt, daran hätte ich früher denken sollen! Wilkes wird mir die Hölle heißmachen.«

Bill und Agatha gingen ins Wohnzimmer. »Gott sei Dank sind Sie zufällig vorbeigekommen«, sagte Agatha. »Was machen *Sie* eigentlich auf einem Fahrrad?«

»Ich bin zu dick«, antwortete Bill. »Und ich hatte Sie neulich auf Ihrem Rad gesehen und dachte, das wäre auch was für mich. Ich war auf dem Weg zu Ihnen. Zufällig weiß ich nämlich, dass Sie drüben in Upper Cockburn waren und nach Maria Borrow gefragt haben, nach der Frau auf dem Foto, das Sie mir gegeben haben. Und nicht nur das: Sie haben in dem Pub gegessen, in dem John Cartwright als Aushilfskoch arbeitet.«

»Sie spionieren mir nach«, hauchte Agatha entsetzt.

»Nicht ich. Dinge sprechen sich herum.«

Agatha erschauderte. »Es war diese Borrow, das wette ich. Die ist völlig wahnsinnig. Sie hat erzählt, Cummings-Browne hätte versprochen, sie zu heiraten.«

»Ich fange an zu glauben, dass Cummings-Browne selbst einen Sprung in der Schüssel hatte«, sagte Bill trocken. »Wie auch immer, Wilkes wird gleich hier sein und Ihnen alle möglichen Fragen stellen. Aber ich denke, ich darf Ihnen jetzt schon sagen, wer es auf Sie abgesehen hatte.«

»Barbara James? Maria Browne?«

»Nein, ich denke, es war John Cartwright. Und wissen Sie, warum?«

»Weil er Cummings-Browne umgebracht hat.«

»Nein, weil Sie herumschnüffeln. Ich würde schwören, dass er von der Affäre seiner Frau mit Cummings-Browne gewusst hat und nicht will, dass es bekannt wird.«

»Dann wäre es nur logisch, dass er zuerst mal Cummings-Browne umbringt.«

»Mag sein, aber der Mann denkt nicht logisch. Er ist ein riesiger Halbaffe. Und jetzt erzählen Sie mir, was passiert ist, und zwar von Anfang an.«

Also berichtete Agatha ihm von dem Draht, der quer über die Straße gespannt war, und dass jemand etwas neben ihr auf den Asphalt geknallt hat, das sie getroffen hätte, wäre sie nicht rechtzeitig weggerollt.

»Aber die fürchterlichen Boggles, ein Rentnerpaar, mit dem ich einen Ausflug gemacht habe, wussten von dem Verhältnis. Folglich dürfte im ganzen Dorf bekannt gewesen sein, was zwischen Ella Cartwright und Cummings-Browne lief.«

»Betrachten Sie es mal so. Cartwright hatte vielleicht einen Verdacht, dass da etwas war, konnte es aber nie beweisen. Und seine Frau streitet natürlich alles ab. Dann stirbt Cummings-Browne, und es ist vorbei. Doch Sie kreuzen auf, stellen Fragen, und er kriegt Angst. Männer wie er ertragen den Gedanken nicht, dass ihre Frauen fremdgehen – nein, ich meine, sie ertragen den Gedanken nicht, dass es jemand *weiß*. Nicht nur die Oberschicht hat ihren Stolz. Ah, die anderen sind hier. Nun müssen Sie alles noch mal erzählen.«

Detective Inspector Wilkes und Detective Sergeant Friend kamen herein. »Wir sind direkt zu den Cartwrights gefahren, wie Sie vorgeschlagen hatten«, sagte Wilkes. »Er ist weg. Kam zur Tür rein, schnappte sich ein paar Klamotten, stopfte sie in eine Tasche und verschwand, sagt seine Frau. Mit dem alten Wagen. Sie hat angeblich keine Ahnung, was los ist. Sie sagt, er hätte Mrs. Raisin auf dem Kieker gehabt, dauernd gefaselt, dass er ihr das Maul stopfen will. Jedenfalls haben wir das Haus durchsucht. Sie wollte es uns verbieten, weil wir keinen Durchsuchungsbefehl hatten, aber ich sagte ihr, den würden wir sofort bekommen, und sie könnte uns genauso gut gleich nachsehen lassen. Im Schlafzimmer oben im Haus fanden wir ein Bündel Geldscheine in einer Schachtel, eine abgesägte Schrotflinte und eine von diesen Flaschen mit Kleingeld, wie sie zum Spendensammeln in Bars stehen. Diese war von der Gesellschaft zur Unterstützung spastisch Gelähmter. Letzten Monat wurde das Green Man drüben in Twixley überfallen. Ein Maskierter mit einer abgesägten Schrotflinte räumte die Kasse des Pubs aus und nahm die Spendenflasche mit. Wie es aussieht, war das Cartwright. Ella Cartwright brach in Tränen aus.

Ihr Mann dachte, dass Mrs. Raisin dahintergekommen wäre und deshalb bei ihnen herumschnüffelte. So viel zu Ihrer Theorie vom betrogenen Ehemann. Wir haben Cartwright zur Fahndung ausgeschrieben, aber ich wette, dass wir seinen Wagen hier in der Gegend verlassen auffinden werden. Vor zehn Jahren saß Cartwright in Cheltenham in Essex wegen bewaffnetem Raubüberfall, und man nahm an, dass er seitdem sauber geblieben sei. Übrigens hätten wir das nie erfahren, wäre das hier nicht passiert. Ella Cartwright hat uns von der Haftstrafe erzählt.«

»Aber als Mr. Cummings-Browne starb, haben Sie doch sicher überprüft, ob jemand im Dorf einschlägig vorbestraft ist«, sagte Agatha ungläubig.

»Selbst wenn, hätten wir dem wohl keine größere Bedeutung beigemessen. Bevor wir wussten, dass es ein Unfall war, dachten wir eher an eine Beziehungstat.«

Agatha starrte ihn an. Ihr war, als hätte ihr der Schlag gegen den Kopf den Verstand geklärt. »Natürlich! Vera Cummings-Browne war's. Als sie sah, dass ich meine Quiche stehenließ, erkannte sie ihre Chance, nahm die Quiche mit nach Hause, buk eine ähnliche, nur vergiftet, und warf meine in den Abfall.«

Wilkes sah sie mitleidig an. »Das war das Erste, woran wir gedacht haben. Wir haben ihren Müll untersucht, ihre Backutensilien, sämtliche Küchenoberflächen und ihren Küchenabfluss. Am Tag vor Cummings-Brownes Tod wurde in ihrer Küche weder gekocht noch gebacken. Können Sie uns jetzt bitte sagen, was heute Abend genau passiert ist, Mrs. Raisin?«

Müde erzählte Agatha alles noch einmal von vorn.

Schließlich war Wilkes fertig. »Wir sollten Ihnen dankbar sein, Mrs. Raisin, dass Sie uns zu Cartwright geführt haben. Doch er hätte Sie umbringen können, auch wenn ich annehme, dass er Sie nur verprügeln wollte.«

»Wie beruhigend«, murmelte Agatha.

»Andererseits hätten wir ihn früher oder später sowieso geschnappt. Überlassen Sie das Nachforschen künftig der Polizei. Jeder hat etwas zu verbergen, und wenn Sie weiter herumlaufen und Ihre Nase in Dinge stecken, die Sie nichts angehen, werden Sie noch zu Schaden kommen. Tja, möchten Sie, dass wir Sie in ein Krankenhaus bringen, damit Sie untersucht werden?«

Agatha verneinte stumm. Sie hasste und fürchtete Krankenhäuser, was ziemlich unsinnig war, denn sie hatte noch nie in einem gelegen.

»Na gut. Falls wir weitere Fragen haben, melden wir uns morgen bei Ihnen. Haben Sie jemanden, der heute Nacht bei Ihnen bleiben kann?«

Wieder schüttelte sie den Kopf. Sie wollte Bill bitten zu bleiben, aber offensichtlich erwartete man von ihm, dass er seine Vorgesetzten begleitete. Beim Hinausgehen warf er ihr einen mitfühlenden Blick zu.

Nachdem sie gegangen waren, schaltete Agatha alle Lampen im Haus an. Sie fühlte sich schrecklich schwach und hilflos. Den Fernseher, den sie angestellt hatte, machte sie gleich wieder aus, weil er mögliche Einbruchsgeräusche übertönen könnte. Mit dem Schürhaken in beiden Händen hockte sie vor dem Feuer, zu verängstigt, als dass sie sich ins Bett traute.

Dann fiel ihr Mrs. Bloxby ein, die Vikarsfrau. Sie rief im Pfarrhaus an, wo der Vikar abnahm. »Könnte ich bitte Ihre Frau sprechen? Hier ist Agatha Raisin.«

»Es ist ein bisschen spät«, sagte der Vikar, »und ich weiß nicht … ah, hier ist sie.«

Agathas Stimme wurde leiser vor Scham. »Mrs. Bloxby, ich dachte, Sie können mir vielleicht helfen.«

»Das hoffe ich«, sagte die Vikarsfrau in ihrer unendlich sanften Art.

Agatha berichtete ihr von dem Überfall und brach in Tränen aus.

»Aber, aber«, sagte Mrs. Bloxby. »Sie dürfen auf keinen Fall allein bleiben. Ich bin gleich bei Ihnen.«

Agatha legte den Hörer auf und wischte sich die Tränen ab. Plötzlich kam sie sich albern vor. Was war nur mit ihr, dass sie wie ein Kind um Hilfe weinte, sie, die nie zuvor irgendjemanden um Hilfe gebeten hatte?

Bald darauf hörte sie einen Wagen vorfahren, und schlagartig verschwanden ihre Ängste, denn sie wusste, dass es Mrs. Bloxby war.

Die Vikarsfrau hatte einen kleinen Koffer bei sich. »Ich bleibe über Nacht«, sagte sie. »Sie müssen furchtbar durcheinander sein. Was halten Sie davon, wenn Sie zu Bett gehen? Ich bringe Ihnen eine heiße Milch und bleibe bei Ihnen, bis Sie eingeschlafen sind.«

Dankbar nahm Agatha ihren Vorschlag an. Wenig später lag sie oben im Bett. Mrs. Bloxby kam mit einer Wärmflasche in der einen und einem Glas warmer Milch in der anderen Hand herein. »Ich habe noch die Wärmflasche mitgebracht«, sagte sie, »denn nach solch einem Schock friert man. Da nützt auch eine Zentralheizung nichts.«

Mit der Wärmflasche auf dem Bauch, der warmen Milch in ihm und Mrs. Bloxby, die an ihrem Fußende saß, fühlte sich Agatha sicher und geborgen. Sie erzählte der Vikarsfrau von John Cartwright und dass die Polizei das Geld vom Überfall bei ihm zu Hause gefunden hätte. »Arme Mrs. Cartwright«, sagte Mrs. Bloxby. »Wir müssen morgen zu ihr gehen und sehen, was wir für sie tun können. Sie wird sich jetzt Arbeit suchen müssen. Er gab ihr nie viel Geld, und ihr wird es guttun, sich nicht nur mit Bingo zu beschäftigen. Und wir sammeln für sie. Aber Sie versuchen jetzt zu schlafen, Mrs. Raisin. Für morgen ist schönes Wetter angesagt, und wenn die Sonne scheint, sieht alles gleich ganz anders aus. Morgen Abend treffen sich die Damen im Pfarrhaus. Da müssen Sie kommen. Mr. Jones – Sie kennen ihn nicht, ein ganz charmanter Mann und ein begnadeter Fotograf – zeigt uns eine Bildershow über das Dorf früher und heute. Wir freuen uns schon alle darauf.«

Agatha fielen die Lider zu, und während sie Mrs. Bloxbys sanfter Stimme lauschte, nickte sie ein.

In der Nacht wurde sie einmal wach. Sofort packte sie blanke Furcht. Dann erinnerte sie sich, dass die Vikarsfrau im Gästezimmer gegenüber schlief, und entspannte sich wieder. Mrs. Bloxbys Güte war wie eine hell schimmernde Waffe gegen das Dunkel der Nacht.

Am nächsten Tag ging Agatha zu Mrs. Cartwright. Sie hatte Mrs. Bloxby morgens versprochen, mit auszuhelfen. Aber im klaren Licht des sonnigen Vormittags war sie sicher, dass Ella Cartwright eher an Geld interessiert war als an Mitgefühl.

»Kommen Sie rein«, sagte Ella Cartwright. »Oben sind die Bullen und durchwühlen alles. Ich mache Ihnen einen Gin.«

»Das muss ein schwerer Schlag für Sie sein.« Nachdem sie sich ihr Leben lang nie um andere gescbert hatte, fand Agatha es schwierig, die richtigen Worte zu finden.

»Nee, das ist ein verdammter Segen.« Mrs. Cartwright zündete sich eine Zigarette an und krempelte die Ärmel ihres Baumwollkleids hoch. »Sehen Sie die blauen Flecken? Die sind von ihm, jawohl. Er hat mir nie eine ins Gesicht verpasst, der falsche Hund. Ich hoffe, die Polizei kriegt ihn, bevor er wieder hier angekrochen kommt. Ich habe ihm gesagt, dass Sie bloß was über Reg wissen wollen, aber er hat gedacht, Sie haben Wind von dem Überfall gekriegt. Er war total paranoid.«

Agatha nahm den rosa Gin, den sie ihr reichte. »Ich fühlte mich schuldig an Mr. Cummings-Brownes Tod, das war alles. Und dann hörte ich Gerüchte, dass Sie und er … befreundet waren.«

Mrs. Cartwright grinste. »Ach, Reg hat eben gerne mal ein bisschen rumgemacht. Ist doch nichts bei, oder? Er hat mich ein paarmal schick zum Essen eingeladen, meinte, dass er mich heiraten will. Ich habe mich scheckig gelacht. Er wollte, dass die Weiber verrückt nach ihm sind, deshalb hat er sich vor allem auf alte Jungfern und Witwen gestürzt. Bei mir war er zuerst nicht so sicher, na ja, wir waren gute Kumpel, denn er hat gewusst, dass ich ihm kein Wort glaube.«

»Hatten Sie keine Angst, dass seine Frau es herausfindet?«

»Nee, ich glaub, die wusste sowieso alles. Hat sie nicht gestört, schätze ich.«

»Haben Sie nicht gesagt, die beiden hassten sich?«

»Ich wollte Ihnen nur was für Ihr Geld bieten. Aber ich sag Ihnen was. Bei verheirateten Leuten weiß man nie, wie es wirklich zwischen denen steht. Einer sagt das, der andere was anderes. Eigentlich kamen die sogar ganz gut miteinander aus. Wieso auch nicht, waren ja beide irgendwie gleich.«

»Sie meinen, dass sie auch Affären hatte?«

»Nee. Aber sie machte gerne auf vornehme Lady, und er mochte gerne den Lord spielen, Preisrichter sein und so, sich bei Adligen einschleimen. Sie hätten die mal sehen sollen, wenn wer mit einem Titel in der Nähe war. Da haben die gekatzbuckelt und rumgesäuselt. Mylord hier, Mylord da, bis die Herrschaften einem fast leidgetan haben.«

»Was haben Sie jetzt vor?«

»Mir einen Job suchen. Mrs. Bloxby kommt nachher und fährt mit mir nach Mircester. Da hat ein neuer Tesco-Markt aufgemacht, und die suchen Leute. Ich will das gar nicht, aber wenn Mrs. Bloxby will, dass man was macht, macht man's auch.«

Agatha trank ihren Gin aus und ging. Was Ella über die Ehe der Cummings-Brownes erzählte, klang glaubwürdig, womit weitere Nachforschungen unnötig waren. Erst jetzt wurde Agatha bewusst, dass sie von Anfang an Vera Cummings-Browne verdächtigt hatte. Dabei hatte überhaupt kein Mord stattgefunden. Von nun an würde sie sich an Bill Wongs Rat halten.

Als sie zu ihrem Cottage zurückging, stellte sie verwundert fest, dass ein großes ZU VERKAUFEN-Schild vor dem Nachbarhaus stand. Mrs. Barr musste sie kommen gesehen haben, denn sie erwartete Agatha an ihrer Gartenpforte.

»Sie haben mich vertrieben«, sagte Mrs. Barr. »Ich ziehe weg, weil ich es nicht ertrage, Tür an Tür mit einer Mörderin zu wohnen.«

»Na, dann viel Spaß. In diesen Zeiten kauft keiner Immobilien, und schon gar nicht so ein winziges Cottage, das auch noch New Delhi heißt.«

Agatha marschierte in ihr Cottage und schlug die Tür von innen zu.

Aber sie fühlte sich schlecht. War das der Preis dafür, dass sie im Dorfteich herumgestochert und eine Menge Dreck aufgewirbelt hatte?

Am Abend, vor dem Treffen der Damengesellschaft von Carsely, wollte sie im Red Lion essen. Der Wirt, Joe Fletcher, begrüßte sie munter und wollte alles über die Sache mit John Cartwright und dessen Anschlag auf sie hören. Sogleich scharten sich mehrere Dorfbewohner um sie. Agatha erzählte ihnen alles – von dem Draht, der über die Straße gespannt worden war, von Bill Wong, der sie gerettet hatte, und von dem Geld aus dem Überfall, das die Polizei bei den Cartwrights gefunden hatte. Alle lauschten ihr gebannt und sorgten dafür, dass Agathas Glas nachgefüllt wurde. »Soweit ich verstanden habe, ist er zuletzt in Essex straffällig geworden«, sagte Agatha. »Stammt er nicht von hier?«

»Hier geboren und aufgewachsen«, antwortete ein bulliger Farmer namens Jimmy Page. »Seine Eltern waren anständige Leute. Haben unten in der Sozialsiedlung gewohnt. Aber die sind schon lange nicht mehr. Hatten ihn sowieso nicht im Griff, den Jungen. Dann hieß es auf einmal, dass Ella von ihm schwanger ist, und ihr Vater ist mit einer Schrotflinte hinter ihm her, damit er sie heiratet. Aber er ist immer wieder weg, das große Geld machen, wie er gesagt hat. Manchmal war er gleich wieder zurück, manchmal blieb er länger verschwunden. Ein übler Bursche.«

Agatha hatte das Gefühl, dringend etwas essen zu müssen. Doch sie genoss es zu sehr, mit den Leuten an der Bar zu stehen. Und leider trank sie auch ein bisschen zu viel Gin.

»Ich habe heute gesehen, dass Mrs. Barr ihr Haus verkaufen will«, sagte Agatha.

»Ach ja, eine Tante drüben in Ancombe hat ihr ein größeres Cottage vermacht«, sagte der Farmer.

»Was? Und mir erzählt sie, dass sie meinetwegen wegziehen will?«

»Hören Sie nicht auf die«, sagte Farmer Page. Ein kleiner Mann reckte sich, sodass er über Mr. Pages Schulter sehen konnte. »Die ist nicht mehr dieselbe, seit dem Theater.« Er hob die Stimme zu einem schiefen Falsett. »Oh Reg, Reg, küss mich!«

»Das reicht, Billy«, ermahnte ihn ein anderer Mann. »Wir alle machen uns mal lächerlich. Da wirft lieber keiner den ersten Stein. Was für eine Hitze, was?«

Vergeblich bemühte sich Agatha, mehr über Mrs. Barr zu erfahren. Für heute Abend war es vorbei mit dem Klatsch und nur noch von der Landwirtschaft und dem Wetter die Rede. Die alte Standuhr in der Ecke des Pubs hüstelte einige Male, ehe sie richtig schlug.

»Ach du Schreck!« Agatha rutschte von ihrem Barhocker. »Ich bin spät dran.«

Sie war ordentlich beschwipst, als sie zum Pfarrhaus eilte. »Sie kommen ziemlich spät«, flüsterte Mrs. Bloxby, als sie ihr öffnete. »Miss Simms hat bereits das Protokoll verlesen.«

Mit einer Tasse Tee und zwei kleinen Sandwiches setzte Agatha sich so nahe an den Teewagen mit dem Essen, wie es ging.

»Nun übergebe ich an unseren heutigen Gast«, sagte Mrs. Mason. »Mr. Jones.«

Alle klatschten höflich, während Mr. Jones eine Leinwand und einen Computer aufbaute.

Er war ein agiler kleiner Mann mit weißem Haar und einer Hornbrille.

»Zu meinem ersten Bild«, begann er. »Dies ist Bailey's Krämerladen in den 1920ern.« Auf dem zunächst verschwommenen Bild traten die Umrisse eines kleinen Ladens mit gestreifter Markise hervor, vor dem grinsende Dorfbewohner standen. Die älteren Damen im Raum riefen entzückt: »Seht nur, das ist Mrs. Bloggs!« – »Erkennt ihr das kleine Mädchen rechts?«

Agatha unterdrückte ein Gähnen und langte im Halbdunkel nach einem großen Stück Pflaumenkuchen. Sie war schläfrig und gelangweilt. All die Schrecken der letzten Wochen, die ihren Adrenalinpegel in die Höhe getrieben hatten, fielen von ihr ab. Den Anschlag auf sie hatte ein flüchtiger Räuber verübt; Maria Borrow war lediglich eine übergeschnappte alte Jungfer; Barbara James war nichts als eine Landplage, und in Mrs. Barrs Vergangenheit musste etwas Unerfreuliches passiert sein. Wen kümmerte es? Und warum hockte sie, Agatha Raisin, die erfolgsverwöhnte Karrierefrau, bei Pflaumenkuchen in einem Pfarrhaus und ließ sich zu Tode langweilen?

Aufnahme folgte auf Aufnahme. Selbst als Bilder von »unseren Gewinnerinnen bei Dorfwettbewerben« gezeigt wurden, war Agatha einfach nur gelangweilt. Ein Bild zeigte Ella Cartwright, die ihren Zehn-Pfund-Schein von Reg Cummings-Browne entgegennahm. Beide sahen aus, als wären sie schon genauso lange tot wie die Leute auf den alten Dorfbildern. Dann kam ein Bild von Vera Cummings-Browne, die einen Preis für ihr Blumengesteck bekam, danach Mrs. Bloxby, deren Marmelade prämiert wurde. Mrs. Bloxby? Agatha sah das Bild von der Vikarsfrau mit Reg Cummings-Browne genauer an und lehnte sich wieder zurück. Mrs. Bloxby? Niemals!

Kurz darauf schlief Agatha ein. In ihrem Traum radelte sie im schwindenden Tageslicht ins Dorf, und mitten auf der Straße stand Mrs. Barr mit einer doppelläufigen Schrotflinte im Anschlag. Agatha stieß einen Angstschrei aus, von dem sie aufwachte. Die Präsentation war vorüber, und alle starrten sie an.

»Entschuldigung«, murmelte sie.

»Ist schon gut«, sagte Miss Simms, die neben ihr saß. »Sie haben ja einen ganz schönen Schock hinter sich.«

Auf dem Heimweg beschloss Agatha, gleich am nächsten Tag eine Alarmanlage installieren zu lassen, fragte sich aber fast im selben Moment, wozu. Im Grunde hatte sie sich bereits entschieden, aus dem Dorf wegzuziehen.

Am nächsten Morgen rief sie eine Sicherheitsfirma an und bestellte das Beste, was es zum Schutz gegen Einbrecher gab. Anschließend öffnete sie sämtliche Türen und Fenster, damit die Luft zirkulieren konnte. Die Hitze war drückend. Bis vor Kurzem waren die Tage sonnig und schön, die Nächte aber kühl gewesen. Nun hingegen brannte der Himmel in einem tiefen Blau über den krummen Cottage-Schornsteinen, und die Sonne glühte förmlich. Bis zum Mittag war es lähmend heiß. Agatha nahm ein kleines Thermometer mit nach draußen und beobachtete, wie das Quecksilber auf über 37 Grad Celsius stieg. Im ersten Stock saugte Mrs. Simpson Staub, als gäbe es kein Morgen. Wegen eines Zahnarzttermins hatte sie ihren Putztag verlegt. Agatha fiel wieder Mrs. Barr ein, und sie ging nach oben. »Kann ich Sie kurz sprechen?«, rief sie über den Staubsaugerlärm hinweg. Widerwillig stellte Mrs. Simpson das Gerät aus. Es erfüllte sie mit Stolz, ihre Arbeit gut zu machen, und sie fand, dass sie bereits genug Zeit damit verschwendet hatte, sich Agathas Abenteuer anzuhören.

»Ich habe gestern Abend im Pub gefragt, warum Mrs.

Barr verkauft, und erfahren, dass eine Tante von ihr gestorben ist und ihr ein größeres Cottage in Ancombe hinterlassen hat.«

»Ja, das stimmt«, sagte Doris Simpson, deren Hand schon wieder über dem Staubsaugerschalter schwebte.

»Haben Sie nicht Lust, nach unten in die Küche zu kommen und eine Tasse Kaffee mit mir zu trinken, Doris?«

»Agatha, ich habe zu viel zu tun.«

»Dann machen Sie eben weniger. Ich habe immer noch den Schreck zu verdauen und möchte reden«, entgegnete Agatha.

»Aber ich wollte heute die Fenster putzen.«

»Dazu ist es viel zu heiß. Ich bestelle einen Fensterputzer.«

»Na dann, meinetwegen«, sagte Doris wenig begeistert.

Kaum zu glauben, dass man heutzutage eine Putzfrau anflehen muss, ihre Arbeit zu unterbrechen!, dachte Agatha.

Sobald sie in der Küche saßen und Agatha ihnen beiden Kaffee eingeschenkt hatte, sagte sie: »Jetzt erzählen Sie mir von Mrs. Barr.«

»Was soll es von der zu erzählen geben?«

»Jemand im Pub erwähnte etwas darüber, dass sie sich lächerlich gemacht hätte, und dann äffte er sie nach, wie sie ›Reg, Reg, küss mich‹ bettelte.«

»Ah, das!«

»Ah, was, Doris? Ich sterbe vor Neugier.«

»Neugier hat noch keinem gutgetan«, sagte Doris vorwurfsvoll. »Nun, drüben in Campden war so ein junger Bursche, der ein Theaterstück geschrieben hat, ein eher altmodisches, Sie wissen schon, wo die Schauspieler lange Zigarettenspitzen in den Fingern halten und wie in alten englischen Filmen reden. Jedenfalls fand Vera Cummings-

Browne ihn ganz toll und hat die Laienspielgruppe überredet, dass sie sein Werk aufführen. In dem Stück denkt ein
älteres Paar darüber nach, wie verliebt es früher mal war. So
stand es auf jeden Fall im Programm. Und Mrs. Barr und
Mr. Cummings-Browne spielten das Paar. Die Aufführung
war furchtbar langweilig. Wie auch immer, sie sollten auf
einem Kreuzfahrtschiff sein und hockten auf Liegestühlen
mit ihren Reise-Plaids auf den Knien und sagten Sachen
wie, ›Weißt du noch, Liebling?‹«

»Hört sich ein bisschen nach Noel Coward an?«

»Kann sein, weiß ich nicht. Also, auf einmal dreht sich
Mrs. Barr zu ihm und sagt, ›Reg, Reg, küss mich‹. Na ja,
das stand wohl gar nicht so im Drehbuch, und vor allem
hieß Mr. Cummings-Browne in dem Stück ja Ralph und
nicht Reg. Er hat irgendwas gemurmelt, da warf sie sich
schon auf ihn, dass sie beide mit seinem Liegestuhl umge-
kippt sind, und wir alle mussten lachen, weil wir dachten,
dass es die erste lustige Stelle in dem Stück war. Aber dann
fing der Autor an zu schreien und wollte auf die Bühne
klettern, und Mrs. Cummings-Browne schloss den Vorhang. Wir konnten hören, wie sie sich hinter der Bühne
schrecklich stritten, und dann ist Mrs. Cummings-Browne
vor den Vorhang getreten und hat gesagt, dass sie die Vorstellung abbrechen müssen.«

»Demnach muss Mrs. Barr ein Verhältnis mit Cummings-Browne gehabt haben.«

»Ehrlich gesagt habe ich mich oft gefragt, ob er überhaupt mit irgendeiner mehr gemacht hat als ein bisschen
Küssen und Drücken. Ich meine, Ella Cartwright zum Beispiel mag aussehen wie ein Flittchen, aber in Wahrheit ist
sie bloß scharf auf Geld fürs Bingo. Kann ich jetzt weiter-
arbeiten?«

Die Sicherheitsfirma kam, und Agatha bezahlte eine atemberaubende Summe, noch bevor die Männer ihr alle erdenklichen Strahler, Sensoren und Alarmauslöser installiert hatten.

»Das wird hier ja wie Fort Knox«, grummelte Doris.

Agatha setzte sich hinaus in den Garten, um den Handwerkern nicht im Weg zu sein, doch die Sonne brannte viel zu heiß. In den Cotswolds war die Luft ohnehin oft drückend, und an solchen Tagen schien sie überhaupt keinen Sauerstoff mehr zu enthalten. Trotz der fleißigen Doris und der vielen Männer, die im Haus herumwuselten, kam sich Agatha wie eine Schiffbrüchige auf einer einsamen Insel vor. Dennoch wollte sie nichts übereilen, entschied sie, während sie ihren Stuhl in den Schatten trug. Zunächst einmal würde sie abwarten, wie schnell und zu welchem Preis Mrs. Barr ihr Cottage verkaufen konnte. Und sollte der Preis stimmen, würde auch Agatha ihr Cottage zum Verkauf anbieten. Danach würde sie zurück nach London ziehen und ihre Werbeagentur wieder aufmachen. Sie könnte versuchen, Roy von Pedmans abzuwerben, denn er machte sich eigentlich ganz gut.

Obwohl es in den Nachrichten hieß, in London würde der Teer auf den Straßen schmelzen, sah Agatha die Stadt vor ihrem inneren Auge unter einem regnerischen Himmel mit feucht glänzendem Pflaster, in dem sich die Schaufensterauslagen spiegelten. Sie hatte sich längst daran gewöhnt, dass London Menschen aus aller Welt anzog, an die unterschiedlichen Hautfarben der Passanten und die exotischen Restaurants. Hier war sie von angelsächsischen Gesichtern und angelsächsischen Bräuchen umgeben. Die Aufregung um John Cartwright hatte sich schon wieder gelegt, und man plante das jährliche Konzert der Dorfkapelle, dessen

Erlös diesmal an die Hungerhilfe gehen sollte. Abgesehen von dem Geld, das sie für die Notleidenden dieser Welt spendeten, scherte die Leute im Dorf wenig von dem, was sich außerhalb ihres gemächlichen, einförmigen Alltags abspielte. Erdrückend! Ja, das war es. Es erdrückte sie, befand Agatha und schlug auf die Armlehne ihres Gartenstuhls.

»Sie haben Besuch!«, rief einer der Handwerker.

Agatha ging ins Haus. Bill Wong stand an ihrer Tür. »Kommen Sie rein«, sagte Agatha. »Haben Sie ihn geschnappt?«

»Noch nicht. Wie ich sehe, rüsten Sie Ihr Haus mit allem auf, was es gibt.«

»Wenn schon, dann auch richtig. Hoffen wir, es steigert den Wert des Hauses, denn ich ziehe weg«, sagte Agatha auf dem Weg in die Küche, wohin Bill ihr folgte und sich dann setzte. »Weg? Warum? Hat noch jemand versucht, Sie umzubringen?«

»Bisher nicht.« Agatha nahm ihm gegenüber Platz. »Mir ist es hier einfach zu öde.«

»Tja, andere würden meinen, dass gerade Ihr Leben auf dem Land außergewöhnlich aufregend ist.«

»Ich passe nicht hierher«, sagte Agatha. »Nein, ich plane, nach London zurückzugehen und wieder zu arbeiten.«

Seine Mandelaugen musterten sie ruhig. »Ich finde, dass Sie sich zu wenig Zeit gelassen haben. Es dauert zwei Jahre, um irgendwo heimisch zu werden. Außerdem haben Sie sich schon verändert. Sie sind weniger reizbar, sensibler geworden.«

Agatha rümpfte die Nase. »Schwach, meinen Sie. Nein, mich stimmt nichts mehr um. Warum sind Sie hier?«

»Nur um zu sehen, wie es Ihnen geht.« Er griff in die Tasche seiner Jacke, die er erst über dem Arm getragen hatte und die nun über der Rückenlehne des Stuhls hing. Aus ihr zauberte er ein Marmeladenglas hervor. »Die ist von meiner Mutter«, sagte er ein wenig verlegen. »Ich dachte, Sie mögen so etwas vielleicht. Es ist Erdbeermarmelade.«

»Oh, wie nett! Ich nehme sie mit nach London.«

»Ziehen Sie etwa jetzt gleich fort?«

»Nein, aber ich denke gerade, dass mir ein kleiner Urlaub von Carsely guttun würde. Vielleicht in einem Hotel in London.«

»Und für wie lange?«

»Weiß ich nicht. Vielleicht erst mal für eine Woche.«

»Dann sind Ihre Zeiten als Amateurdetektivin vorbei?«

»Die hatten nie angefangen«, sagte Agatha. »Ich habe mich nur ein bisschen umgehört, weil ich dachte, dass ein Mord passiert ist. Aber dadurch habe ich die Leute gegen mich aufgebracht.«

Wieder sah Bill sie nachdenklich an. »Vielleicht stellen Sie fest, dass Sie sich verändert haben, dass London nicht mehr zu Ihnen passt.«

»Das möchte ich stark bezweifeln.« Agatha lachte. »Aber wissen Sie was? Wenn ich wieder in London bin, lade ich Sie mal zum Essen ein.« Auf einmal wurde sie unsicher. »Das heißt, wenn Sie möchten.«

»Sehr gern, allerdings unter der Bedingung, dass es keine Quiche ist.«

Nachdem er gegangen war, bezahlte sie Doris Simpson und sagte ihr, dass sie in der nächsten Woche auf Reisen wäre. Sie gab ihr aber den Ersatzschlüssel und bat einen Handwerker, Doris die Alarmanlage zu erklären, damit sie dennoch zum Putzen kommen konnte. Danach buchte sie ein Zimmer für eine Woche in einem kleinen, teuren Londoner Hotel. Sie hatte Glück, dass dort gerade eine Stornierung eingegangen war, musste allerdings ein Doppelzimmer nehmen.

Danach packte sie. Der Abend brachte kaum Abkühlung, dafür jede Menge Verdruss. Die Strahler draußen an Agathas Cottage leuchteten allesamt auf, sowie jemand vorbeikam, was sich rasch unter den Kindern im Dorf herumsprach. Den ganzen Abend über rannten sie aufgeregt kreischend die Straße auf und ab, bis der Dorfpolizist anrückte und sie verscheuchte.

Agatha ging in den Red Lion. »Wir bräuchten alle Klimaanlagen«, sagte sie zum Wirt.

»Wie recht Sie haben.« Er nickte. »Aber wozu das ganze Geld rauswerfen? So einen Sommer kriegen wir die nächsten Jahre nicht wieder. Uns steht aber wahrscheinlich ein richtig übler Winter bevor. Der alte Sam Sturret war gerade hier, und er sagt, dass der Winter mörderisch wird. Wir werden über Wochen eingeschneit sein, glaubt er.«

»Kommen hier denn keine Schneepflüge durch?«

»Nicht die vom Bezirk, Mrs. Raisin, die nicht. Wir verlassen uns auf die Farmer, die mit ihren Treckern die Straßen frei halten.«

Agatha wollte sich schon darüber ereifern, wie viel Steuern sie bezahlten und dass sie dafür ja wohl einen anständigen Räumdienst verlangen könnten und sie eine Petition verfassen und einreichen würde, um genau das durchzusetzen. Aber dann fiel ihr wieder ein, dass sie im Winter gar nicht mehr hier sein würde.

Einer nach dem anderen trudelten die Dorfbewohner im Pub ein. Der Wirt hatte Tische im Garten aufgestellt, worauf die Gäste nach draußen trotteten. Und sie baten Agatha, sich zu ihnen zu gesellen. Ein Mann brachte ein Akkordeon mit und spielte auf. Bald kamen mehr Leute, angelockt von der Musik, und sie alle begannen zu singen. Agatha staunte, als zur letzten Runde gerufen wurde, denn erst jetzt wurde ihr bewusst, dass sie den ganzen Abend im Garten des Pubs verbracht hatte.

Verwirrt trat sie den Heimweg an. Am Nachmittag hatte sie der brennende Ehrgeiz vergangener Tage mit aller Macht eingeholt, und sie hatte sich wieder wie früher gefühlt. Doch nun wusste sie nicht mehr recht, ob sie wieder wie damals sein wollte. Die alte Agatha hat keine Lieder in einem Pub geschmettert, dachte sie, oder – als sie Mrs. Bloxby im grellen Licht der Strahler vor ihrer Cottage-Tür sah – Besuch von der Vikarsfrau bekommen.

»Ich habe gehört, dass Sie morgen nach London fahren«, sagte Mrs. Bloxby, »und wollte mich verabschieden.«

»Wer hat Ihnen das erzählt?«, fragte Agatha, während sie die Tür aufschloss.

»Dieser nette junge Detective Constable, Bill Wong.«

»Er scheint ziemlich rumzukommen. Hat er in Mircester nichts zu tun?«

»Oh, er kommt oft auf die Dörfer«, sagte Mrs. Bloxby. »Er sagte noch etwas, was mich sehr beunruhigt hat, dass Sie für immer fortziehen wollen.«

»Ja, ich habe vor, wieder zu arbeiten. Ich hätte mich nie so früh in den Ruhestand zurückziehen dürfen.«

»Was für ein Jammer für Carsely! Wir könnten Ihr Organisationstalent hier gut gebrauchen. Sind Sie nächsten Samstagnachmittag wieder da?«

»Eher nicht«, sagte Agatha, als sie beide im Wohnzimmer saßen. »Was ist denn nächsten Samstagnachmittag?«

»Das Konzert des Dorforchesters. Mrs. Mason kümmert sich um den Nachmittagstee. Es ist eine richtig große Veranstaltung.«

Agatha schenkte ihr ein bedauerndes Lächeln und dachte, was für ein trauriges Leben es sein musste, sich auf etwas wie das Konzert des Dorforchesters zu freuen.

Sie unterhielten sich noch ein wenig, dann ging Mrs. Bloxby. Agatha packte ihren Koffer zu Ende, in dessen eine Ecke sie vorsichtig das Glas mit der Erdbeermarmelade stopfte. Mit weit offenem Fenster lag sie dann noch eine ganze Weile wach und hoffte auf ein wenig kühlere Luft. Bei dem Gedanken, nach London zurückzukehren, weg aus diesem Carsely-Grab, fühlte sie sich trotz der drückenden Hitze ein bisschen unbeschwerter.

10

London! Wie es da roch! Schrecklich, dachte Agatha, als sie im Speisesaal des Haynes Hotels saß. Sie steckte sich eine Zigarette an und starrte mit dumpfem Blick hinaus auf den Verkehr, der sich durch Mayfair quälte.

Der Mann am Tisch hinter ihr fing an zu husten und zu röcheln und blätterte wütend seine Zeitung um. Agatha sah auf ihre brennende Zigarette und seufzte. Dann winkte sie dem Kellner. »Suchen Sie dem Herrn hinter mir einen anderen Tisch«, sagte sie. »Er geht mir auf die Nerven.«

Der Kellner sah erst zu dem erbosten Mann, dann zur gelassenen Agatha und beugte sich schließlich zu dem Herrn, um ihn freundlich zu einem schönen Tisch in einer Ecke zu überreden, wo ihn der Qualm nicht stören würde. Der Mann protestierte lautstark. Agatha rauchte weiter und ignorierte die Szene, bis der Mann kapitulierte und sich umsetzte.

In London leben und sich über Zigarettenqualm beschweren, was war das denn?, dachte Agatha. Man brauchte doch bloß eine Straße entlangzugehen und hatte genug Abgase eingeatmet, um vier Zigarettenschachteln wettzumachen.

Nach dem Kaffee und einer Zigarette ging sie wieder

hinauf in ihr Zimmer, in dem es schon jetzt drückend heiß war, rief bei Pedmans an und fragte nach Roy.

Es dauerte eine Weile, bis sie zu ihm durchgestellt wurde. »Aggie!«, rief er. »Wie steht's in den Cotswolds?«

»Nicht gut«, antwortete sie. »Ich muss mit dir reden. Hast du am Mittag Zeit?«

»Mittags bin ich schon ausgebucht. Wie wär's mit Abendessen?«

»Prima. Ich bin im Haynes. Wir treffen uns um halb acht an der Hotelbar.«

Sie legte wieder auf und sah sich um. Die Musselin-Gardinen am Fenster bauschten sich und verhinderten, dass Sauerstoff hineingelangen konnte. Sie hätte ins Hilton oder ein anderes amerikanisches Hotel gehen sollen, in dem es Klimaanlagen gab. Das Haynes war klein und altmodisch, wie ein Landhaus inmitten von Mayfair. Der Service war hervorragend, aber es war ein sehr englisches Hotel, und sehr englische Hotels waren nun mal nicht für heiße Sommer gerüstet.

Da ihr nichts anderes einfiel, beschloss sie, zur Quicherie zu fahren und Mr. Economides zu besuchen. Die Straßen waren verstopft wie immer, und nirgends war ein Taxi in Sicht, also ging sie von Mayfair die Knightsbridge entlang zur Sloane Street, hinunter zum Sloane Square und weiter über die King's Road nach World's End.

Mr. Economides begrüßte sie eher reserviert. Doch Agatha hatte erwartet, als Freundin empfangen zu werden, und wollte nett sein, was ihr früher ferngelegen hätte. In der Quicherie war nichts los, also hatte der Besitzer noch Zeit, ehe die Mittagsgäste eintrafen, die dann Schlange standen, um sich Quiche und Kaffee fürs Büro zu holen. Agatha fragte Mr. Economides nach seiner Frau und den Kindern, und er begann, sich merklich zu entspannen. Er bat sie, an einem der kleinen Marmortische Platz zu nehmen, brachte ihr einen Kaffee und setzte sich zu ihr.

»Ich möchte mich dafür entschuldigen, dass ich Ihnen solchen Ärger gemacht habe«, sagte Agatha. »Hätte ich mir nicht in den Kopf gesetzt, diesen Dorfwettbewerb zu gewinnen, und Ihre Quiche als meine eingereicht, wäre uns allen viel erspart geblieben.«

Plötzlich holte sie noch einmal die Erinnerung an John Cartwrights Überfall ein, und ihr kamen die Tränen.

»Na, na, Mrs. Raisin«, sagte Mr. Economides. »Ich verrate Ihnen ein Geheimnis. Ich schummle auch.«

Agatha tupfte sich die Augen trocken. »Sie? Wie denn?«

»Na ja, ich habe doch das Schild draußen, auf dem steht ›frisch im Laden zubereitet‹. Aber ich fahre am Wochenende oft zu meinem Cousin nach Devon. Er hat einen Delikatessenladen, genau wie ich. Tja, und manchmal, wenn ich erst spät am Sonntagabend nach Hause fahre und nicht gleich früh am Montag wieder losbacken will, bringe ich mir Quiches mit, die er übrig hat. Er macht es genauso, wenn er hier ist. Das funktioniert ganz gut, denn er macht vor allem am Wochenende gute Geschäfte mit den Touristen, und ich verdiene eher unter der Woche, wenn die Leute aus den Büros zu mir kommen. Die Quiche, die Sie gekauft haben, war von meinem Cousin.«

»Haben Sie das der Polizei gesagt?«, fragte Agatha. Der Grieche wirkte entsetzt. »Nein! Ich wollte doch meinem Cousin nicht die Polizei auf den Hals hetzen.«

Agatha begriff zunächst gar nicht, was genau er meinte, aber der sehr ernste Blick von Mr. Economides brachte sie ins Grübeln. Und schließlich ging ihr ein Licht auf. »Haben Sie Angst vor der Einwanderungsbehörde?«

Er nickte. »Der Mann der Tochter meines Cousins hat nur ein Touristenvisum. Sie haben griechisch-orthodox geheiratet, aber noch nicht auf dem Standesamt. Und er arbeitet bei meinem Cousin ohne Arbeitsgenehmigung, deshalb ...« Er zuckte mit den Schultern.

Agatha wusste nichts über Arbeitserlaubnisse, aber sie hatte Erfahrungen mit ausländischen Models, die geradezu paranoid waren, dass sie ausgewiesen werden könnten. »Dann ist es ja umso besser, dass Mrs. Cummings-Browne keine Anzeige erstattet hat«, sagte sie.

Er senkte den Blick. Als gleich darauf zwei Kunden den Laden betraten, verabschiedete er sich und hastete hinter den Tresen.

Agatha trank ihren Kaffee aus und machte sich auf einen Streifzug durch ihr altes Viertel. Nach einem kleinen Mittagessen entschied sie, dass ein klimatisiertes Kino der beste Ort war, um dort den Nachmittag zu verbringen. Eine leise Stimme in ihrem Kopf sagte ihr, dass sie sich auf die Suche nach einer Wohnung und Büroräumen machen sollte, wenn sie nach London zurückwollte, doch Agatha verdrängte sie. Dazu blieb noch genügend Zeit, und außerdem war es viel zu heiß. Sie kaufte sich einen *Evening Standard* und entdeckte, dass eines der Kinos am Leicester Square Disneys *Das Dschungelbuch* zeigte. Dort ging sie hin, genoss den Film und freute sich auf das spätere Wiedersehen mit Roy. Sie war sicher, dass er begeistert wäre, wenn er von ihren Plänen hörte.

Um halb acht stieg sie die Treppe hinunter zur Hotelbar. An den neuen Roy würde sie sich erst noch gewöhnen müssen, stellte sie fest, als sie ihn mit seinem seriösen Haarschnitt, dem Anzug und der Krawatte sah.

Er begrüßte sie überschwänglich. Agatha spendierte

ihm einen doppelten Gin und erkundigte sich nach seinem neuen Projekt, der Gärtnerei. Wie er erzählte, lief es gut, und er war sogar zum Management-Assistenten befördert worden, mit eigenem Büro und einer Sekretärin, so beeindruckt waren seine Vorgesetzten von dem Foto in der *Sunday Times* gewesen. »Trink noch einen Gin«, sagte Agatha, die sich wünschte, er wäre immer noch unglücklich bei Pedmans.

Roy grinste. »Vergiss nicht, dass ich mit den Tricks der alten Aggie vertraut bin. Füll die Leute ab, und hol beim Kaffee zum K.-o.-Schlag aus. Spar dir das bei mir, Aggie, und sag mir lieber gleich, was du vorhast.«

»Na schön.« Agatha blickte sich in der zusehends belebteren Bar um. »Setzen wir uns an den Tisch da drüben.«

Nachdem sie Platz genommen hatte, beugte Agatha sich vor. »Also, ich habe Folgendes vor, Roy. Ich komme zurück nach London und mache die Agentur wieder auf. Und ich will dich als meinen Partner.«

»Warum? Du bist doch durch mit dem Mist. Du hast dieses niedliche Cottage in diesem niedlichen Dorf …«

»Und ich sterbe vor Langeweile.«

»Du musst dir mehr Zeit lassen, Aggie. Du bist ja noch gar nicht richtig angekommen.«

»Will ich auch gar nicht«, sagte Agatha mürrisch.

»Aggie, Pedmans ist groß, eine der größten Agenturen, das weißt du. Ich habe dort eine gigantische Zukunft vor mir. Und ich nehme meinen Job jetzt ernst, statt für ein paar Popbands zu werben. Von denen will ich endgültig weg. Die schaffen es in die Charts, und zwei Wochen später erinnert sich keiner mehr an die Namen. Und weißt du, wieso? Weil das Popgeschäft nur noch eine große Blase mit nichts dahinter ist. Keine Melodien, bloß Wumm, Wumm,

Wumm für die Diskotheken. Die Verkäufe sind nur noch ein Bruchteil von dem, was sie früher waren. Ich werde dir verraten, warum ich bei Pedmans bleiben will. Weil ich da steil aufsteige. Und ich will, was du hast: ein Cottage in den Cotswolds. Es ist doch so, Aggie, keiner möchte mehr in der Stadt leben. Die neue Generation ist zunehmend amerikanisiert. Wenn man früh genug aufsteht, muss man nicht in London wohnen. Außerdem habe ich vor, zu heiraten.«

»Ach, Quatsch mit Soße«, entgegnete Agatha schroff. »Soweit ich weiß, bist du in deinem ganzen Leben noch mit keiner Frau ausgegangen.«

»Kann sein, aber du weißt nicht alles. Und Mr. Wilson sieht es gern, wenn seine Mitarbeiter verheiratet sind.«

»Wer ist denn die Glückliche?«

»Noch habe ich sie nicht gefunden. Aber irgendein nettes, ruhiges Mädchen tut es vollkommen. Von denen laufen jede Menge herum. Ich suche nur eine, die kochen und Hemden bügeln kann.«

Selbst in jedem noch so weibischen Mann schlägt das Herz eines echten Machos, dachte Agatha verärgert. Zweifellos würde er eine junge, zahme Frau finden, möglichst ein bisschen einfach, damit er sich nicht unterlegen fühlte. Sie würde kleine Dinnerpartys für ihn ausrichten und sich nicht beschweren, wenn er nur an den Wochenenden nach Hause kam. Und sie würden Golfspielen lernen. Mit der Zeit würde Roy dann rundlich und träge werden. Ja, Agatha kannte das Muster nur allzu gut.

»Aber als mein Partner verdienst du mehr«, sagte sie.

»Du hast deine Kunden an Pedmans verloren und würdest ewig brauchen, sie zurückzuholen. Das ist dir genauso klar wie mir. Du müsstest wieder ganz klein anfangen und dich hocharbeiten. Willst du das ernsthaft? Komm, lass uns beim Essen weiterreden. Ich verhungere.«

Agatha beschloss, das Thema fürs Erste auf sich beruhen zu lassen, und erzählte ihm von John Cartwright, der sich als Räuber und Einbrecher entpuppt hatte.

»Ehrlich, Aggie, kapierst du es nicht? Dagegen ist London *lahm*. Ganz abgesehen davon heißt es, auf dem Land ist man nie richtig einsam. Auf dem Dorf ist deinen Nachbarn nicht egal, was mit dir passiert.«

»Es sei denn, sie sind wie Mrs. Barr«, erwiderte Agatha trocken. »Sie verkauft, und die Kuh besitzt doch tatsächlich die Stirn, mir zu sagen, ich hätte sie vertrieben. Dabei hat sie ein größeres Cottage von ihrer Tante in Ancombe geerbt.«

»Ich dachte, sie wäre eine Zugezogene«, sagte Roy. »Aber wenn sie in der Gegend wenigstens eine Verwandte hatte, kann sie so fremd nicht sein.«

»Wer nicht direkt in Carsely geboren und aufgewachsen ist, bleibt ein Zugezogener«, erklärte ihm Agatha. »Ach ja, und es gibt noch eine lustige Geschichte über sie.«

Sie erzählte Roy von der Theateraufführung, und er schrie vor Lachen. »Oh, es muss Mord gewesen sein, Aggie!«, japste er schließlich.

»Nein, das glaube ich inzwischen nicht mehr. Die Sache ist abgehakt. Übrigens war ich heute bei Economides. Er war so froh, dass wegen der Quiche nichts mehr nachgekommen ist, weil das gute Stück aus der Backstube seines Cousins in Devon stammte. Und selbiger Cousin hat einen neuen Schwiegersohn, der illegal bei ihm arbeitet.«

»Ah, das erklärt manches! Und John Cartwrights Benehmen leuchtet jetzt auch ein, aber was ist mit den Frauen, mit denen Cummings-Browne geturtelt hat? Mit der irren Maria zum Beispiel?«

»Ich denke, die ist schlicht verrückt. Barbara James ist ein bisschen tollwütig, Ella Cartwright ein Flittchen, und Mrs. Barr hat ebenfalls eine Schraube locker, aber ich glaube nicht, dass eine von ihnen Cummmings-Browne umgebracht hat. Ach, was rede ich! Es war kein Mord, Roy. Bill Wong hat recht.«

»Bleibt noch Vera Cummings-Browne.«

»Eine Weile lang war ich mir absolut sicher, dass sie es war. Sie hat gesehen, dass ich meine Quiche stehenließ, hat sie mit nach Hause genommen und gegen eine selbstgebackene, vergiftete ausgetauscht.«

»Brillant«, sagte Roy. »Und sie wurde nicht überführt, weil Economides solche Angst wegen der Arbeitsgenehmigung hatte, dass er die Quiche, die angeblich seine war, nicht einmal ansehen wollte.«

»Eine gute Theorie, aber die Polizei hat diese Möglichkeit überprüft. Sie haben ihre ganze Küche auseinandergenommen, sogar den Müll und die Abflüsse, und an besagtem Tag hatte sie weder gekocht noch gebacken. Vergiss es, Roy. Du bringst mich bloß dazu, wieder von Mord zu reden, und ich will die Sache ein für alle Mal hinter mir lassen. Reden wir über etwas Interessanteres. Hast du wirklich fest vor, bei Pedmans zu bleiben?«

»Ja, bedaure, Aggie. Und genau genommen ist es deine Schuld. Hättest du nicht solche Werbung für mich gemacht, wäre ich nie so schnell aufgestiegen. Aber ich sage dir was: Wenn du wieder einsteigst, stecke ich dir, sowie ich von einem Kunden höre, der wechseln will … keinem von meinen, versteht sich. Mehr kann ich leider nicht für dich tun.«

Agatha fühlte sich innerlich leer. Ihr Ehrgeiz, der sie so viele Jahre angetrieben hatte, verflüchtigte sich. Nachdem sie sich von Roy verabschiedet hatte, lief sie rastlos durch die nächtlichen Londoner Straßen, als suchte sie nach ihrem alten Ich. Am Piccadilly Circus guckten sie ein paar bleiche Junkies mit leeren Augen an, und ein Bettler bedrohte sie. Die Hitze stieg in Wellen vom Pflaster und aus den Mauern der Häuser auf.

Den Rest der Woche spazierte Agatha durch die Parks, fuhr mit einem Schiff die Themse hinunter, ging ins Theater und ins Kino. Derweil kam sie sich wie ein Geist vor oder jemand, der sämtliche Papiere und mit ihnen seine Identität verloren hatte. Jahrzehntelang hatte die Arbeit ihre Persönlichkeit bestimmt, war alles gewesen, womit sie sich identifizierte.

Am Freitagabend konnte sie den Gedanken an das Konzert des Dorforchesters nicht abschütteln. Die Carsely-Damen wären dort, und Agatha könnte mit in den Red Lion gehen, falls sie sich einsam fühlte, oder sich ihrem Garten widmen. Nicht, dass sie ihren Entschluss geändert hätte! Ein hübscher Garten steigerte nur den Wert der Immobilie.

Früh am nächsten Morgen packte sie, zahlte ihre Rechnung und machte sich auf den Weg zur Paddington Station. Ihr Wagen stand in Oxford am Bahnhof. Wieder einmal fuhr sie zurück. »Oxford. Hier ist Oxford!«, rief der Schaffner. Alles wirkte seltsam vertraut, als sie vom Parkplatz die Worcester Street hinauf, in die Beaumont Street und die St. Giles entlang zur Woodstock Road Richtung Kreisel fuhr, wo sie die A-40-Umgehung nach Burford nahm, um von dort über die Hügel nach Stow-on-the-Wold und die A-44 nach Carsely zu gelangen.

In der Lilac Lane machte sie eine Vollbremsung, als sie den roten Balken mit der Aufschrift VERKAUFT auf dem Schild vor Mrs. Barrs Haus bemerkte.

Wie viel sie wohl gekriegt hat?, überlegte Agatha, während sie zu ihrer Einfahrt rollte. Das war fix gegangen! Ein Glück, dass sie die alte Schachtel los war. Hoffentlich zog nun jemand Nettes ein. Nicht, dass es für sie tatsächlich noch von Bedeutung war, denn sie würde ja wegziehen, wie sie sich abermals sagte.

Dennoch konnte sie sich des Gefühls nicht erwehren, dass das Dorf sie vereinnahmen und zu einem Teil von sich machen wollte. Deshalb brachte sie ihren Koffer ins Haus und fuhr gleich wieder los zum Makler nach Chipping Campden, demselben Makler, der Mrs. Barrs Haus verkauft hatte.

Sie stellte sich vor und sagte, dass sie ihr Haus verkaufen wolle. Für wie viel? Nun, die gleiche Summe, die Mrs. Barr bekommen hatte, dürfte reichen. Der Makler sagte, er könne zwar nicht verraten, was Mrs. Barr bekommen hatte, fügte aber diplomatisch hinzu, dass sie 150 000 Pfund verlangt hatte und sehr zufrieden mit dem Angebot gewesen war.

»Für mein Cottage will ich 175 000«, sagte Agatha. »Es hat ein neues Reetdach, und ich wette, es ist besser in Schuss als das der alten Ziege.«

Der Makler blinzelte erschrocken. Doch Provision war Provision, und er fing sich schnell wieder, um die Einzelheiten mit Agatha zu besprechen.

Ich muss ja nicht an irgendwen verkaufen, dachte Agatha. Schließlich bin ich es Mrs. Bloxby und den anderen schuldig, jemand Nettes auszusuchen.

Das Dorforchester spielte vor der Schule. Bevor Agatha sich auf den Weg dorthin machte, brachte sie ein Geschenk für Doris Simpson in die Sozialsiedlung. Als sie Doris' Gartenpforte öffnete, stellte sie verwundert fest, dass sämtliche Gartenzwerge verschwunden waren. Sie klingelte und überreichte Doris ein großes braunes Paket.

»Kommen Sie rein«, sagte Doris. »Bert! Es ist Agatha. Sie hat uns etwas aus London mitgebracht. Wie nett von Ihnen! Das wäre doch wirklich nicht nötig gewesen.«

»Mach's schon auf«, sagte Bert, nachdem sie das Paket auf den Wohnzimmertisch gestellt hatte.

Doris zog die Papierschichten ab, unter denen ein großer Gartenzwerg mit einem scharlachroten Kittel und einem grünen Hut zum Vorschein kam. »Das wäre wirklich nicht nötig gewesen«, hauchte Doris gerührt. »Nein, wirklich nicht.«

»Sie haben ihn verdient«, sagte Agatha. »Und, nein, ich bleibe nicht zum Kaffee, denn ich will zum Konzert.«

In der Schulaula waren Stände aufgebaut. Agatha blickte sich um und bemerkte amüsiert, dass einige der Sachen aus der Auktion wieder angeboten wurden. Vor Mrs. Masons Stand blieb sie verdutzt stehen. Lauter Gartenzwerge.

»Woher haben Sie die?«, fragte Agatha, der ein schrecklicher Verdacht kam.

»Ah, die sind von den Simpsons. Die Gartenzwerge waren schon dort, als sie in das Haus zogen, und sie versuchen seit einer halben Ewigkeit, sie loszuwerden. Möchten Sie vielleicht einen kaufen? Wie wäre es mit diesem kleinen Kerl mit der Angelrute? Er würde Ihren Garten zum Leuchten bringen.«

»Nein, danke«, murmelte Agatha, die sich wie eine Närrin vorkam. Doch sie hatte ja nicht ahnen können, dass die Simpsons keine Gartenzwerge mochten.

Sie ging in das Café neben der großen Halle, wo Mrs. Bloxby aushalf. »Wie schön, dass Sie wieder da sind!«, rief diese. »Was darf ich Ihnen geben?«

»Ich habe noch nicht zu Mittag gegessen«, antwortete Agatha. »Ich denke, ich nehme ein Paar von den Cornish

Pasties und eine Tasse Tee. Sie müssen ja die ganze Nacht durchgebacken haben.«

»Ach, das ist nicht alles von mir. Und bei solchen Großveranstaltungen teilen wir uns die Arbeit über mehrere Tage auf. Wir backen die Sachen und frieren sie in der großen Truhe hier ein. Dann müssen wir sie später nur kurz in der Mikrowelle auftauen.«

Agatha nahm ihren Teller mit den Pasteten und ihre Teetasse und setzte sich an einen der langen Tische. Der Farmer Jimmy Page kam zu ihr und stellte ihr seine Frau vor. Weitere Leute gesellten sich zu ihnen, sodass Agatha bald von lauter plaudernden Dorfbewohnern umgeben war.

»Sie werden es sowieso bald erfahren«, sagte sie. »Ich verkaufe mein Cottage.«

»Was 'n Jammer«, platzte es prompt aus Mr. Page heraus. »Geht's zurück nach London?«

»Ja, ich will wieder arbeiten.«

»Bestimmt ist es bei Ihnen was anderes, Mrs. Raisin«, sagte seine Frau. »Ich bin früher auch mal in die Stadt gezogen, und da war ich furchtbar allein. In der Stadt kann es ganz schön einsam sein. Aber für Sie wohl nicht. Sie haben sicher eine Menge Freunde.«

»Ja«, log Agatha. Der einzige Freund, den sie hatte, war Roy, und das auch erst, seit sie in die Cotswolds gezogen war. Die Hitze war nach wie vor drückend und machte Agatha zu müde, als dass sie darüber nachdenken wollte, was sie tun sollte.

So kam es, dass sie Jimmy Pages Einladung annahm, mit ein paar Leuten noch hinauf zu seiner Farm zu gehen. Die Farm lag ein Stück außerhalb des Dorfes am Hügel. Dort saßen sie alle zusammen draußen, tranken Cider und redeten über diesen und frühere Sommer. Als es dunkel wurde, schlug jemand vor, sie sollten alle noch zum Red Lion weiterziehen, was sie auch taten.

Stunden später machte Agatha sich leicht beschwipst auf den Heimweg und schüttelte alle Zweifel ab, die sich in ihr regten. Der Sommer mochte nett sein, aber im Winter wäre es in Carsely wieder öde und einsam. Sie hatte sich richtig entschieden. Ihr fiel wieder ein, dass Jimmy Page sagte, ihr Cottage wäre tatsächlich aus dem 17. Jahrhundert, alles echt, bis auf den Anbau.

Zu Hause streifte sie ihre Schuhe ab und griff nach dem Lichtschalter, als die Strahler draußen aufleuchteten. Sofort erstarrte sie. Leise Schritte waren zu hören, als schliche sich jemand davon. Agatha musste bloß die Tür aufreißen, dann würde sie sehen, wer es war. Aber sie konnte sich nicht rühren. Gewiss lauerte draußen etwas Gefährliches. Jugendliche waren es auf keinen Fall, denn die jungen Leute in Carsely gingen erstaunlich früh schlafen, sogar in den Ferien.

Agatha rutschte mit dem Rücken an der Wand auf den Boden, wobei sie angestrengt lauschte. Dann erloschen die Strahler wieder, und alles wurde dunkel.

Lange Zeit blieb sie in der Diele sitzen, bevor sie vorsichtig aufstand und von Zimmer zu Zimmer ging, um überall die Lampen anzumachen. Genau wie sie es schon zuvor getan hatte, wenn sie Angst bekam.

Sie überlegte, ob sie Mrs. Bloxby anrufen sollte. Wahrscheinlich war es bloß einer der jungen Männer aus dem Dorf gewesen oder jemand, der seinen Hund ausführte. Ihre Furcht legte sich etwas, trotzdem ließ sie alle Lichter an, als sie ins Bett ging.

Am nächsten Morgen fasste sie frischen Mut, als sie einen Umzugswagen vor dem New Delhi entdeckte und Umzugsleute bei der Arbeit sah. Anscheinend fand Mrs. Barr nichts dabei, an einem Sonntag auszuziehen. Agatha überlegte, ob sie in die Kirche gehen sollte oder nicht, als das Telefon klingelte. Es war Roy.

»Ich habe eine Überraschung für dich, Süße.«

»Hast du beschlossen, Pedmans zu verlassen?«, fragte sie hoffnungsfroh.

»Nein, ich habe mir ein Auto gekauft, einen Morris Minor. Den habe ich ganz billig geschossen. Ich dachte, ich komme dich besuchen und bringe meine Freundin mit.«

»Freundin? Du hast keine Freundin.«

»Jetzt schon. Dürfen wir kommen?«

»Natürlich. Wie heißt sie?«

»Tracy Butterworth.«

»Und was macht sie?«

»Sie ist Sekretärin bei Pedmans.«

»Wann seid ihr ungefähr hier?«

»Wir fahren jetzt los, also in anderthalb Stunden so gegen zwei, wenn die Straßen nicht allzu dicht sind.«

Nachdem sie aufgelegt hatte, blickte Agatha in den Kühlschrank. Es war nicht einmal Milch im Haus. Sie fuhr zum Supermarkt in Stow-on-the-Wold, der sonntags geöffnet hatte, und kaufte Milch, Kopfsalat und Tomaten sowie Hackfleisch und Kartoffeln für einen Shepherd's Pie und außerdem Zwiebeln, Karotten, Erbsen, tiefgefrorenen Apple Pie und Schlagsahne.

Sauber machen musste sie nicht, denn Doris hatte alles gründlich geputzt, während Agatha in London gewesen war. Folglich war das Cottage in einem makellosen Zustand. Als sie nach Carsely zurückkehrte, kam ihr der

Möbelwagen entgegen und dahinter Mrs. Barr in ihrem Wagen. Sie musste um sechs Uhr morgens angefangen haben, dachte Agatha, die sich vornahm, sich beizeiten um eine Umzugsfirma zu kümmern.

Zu Hause räumte sie ihre Einkäufe weg. Danach nahm sie eine Schere, duckte sich durch die Hecke in Mrs. Barrs Garten hinein und schnitt sich dort mehrere Blumensträuße für ihr Cottage.

Dann verteilte sie die Blumen auf ihre Tische. Bei den Vorbereitungen für den Shepherd's Pie ermahnte sie sich im Geiste, dringend etwas in ihrem Garten zu tun. Sie könnte bald zahlreiche Blumenzwiebeln setzen, dann würde der Garten im Frühling wunderschön aussehen – auch wenn sie im Frühjahr nicht mehr in Carsely sein würde.

Da sie nach wie vor eine unerfahrene Köchin war, brauchte sie selbst für einen simplen Shepherd's Pie einige Zeit. Sie schob ihn eben in den Ofen, als sie einen Wagen vorfahren hörte.

Tracy Butterworth war genau, wie Agatha erwartet hatte: dünn und blass mit glattem braunem Haar. Sie trug ein weißes Baumwollkostüm zu einer rosafarbenen Rüschenbluse und sehr hohe weiße Schuhe. Sie hatte einen schlaffen Händedruck, flüsterte schüchtern, »Freut mich sehr«, und blickte unterwürfig zu Roy.

»Wie ich sehe, steht ein Umzugswagen vor dem Cottage dieser Gewitterziege«, sagte Roy.

»Was?« Agatha warf einen entsetzten Blick zu ihren Blumenvasen. »Ich dachte, sie ist weg.«

»Entspann dich. Es zieht jemand ein, nicht aus. Sag was, Tracy. Sie beißt nicht.«

»Sie haben so ein reizendes Cottage«, sagte Tracy brav und tupfte sich die Stirn mit einem Spitzentaschentuch ab.

»Es ist viel zu heiß für förmliche Kleidung«, sagte Agatha. Tracy fuhr zusammen, und Agatha fügte ungewöhnlich freundlich hinzu: »Selbstverständlich sehen Sie bezaubernd und sehr elegant aus, aber machen Sie es sich doch bitte bequem und ziehen Sie die Schuhe und die Jacke aus.«

Nervös blickte Tracy zu Roy.

»Tu, was sie sagt«, befahl er.

Tracy hatte sehr lange schmale Füße und wackelte unsicher mit den Zehen, kaum dass sie ihre Schuhe abgestreift hatte. Armes Ding, dachte Agatha. Er wird sie heiraten und sie in eine typische Essex-Frau verwandeln: zwei Kinder, die Nicholas und Daphne heißen und auf eine weniger teure Privatschule gehen, ein Haus in einer Wohnanlage, die Loam End oder ähnlich hieß, Tischsets vom Costa-Brava-Urlaub, gerüschte Vorhänge, Jacuzzi, riesiger Fernseher, Langeweile. Und samstagabends ging es in irgendein großes Familienrestaurant, wo sie Hühnchen aßen und mit einem neuen Beaujolais herunterspülten, gefolgt von Schwarzwälder Kirschtorte. Ja, Essex würde es, nicht die Cotswolds. Roy wäre unter seinesgleichen glücklicher. Auch er würde sich verändern, finge an, Gewichte zu heben, Squash zu spielen und lauthals in sein Handy hineinzuschreien, während er in Restaurants saß.

»Gehen wir auf einen Drink in den Pub«, sagte Agatha, nachdem Roy über die Zeiten gesprochen hatte, als er für sie gearbeitet hatte, und für Tracy jede noch so kleine Begebenheit in den schillerndsten Farben ausmalte. Agatha überlegte, ob sie Tracy anbieten sollte, ihr ein weites Kleid zu leihen, entschied sich aber dagegen. Das Mädchen würde es als Kritik an ihrer Kleidung auffassen.

Im Pub machte Agatha die beiden mit ihren neuen Freunden bekannt, und Tracy blühte regelrecht auf, weil hier nichts weiter von ihr erwartet wurde, als über das Wetter zu reden.

Die Hitze war allerdings auch heftig genug, um ein spannendes Thema zu sein. Draußen brannte die Sonne vom Himmel, und ein Mann sagte, in Cheltenham hätten sie 50 Grad gemessen.

Zurück im Cottage half Tracy bei der Zubereitung des Mittagessens und drückte mit ihren hohen Absätzen Dellen in den Küchenboden, bis Agatha sie erneut bat, die Schuhe auszuziehen. Nach dem Mittag gingen sie mit ihrem Kaffee zu einem schattigen Flecken in den Garten, setzten sich dort auf die Gartenstühle und lauschten träge den Einzugsgeräuschen der neuen Nachbarn.

»Willst du nicht mal über die Hecke linsen oder ihnen einen Kuchen bringen oder etwas in der Art?«, fragte Roy. »Bist du gar nicht neugierig?«

Agatha schüttelte den Kopf. »Ich war beim Makler, und mein Haus steht ab nächste Woche zum Verkauf.«

»Sie verkaufen?«, fragte Tracy verblüfft. »Warum?«

»Ich gehe zurück nach London.«

Tracy schaute sich im sonnigen Garten um, dann hinauf zu den Cotswolds Hills, die über dem Dorf aufragten und im gleißenden Sonnenschein schimmerten. Sie schien es nicht glauben zu wollen. »Das alles wollen Sie verlassen? Ich habe in meinem ganzen Leben noch keinen schöneren Flecken gesehen.« Sie sah wieder zum Cottage und hatte offensichtlich Mühe, ihre Gedanken in Worte zu fassen. »Es ist so alt, so ... verlässlich. Alles wirkt so friedlich. Aber für Sie ist es wohl anders, Mrs. Raisin. Sie sind bestimmt schon viel gereist und haben viele schöne Orte gesehen.«

Ja, Carsely war wunderschön, dachte Agatha missmutig. Das Dorf war mit vielen unterirdischen Quellen gesegnet, weshalb es inmitten all der verbrannten Landstriche ringsum sattgrün leuchtete.

»Es gefällt ihr nicht«, krähte Roy, »weil die Leute hier dauernd versuchen, sie umzubringen.«

Tracy wollte natürlich alles darüber hören, und so begann Agatha mit der Geschichte ganz am Anfang. Zuerst erzählte sie es Tracy, dann eher sich selbst, denn irgendetwas nagte in ihrem Hinterkopf.

Am Abend führte Roy sie zum Essen in ein Schicki-micki-Restaurant in Mircester aus. Tracy trank nur Mineralwasser, weil sie nach London zurückfahren würde. Sie schien eingeschüchtert von dem edlen Lokal. Umso mehr bewunderte sie Roy, der mit den Fingern nach den Kellnern schnippte und sich, fand Agatha, wie ein erstklassiges Ekel benahm. Ja, dachte sie, Roy wird Tracy heiraten, und wahrscheinlich denkt sie dann, sie wäre glücklich, und Roy wird zu jemandem werden, den ich nicht ausstehen kann. Ich wünschte, ich hätte ihm nie diese ganze Publicity verschafft.

Erleichtert winkte sie den beiden zum Abschied. Bald schon würde Roy anrufen und eine Einladung erwarten, und sie würde sich unter normalen Umständen eine Ausrede einfallen lassen müssen.

Aber darüber musste sie sich keine Gedanken mehr machen, denn bis es so weit war, wäre sie längst wieder in London.

11

Am Montagmorgen stand Agatha spät auf und fragte sich, warum sie so lange geschlafen hatte. Sie hätte lieber früh aufstehen und ein wenig kühlere Morgenluft genießen sollen. Nun zog sie ein weites Baumwollkleid über einem Minimum an Unterwäsche an, ging nach unten und nahm sich einen Kaffeebecher mit hinaus in den Garten.

Nachts hatten sie Albträume von Maria Borrow, Barbara James und Ella Cartwright geplagt, die als die drei Hexen in *Macbeth* auftraten.

Seufzend trank Agatha ihren Kaffee und machte sich dann auf den Weg zur Metzgerei nahe dem Pfarrhaus. Das »New Delhi«-Schild am Cottage nebenan war heruntergenommen worden. Von dem neuen Besitzer war nichts zu sehen, allerdings standen Mrs. Mason und zwei andere Frauen mit Kuchen vor der Haustür, um die Neuen willkommen zu heißen. Agatha ging weiter. *Ihr* hatte niemand Kuchen gebracht, als sie eingezogen war.

Sie wollte gerade in den Metzgerladen gehen, als sie erstarrte. Ein Stück weiter stand Vera Cummings-Browne und unterhielt sich mit Barbara James, die einen Scotchterrier an der Leine führte. Rasch eilte Agatha in den Laden und stieß fast mit Mrs. Bloxby zusammen.

»Haben Sie Ihren neuen Nachbarn schon gesehen?«, fragte Mrs. Bloxby.

»Nein, noch nicht«, antwortete Agatha, die sicherheitshalber die Ladentür im Auge behielt, falls Barbara James hineinstürmen und sich auf sie stürzen wollte. »Wer ist es?«

»Ein pensionierter Colonel, Mr. James Lacey. Er benutzt seinen Titel nicht mehr. Sehr charmant.«

»Interessiert mich nicht«, sagte Agatha barsch, wurde aber sogleich rot, als Mrs. Bloxby sie erschrocken ansah.

»Entschuldigung«, murmelte sie. »Ich habe eben Vera Cummings-Browne mit Barbara James gesehen, und Barbara James hat versucht, mich zu erwürgen.«

»Ja, sie ist furchtbar unbeherrscht«, sagte Mrs. Bloxby seelenruhig. »Mrs. Cummings-Browne ist kürzlich aus der Toskana zurückgekehrt. Sie sieht sehr erholt aus.«

»Ich wusste gar nicht, dass sie verreist war. Haben Sie eine Idee, was ich nehmen könnte? Mit meinen Kochkünsten ist es immer noch nicht weit her.«

»Nehmen Sie von den Lammkoteletts«, empfahl die Vikarsfrau, »und legen Sie sie mit ein bisschen Minze aufs Grillrost. Ich habe frische Minze im Garten. Kommen Sie doch einfach auf einen Kaffee mit zu mir, dann schneide ich Ihnen welche. Die Lammkoteletts lassen Sie nur so lange auf dem Grill, bis sie auf beiden Seiten braun sind. Ganz einfach. Und ich kann Ihnen auch etwas von meiner Minzsoße mitgeben.«

Agatha kaufte Lammkoteletts, zögerte allerdings an der Tür. »Würde es Ihnen etwas ausmachen, nachzusehen, ob die Luft rein ist?«

Mrs. Bloxby lugte hinaus. »Sie sind beide weg.«

Als sie beim Kaffee im Pfarrhausgarten saßen, fragte Mrs. Bloxby: »Wollen Sie nach wie vor fortziehen?«

»Ja«, antwortete Agatha matt, denn ihr Elan war wie weggeblasen. »Die Makler stellen morgen das Schild auf.«

Mrs. Bloxby betrachtete sie über den Rand ihrer Kaffeetasse hinweg. »Seltsam, wie sich die Dinge bisweilen entwickeln, Mrs. Raisin. Ich dachte, dass Sie hierhergekommen sind, hätte mit göttlicher Fügung zu tun.«

Agatha stutzte.

»Anfangs glaubte ich, es hätte Sie zu Ihrem eigenen Besten hergeführt. Sie schienen mir eine Frau zu sein, die noch nie echte Liebe oder Zuneigung erfahren hat. Es kam mir vor, als würden Sie eine drückende Einsamkeit mit sich herumtragen.«

Agatha sah sie verlegen und unsicher an.

»Dann war da natürlich der Tod von Mr. Cummings-Browne. Mein Mann behauptet, genauso wie die Polizei, dass es ein Unfall war. Aber ich hatte das Gefühl, der Herr schickte Sie hierher, damit sie den Schuldigen finden.«

»Sie denken, dass es Mord war?«

»Ja, auch wenn ich es lieber nicht täte. Sich einzureden, es wäre ein Unfall gewesen, ist so viel tröstlicher und weniger verstörend. Aber irgendetwas stimmt hier nicht. Ich spüre Böses im Dorf. Und nun gehen Sie fort. Niemand wird mehr Fragen stellen, niemand sich kümmern, und das Böse bleibt. Nennen Sie mich albern oder abergläubisch, aber für mich ist das Auslöschen eines Menschenlebens eine schreckliche Sünde, die vor dem Gesetz bestraft werden muss.« Sie lachte kurz auf. »Also werde ich beten, dass der Schuldige gefunden wird, falls es wirklich Mord war.«

»Aber Sie haben keinen konkreten Anhaltspunkt?«, fragte Agatha.

Sie schüttelte den Kopf. »Nein, bloß ein Gefühl. Doch

nun gehen Sie weg, und das war's. Mir bleibt nur die Hoffnung, dass Bill Wong meine Zweifel teilt.«

»Bill? Er war doch derjenige, der mir gesagt hat, ich solle keine Fragen stellen!«

»Weil er Sie mag und nicht will, dass Ihnen etwas zustößt.«

Agatha dachte noch lange über das Gespräch nach. Als sie zu ihrem Haus zurückkam, war das ZU VERKAUFEN-Schild aufgestellt, und für einen Moment fühlte es sich so an, als hätte sie das Dorf bereits verlassen.

Sie suchte sich einen großen Notizblock, setzte sich an den Küchentisch und begann, alles aufzuschreiben, was seit ihrer Ankunft im Dorf geschehen war. Der lange, heiße Tag verstrich, und immer noch schrieb Agatha eifrig, ging ihre Notizen mehrmals durch und suchte nach Hinweisen. Dann tippte sie mit dem Stift auf das Papier. Eine Kleinigkeit hatte sie bereits gefunden. Der Tote wurde an einem Sonntag gefunden. Am Dienstag – es musste Dienstag gewesen sein, denn am Mittwoch hatte die Polizei ihr erzählt, dass Mrs. Cummings-Browne die Quicherie nicht verklagen wollte – war die trauernde Witwe *persönlich* nach Chelsea gefahren. Agatha lehnte sich zurück und kaute auf ihrem Stift herum. War das nicht merkwürdig? Wenn der Ehemann soeben ermordet wurde, man vor Kummer vollkommen am Boden ist und alle darüber reden, wie furchtbar man unter dem Verlust leidet, woher nimmt man dann die Kraft, nach London zu fahren? Vera Cummings-Browne hätte auch schlicht bei Economides anrufen können. Warum also die Fahrt? Agatha blickte zu ihrer Küchenuhr. Was *genau* hatte Vera zu Mr. Economides gesagt? Agatha ging zum Telefon, nahm den Hörer ab und legte ihn gleich wieder hin. Trotz seiner Beichte vom Verwandten ohne Arbeitserlaubnis hatte der

Grieche ihr irgendetwas verheimlicht. Der Laden war noch bis acht geöffnet, also beschloss Agatha, hinzufahren und Economides abzufangen, ehe er Feierabend machte.

Sie hatte gerade ihre Haustür abgeschlossen, als plötzlich eine Familie vor ihr stand: Ein frettchenartiger Ehemann, eine mollige Frau und zwei picklige Teenager starrten sie an.

»Wir wollten das Haus besichtigen«, sagte der Mann.

»Das geht jetzt nicht«, antwortete Agatha und eilte an den Leuten vorbei.

»Aber hier steht ›Zu verkaufen‹«, beschwerte sich der Mann.

»Es ist schon verkauft«, log Agatha, zerrte den Pfahl mit dem Schild aus dem Rasen und legte ihn ins Gras. Dann stieg sie in ihren Wagen und fuhr los. Die Familie blickte ihr entgeistert nach.

Und wenn schon, dachte Agatha. Diese Leute kann ich dem Dorf sowieso nicht zumuten.

Sie schaffte es zügig nach London, denn um diese Tageszeit fuhren die meisten Leute aus der Stadt raus und nicht in sie hinein.

Ihren Wagen parkte sie im Halteverbot vor der Quicherie und lief in den Laden. Mr. Economides räumte gerade sein Kühlregal für die Nacht aus. Er sah zu Agatha, und wieder einmal wirkte er misstrauisch.

»Ich will mit Ihnen reden«, sagte sie ohne Umschweife. »Und keine Sorge«, schwindelte sie, »ich habe Freunde bei der Einwanderungsbehörde. Ihnen wird nichts passieren.«

Er nahm seine Schürze ab, kam hinter dem Tresen vor und bedeutete ihr, sich mit ihm an einen der Tische zu setzen. Kaffee bot er ihr keinen an. Stattdessen beobachtete er sie aufmerksam und ein bisschen traurig.

»Erzählen Sie mir ganz genau, was passiert ist, als Mrs. Cummings-Browne zu Ihnen kam.«

»Können wir die ganze Geschichte nicht vergessen?«, flehte er. »Alles ist gut ausgegangen. Keine schlechte Presse in den Londoner Zeitungen.«

»Ein Mann wurde vergiftet«, entgegnete Agatha. »Machen Sie sich keine Gedanken über irgendwelche Aufenthaltspapiere. Ich halte Sie aus der Sache raus, versprochen. Aber sagen Sie mir alles.«

»Na gut. Sie war morgens hier, welcher Tag genau, weiß ich nicht mehr. Aber am Vormittag. Sie begann herumzuschreien, dass ich ihren Ehemann umgebracht hätte und sie mich bis auf den letzten Penny verklagen wolle. Sie erzählte mir von der Quiche, die Sie gekauft hatten. Ich sagte ihr, dass ich unschuldig bin, bettelte um Gnade. Ich habe ihr gesagt, dass es keine von meinen Quiches war, sondern eine aus Devon. Und ich sagte ihr, dass mein Cousin das Gemüse für seinen Laden selbst im Schrebergarten anpflanzt und versehentlich etwas von dem Kuhtod zwischen seinen Spinat geraten sein muss. Und ich erzählte ihr auch das mit dem Schwiegersohn von meinem Cousin. Da wurde sie erst ganz still, dann meinte sie, sie wäre wohl ein bisschen außer sich und wüsste gar nicht genau, was sie sagt. Auf einmal wurde sie ganz anders, ruhig und traurig. Und sie sagte, dass sie weder mich noch meinen Cousin verklagen will.«

»Aber am nächsten Tag war sie wieder hier.«

»Was?«

Agatha beugte sich vor und rang vor lauter Aufregung die Hände.

»Sie hat gesagt, wenn ich irgendwem erzähle, dass die Quiche aus Devon kam, würde sie es sich anders überlegen, mich verklagen und meinen Verwandten den Behörden melden, damit er ausgewiesen wird.«

»Ach, du meine Güte!« Agatha war verwirrt. »Die Frau muss wahnsinnig sein.« Zwei Leute kamen herein, und Mr. Economides stand auf. »Verraten Sie nichts, bitte.«

»Nein, nein«, murmelte Agatha.

Sie ging in die Hitze hinaus und fuhr wie in Trance Richtung Cotswolds. Ihre Gedanken waren ein einziges Chaos. Vera Cummings-Browne wollte nicht, dass die Polizei von der wahren Herkunft der Quiche erfuhr. Aber wieso nicht?

Und dann dämmerte es Agatha. Ein Abschnitt aus dem Buch über Giftpflanzen fiel ihr wieder ein. »Kuhtod wächst in sumpfigen Gebieten Großbritanniens – East Anglia, West Midlands und im südlichen Schottland.« Aber nicht in Devon. Nein, Moment. Die Polizei hatte ihre Küche, den Müll und sogar die Abflüsse nach Spuren von Kuhtod abgesucht. Und die Beamten hatten gesagt, dass Vera Cummings-Browne Kuhtod vermutlich nicht von einer Palme unterscheiden könne. Andererseits hätte sie in einem Buch nachschlagen können, so wie Agatha, oder nicht? Falls ja, wüsste sie nicht nur, wie die Pflanze aussah, sondern auch, wo sie zu finden war, nämlich nicht in Devon.

Wieder zu Hause, überlegte Agatha, ob sie Bill Wong anrufen sollte, entschied sich jedoch dagegen. Sie wusste auch so, was er sagen würde. In Veras Haus war nicht die kleinste Spur von Kuhtod gefunden worden. Und Vera war über den Tod ihres Mannes vollkommen außer sich, und nur deshalb war sie zu Economides gefahren.

Agatha stellte das Maklerschild wieder auf und versuchte zu schlafen. Leider fühlte sie sich in den alten Steinmauern ihres Cottages nach der tagelangen Hitze wie in einem Backofen.

Müde und lustlos stand Agatha auf, nahm sich pflicht-
bewusst ihre Notizen wieder vor und ergänzte, was sie he-
rausgefunden hatte.

Kuhtod. Was war mit der hiesigen Bücherei? Agatha
wurde langsam munter. Würden die Leute in der Bücherei
es nicht wissen, wenn Vera Cummings-Browne ein Buch
über Giftpflanzen ausgeliehen hatte? Darüber musste es
doch irgendwelche Aufzeichnungen geben.

Auf dem Weg zur Leihbücherei stellte Agatha fest, dass
sie sich von ihrem bisherigen Kleiderstil zu verabschieden
schien. In London hatte sie sich eher an Margaret That-
cher orientiert als an Joan Collins oder sonstigen britischen
Schönheiten und strenge Kleider oder Kostüme getragen.
Nun flatterte ein loses Baumwollkleid um sie herum, und
ihre nackten Füße steckten in Sandalen.

Die Bücherei befand sich in einem niedrigen Bau, der
laut einer Tafel über der Tür ursprünglich das Armenhaus
des Dorfes gewesen war. Agatha drückte die Tür auf und
ging hinein. Die Frau hinter dem Schreibtisch kannte sie:
Es war Mrs. Josephs, ein Mitglied der Damengesellschaft.

Mrs. Josephs strahlte. »Suchen Sie etwas Bestimmtes,
Mrs. Raisin? Wir haben den neuesten Dick Francis.«

Agatha stürzte sich geradewegs ins kalte Wasser. »Mr.
Cummings-Brownes Tod hat mich sehr getroffen«, sagte sie.

»Wie uns alle«, murmelte Mrs. Josephs.

»Ich fände es schrecklich, wenn noch einmal solch ein
Unfall passieren sollte. Haben Sie ein Buch über giftige
Pflanzen?«

»Da müsste ich nachsehen.« Nervös schaute Mrs. Josephs
in ihren altmodischen Computer. »Ja, hier ist ein Band über
Giftige Pflanzen der Britischen Inseln. Nummer K-543. Er
steht links von Ihnen am Fenster, Mrs. Raisin.«

Agatha suchte die Regale ab, bis sie das Buch gefunden hatte. Gleich vorn waren die Ausleihdaten eingestempelt. Vor Mr. Cummings-Brownes Tod war es für zehn Tage ausgeliehen gewesen. Trotzdem …

»Könnten Sie mir sagen, wer es zuletzt gelesen hat, Mrs. Josephs?«

»Wozu wollen Sie das wissen?«, fragte die Bibliothekarin erschrocken. »Ich hoffe, es war nicht Mrs. Boggle. Bei ihr klebt hinterher immer Marmelade zwischen den Seiten.«

»Ich dachte daran, einen Vortrag über hiesige Giftpflanzen zu halten«, improvisierte Agatha. »Und diejenige, die das Buch vor mir ausgeliehen hatte, möchte vielleicht mitmachen.« Während sie redete, sah sie sich die Illustrationen im Buch an.

»Ach so, dann sehe ich nach. Entschuldigung, aber wir arbeiten immer noch mit einem altmodischen Leihkartensystem.« Sie zog lange Schubladen auf und blätterte Karteikarten durch, bis sie gefunden hatte, was sie suchte. »Der letzte Leser war die Leihkartennummer 27. Viele Mitglieder haben wir nicht. Ich fürchte, die Leute hier im Dorf gucken lieber fern. Lassen Sie mich nachschauen. Nummer 27. Huch, das ist Mrs. Cummings-Browne!« Mit halboffenem Mund starrte sie Agatha durch ihre Brille an.

In dem Moment ging die Tür auf, und Vera Cummings-Browne kam herein. Hastig schnappte Agatha sich das Buch und brachte es zum Regal zurück, bevor sie mit einem breiten Lächeln zu Mrs. Josephs sagte: »Ich überlege dann, ob ich mir demnächst den Dick Francis hole.«

»Zuerst müssen Sie Mitglied werden, Mrs. Raisin. Soll ich Ihnen eine Leihkarte ausstellen?«

»Später«, antwortete Agatha und sah über ihre Schulter zu Vera, die ein Stück entfernt stand und sich die zurück-

gegebenen Bücher ansah. »Kein Wort«, raunte sie Mrs. Josephs zu und lief nach draußen.

Demnach wusste sie über Kuhtod Bescheid, dachte Agatha siegesgewiss. Und gewiss wusste sie auch, wie die Pflanze
aussah. Die Illustrationen in dem Buch waren hervorragend
gewesen. Agatha blieb mitten auf der Straße stehen, zu tief
in Gedanken versunken, um den gutaussehenden Mann
mittleren Alters zu bemerken, der aus der Metzgerei kam
und sie neugierig anblickte.

Vor Kurzem erst hatte sie Kuhtod gesehen. Wo war das
gewesen? Grübelnd trottete sie weiter nach Hause.

An ihrer Gartenpforte fiel es ihr wieder ein. Die Bilder-
show. Mr. Jones' Vorführung. Dort war ein Bild von Mrs.
Cummings-Browne gezeigt worden, die einen Preis für ihr
Blumengesteck erhielt. Es war ein kunstvolles Arrangement
aus Wildblumen, Gartenblumen und, Teufel auch, einem
Stängel Kuhtod in der Mitte!

Der gutaussehende Mann mittleren Alters schritt durch
die Pforte auf das Cottage zu, das unlängst noch Mrs. Barr
gehört hatte. Er war der neue Besitzer, James Lacey.

»Ich muss diesen Jones auftreiben«, sagte Agatha zu sich
selbst. »Schnellstens.«

Plemplem, dachte James Lacey. Das kann ja heiter werden, mit so einer Nachbarin.

Agatha lief zu Harvey's Krämerladen. »Wo finde ich Mr.
Jones, den, der die Fotos gemacht hat?«

»Im zweiten Cottage Mill Pond Edge«, antwortete die
Frau hinter der Kasse. »Heiß heute, nicht wahr, Mrs. Raisin?«

»Ich pfeife auf das Wetter!«, konterte Agatha gereizt.
»Wo ist Mill Pond Edge?«

»Die zweite Straße rechts von hier.«

»Also ich verstehe ja, dass diese Hitze uns allen zusetzt«, sagte die Kassiererin später zu Mrs. Cummings-Browne, »aber ist das ein Grund, so unhöflich zu sein? Ich habe doch nur versucht, ihr zu erklären, wo Mr. Jones wohnt.«

Agatha hatte Glück, Mr. Jones zu Hause anzutreffen, denn er war nebenher ein begeisterter Hobbygärtner und oft unterwegs, um die Gärtnereien in der Umgebung nach neuen Pflanzen abzuklappern. Seine Fotos hatte er fein säuberlich geordnet, sodass er das Motiv, das Agatha suchte, mühelos fand.

»Dürfte ich das Bild wohl für ein paar Tage haben?«, fragte sie.

»Ja, selbstverständlich.«

Sie brach so eilig wieder auf, dass sie versäumte, ihn zu bitten, Mrs. Cummings-Browne nichts von ihrem Besuch zu sagen.

Mit dem Foto, das er ihr ausgedruckt hatte, in einem braunen Briefumschlag und tief in Gedanken ging sie in den Red Lion.

Sie bestellte sich einen doppelten Gin Tonic. »Jemand hat erzählt, dass dieser Detective, der Chinese, mit einem Korb unterwegs zu Ihnen ist«, sagte der Wirt.

Agatha runzelte die Stirn. Sie wollte Bill nichts erzählen. Noch nicht. Zuerst musste sie alle Puzzleteile beisammenhaben.

Bill Wong kehrte Agathas Cottage enttäuscht den Rücken und sah zu dem ZU VERKAUFEN-Schild. Er war sicher, dass sie einen Fehler beging. Ein leises Maunzen drang aus dem Korb. »Schhh«, machte Bill sanft. Er hatte Agatha eine

Katze mitgebracht. Die Katze seiner Mutter hatte Junge bekommen, die er nun an Freunde und Bekannte verschenkte.

Als er am Nachbarhaus vorbeikam, sah er James Lacey. »Guten Morgen!«, rief Bill ihm zu und beäugte den Neuankömmling interessiert. Was wohl Agatha von ihm hielt? James Lacey sah gut genug aus, dass sämtliche Damen fortgeschrittenen Alters ganz aus dem Häuschen geraten dürften. Er war groß, hatte ein kantiges, sonnengebräuntes Gesicht und leuchtend blaue Augen. Zudem wies sein dichtes schwarzes Haar nur wenige graue Strähnen auf. »Ich wollte zu Ihrer Nachbarin, Mrs. Raisin«, sagte Bill.

»Ich glaube, die Hitze macht ihr zu schaffen«, antwortete James im typischen Tonfall der Oberklasse. »Sie kam hier vorbei, brummelte verwirrt irgendwas von ›Mr. Jones‹ und ist wieder weg. Wer immer dieser Mr. Jones sein mag, mir tut er leid.«

»Tja, mag sein. Ich habe ihr eine kleine Katze mitgebracht, die ich ihr schenken wollte, und ein Katzenklo. Die Kleine ist stubenrein. Wären Sie vielleicht so freundlich, sie Mrs. Raisin zu geben, wenn sie wiederkommt? Übrigens, mein Name ist Bill Wong.«

»Ja, mach ich. Wissen Sie zufällig, wann sie wieder zurück sein wird?«

»Das kann nicht lange dauern«, sagte Bill. »Ihr Wagen steht in der Einfahrt, also ist sie nur im Dorf unterwegs.«

Er gab dem Mann den Tragekorb mit der Katze und die Katzentoilette. Jones, dachte er. Was hat sie jetzt wieder vor?

Er ging zu Harvey's, kaufte einen Schokoriegel und fragte die Kassiererin: »Wer ist Mr. Jones?«

»Sie nicht auch noch!«, antwortete die Frau mürrisch. »Mrs. Raisin war schon hier und wollte das wissen. Und sie hat sich ganz schön unverschämt aufgeführt. Wir alle leiden unter dieser Hitze, aber deshalb muss man sich noch lange nicht schlecht benehmen.«

Bill wartete geduldig, bis die Frau mit ihrem Gejammer fertig war und er sich noch einmal nach Mr. Jones erkundigen konnte. Dabei wusste er selbst nicht genau, weshalb er so besorgt war – wohl weil Agatha Raisin ein Talent dafür zu haben schien, Ärger zu provozieren.

Auf dem Nachhauseweg war Agatha niedergeschlagen. Sie hatte geglaubt, dass sie den Fall gelöst hätte. Ja, in ihren Gedanken sprach sie von einem Fall. Doch als sie im Pub saß, war ihr klar geworden, dass es eine große Schwachstelle in ihrer Indizienkette gab: Es war gänzlich ausgeschlossen, dass Vera Cummings-Browne eine Quiche buk und die Polizei hinterher keine noch so kleine Spur mehr davon nachweisen konnte.

Erschöpft schloss sie ihre Haustür auf. Es war wohl besser, wenn sie die ganze Sache erst einmal auf sich beruhen ließ, nach Moreton fuhr und sich einen Ventilator kaufte.

Es klopfte. Agatha linste durch ihren neuen Türspion und blickte direkt auf ein kariertes Herrenhemd. Sie legte die Kette vor, ehe sie öffnete.

»Mrs. Raisin, ich bin Ihr neuer Nachbar, James Lacey«, stellte der Mann sich vor.

»Oh.« Erstmals nahm sie James Lacey in seiner ganzen Pracht wahr, und es verschlug ihr die Sprache.

»Ein Mr. Wong war hier, aber Sie waren nicht zu Hause.«

»Was will die Polizei jetzt schon wieder?«, fragte Agatha gereizt.

»Ich wusste nicht, dass er von der Polizei ist. Er war in

Zivil. Und er hat mich gebeten, Ihnen diese Katze zu geben.«

»Katze!«, wiederholte Agatha verblüfft.

»Ja, Katze«, sagte er geduldig und kam zu dem Schluss, dass sie nicht alle Tassen im Schrank haben konnte.

Agatha nahm die Kette weg und öffnete die Tür ein Stück weiter. »Kommen Sie doch herein.« Schlagartig bereute sie das weite Sommerkleid und ihre nackten, stoppeligen Beine.

Sie gingen in die Küche, wo Agatha sich hinkniete und den Korb öffnete. Eine winzige getigerte Katze tapste heraus, guckte sich um und gähnte. »Was für ein süßer kleiner Kerl«, sagte James Lacey und bewegte sich Richtung Tür. »Tja, wenn Sie mich dann entschuldigen wollen, Mrs. Raisin …«

»Kann ich Ihnen vielleicht einen Kaffee anbieten?«

»Nein, danke, ich muss wirklich gehen. Oh, da ist jemand an Ihrer Tür.«

»Würden Sie bitte kurz auf die Katze aufpassen, solange ich nachsehe?«

Bevor er antworten konnte, war sie schon zur Tür geeilt. Draußen stand eine Frau, die trotz der Hitze frisch wie ein Frühlingstag wirkte. Sie trug ein weißes Baumwollkleid mit einem roten Ledergürtel um die schmale Taille. Ihre Beine waren braungebrannt und seidig glatt, und ihr blondiertes Haar glänzte im Sonnenlicht. Sie war ungefähr vierzig, hatte ein waches Gesicht und haselnussbraune Augen. Genau die Sorte Frau, die dem neuen Nachbarn gefallen dürfte, dachte Agatha.

»Ja, bitte?«, fragte sie.

»Ich wollte mir das Haus ansehen.«

»Ist verkauft. Auf Wiedersehen.« Agatha knallte die Tür zu.

»Wenn das Haus verkauft ist, sollten Sie dem Makler sagen, dass er das Schild überkleben soll«, sagte James Lacey, als sie in die Küche zurückkehrte. Agatha kam sich plumper und uneleganter vor denn je.

»Sie gefiel mir nicht«, murmelte Agatha.

»Nein? Ich fand, dass sie recht ansprechend aussah.«

Agatha blickte zur weit offenen Küchentür, durch die man einen guten Blick auf die Haustür hatte, und wurde rot.

»Nun müssen Sie mich wirklich entschuldigen«, sagte er, und ehe Agatha widersprechen konnte, war er fort.

Die Katze maunzte leise. »Was fange ich jetzt mit dir an?«, fragte Agatha und seufzte. »Dieser Bill Wong! Was hat der Mann sich eigentlich dabei gedacht?«

Sie goss der Katze etwas Milch auf eine Untertasse und beobachtete, wie das kleine Tier sie aufschleckte. Auf jeden Fall musste Agatha die Katze füttern, bis sie entschieden hatte, wie sie den Mini-Tiger wieder loswurde. Also trat sie wieder nach draußen in die Hitze. Ihr Nachbar arbeitete in seinem Vorgarten, lächelte matt, als er sie sah, und zog sich in sein Cottage zurück.

Verdammt, dachte Agatha ärgerlich. Kein Wunder, dass sich die Damen alle überschlagen, ihm Geschenke zu bringen. Sie ging zu Harvey's, wo die Kassiererin sie mit beleidigter Miene begrüßte, und kaufte Katzenfutter, Milch und Streu für die Katzentoilette.

Wieder zu Hause fütterte sie die Katze und ging mit einem Becher Kaffee in den Garten. Ihr attraktiver Nachbar hatte sämtliche Gedanken an Mord aus ihrem Kopf vertrieben. Wäre sie doch bloß richtig angezogen gewesen! Hätte er nur nicht gehört, wie unhöflich sie zu dieser Frau gewesen war, die ihr Cottage besichtigen wollte.

Die kleine Katze war ebenfalls hinausgekommen und räkelte sich in der Sonne. Agatha sah ihr verstimmt zu. Auch sie selbst hätte einen Kuchen nach nebenan bringen können. Konnte sie noch immer. Kurz entschlossen trug sie das Kätzchen ins Haus und ging noch einmal zu Harvey's, doch der Laden hatte bereits geschlossen.

Sie könnte nach Moreton fahren und einen Kuchen kaufen; andererseits sollte man wirklich etwas Hausgemachtes schenken. Auf einmal kam ihr die Tiefkühltruhe in der Schule in den Sinn. Dort lagerten die Carsely-Damen ihr Selbstgebackenes für bevorstehende Veranstaltungen. Sicher wäre es kein Problem, wenn sie sich dort etwas *auslieh*. Dann würde sie nach Hause fahren, sich etwas richtig Hübsches anziehen und dem Nachbarn einen Kuchen bringen.

Glücklicherweise war niemand in der Schulhalle. Agatha ging zur Küche durch und hob den Kühltruhendeckel hoch. In der Truhe befanden sich alle erdenklichen Köstlichkeiten: Torten, Biskuitkuchen, Schokoladenkuchen, Sandtorten und – sie erschauderte – sogar Quiche.

Agatha nahm einen großen Schokoladenkuchen heraus, wobei sie sich fast wie eine Diebin vorkam und sich verstohlen umblickte. Auch wenn der Kuchen nur geliehen war, wollte sie nicht unbedingt ertappt werden. Vorsichtig schloss sie den Deckel wieder und schob den Kuchen in eine Plastiktüte, die sie mitgebracht hatte. Dann fuhr sie zurück nach Hause.

Sie duschte, wusch sich die Haare, föhnte und bürstete sie, bis sie glänzten. Anschließend zog sie sich ein rotes Leinenkleid mit weißem Kragen an und hübsche Sandalen mit einem kleinen Absatz. Nachdem sie der Katze noch mehr Milch gegeben hatte, nahm sie den Kuchen aus seiner Verpackung, stellte ihn auf einen Teller und taute ihn in der

Mikrowelle auf. Anschließend ging sie mit ihm hinüber zu James Laceys Cottage.

»Ah, Mrs. Raisin«, sagte er, als er öffnete. Zaghaft nahm er den Kuchen entgegen. »Wie nett von Ihnen. Möchten Sie vielleicht hereinkommen, oder sind Sie sehr beschäftigt?«

»Nein, ganz und gar nicht«, antwortete Agatha munter.

Er führte sie in sein Wohnzimmer, wo Agatha sich interessiert umschaute. Überall standen Bücher herum, manche bereits in den Regalen, andere noch in Kartons auf dem Boden.

»Hier ist es ja wie in einer Bibliothek«, sagte Agatha. »Ich dachte, Sie wären bei der Armee.«

»Gewesen. Ich bin pensioniert und verbringe nun meine Zeit damit, über Militärgeschichte zu schreiben.« Er zeigte auf seinen Schreibtisch, wo ein Computer stand. »Wenn Sie mich kurz entschuldigen, ich mache uns Kaffee zu diesem köstlichen Kuchen. Die Damen hier scheinen alle exzellente Bäckerinnen zu sein.«

Agatha setzte sich vorsichtig auf einen alten Ledersessel und zupfte ihr Kleid ein wenig hoch, um ihre Beine besser zur Geltung zu bringen.

Es war Jahre her, dass Agatha Raisin sich für irgendeinen Mann interessiert hatte. Bis sie James Lacey sah, hätte sie sogar geschworen, ihre Hormone wären allesamt an Altersschwäche eingegangen. Nun jedoch war sie nervös und aufgeregt wie ein Schulmädchen bei der ersten Verabredung.

Sie hoffte, dass der Kuchen gut war. Was für ein Glück, dass ihr die Schulküche eingefallen war!

Plötzlich erstarrte sie und krallte ihre Finger in die Armlehnen des Ledersessels. Die Küche! Befand sich dort auch ein Herd? Eine Mikrowelle gab es, denn in ihr tauten die Frauen ihre vorbereiteten Speisen vor den unzähligen Wohltätigkeitsveranstaltungen auf.

Agatha musste zur Schule. James Lacey kam in dem Augenblick mit einem Tablett mit zwei Tassen und einer Kaffeekanne ins Wohnzimmer zurück, als Agatha aufsprang und aus dem Cottage stürmte.

Behutsam stellte er das Tablett ab, ging zur Haustür und sah hinaus.

Agatha Raisin rannte mit gerafftem Rock die Lilac Lane hinunter, als wäre der Teufel hinter ihr her.

Vielleicht hatten sie hier ein Inzestproblem, das daran schuld war, dachte er, setzte sich und schnitt sich ein Stück Kuchen ab.

Agatha stürmte in die Schulküche und schaute sich um. Ja, da war ein großer Gasherd, ganz wie sie vermutet hatte. Sie öffnete die Unterschränke neben der Spüle, in denen jede Menge Tassen, Teller, Rührschüsseln, Pastetenformen, Töpfe und Pfannen aufbewahrt wurden.

Agatha versuchte, sich zu erinnern. Am Tag der Auktion war Mrs. Mason in der Küche gewesen und hatte Kuchenteig gerührt. Die Küche wurde also auch zum Backen benutzt. Doch hätten die Leute sich nicht daran erinnert, wenn Vera Cummings-Browne am Tag vor dem Quiche-Wettbewerb hier eine Quiche gebacken hätte?

Nein, sie musste überhaupt nicht kurz vor dem Wettbewerb hier gewesen sein, dachte Agatha. Sie hätte die Quiche jederzeit vorher backen und einfrieren können. Dann musste sie nur noch aufpassen, dass sie niemand vorher herausholte. Agathas Quiche war nach dem Wettbewerb zusammen mit allen anderen Resten aus dem Café weggeworfen worden. Vera brauchte nichts weiter zu tun, als ihre vergiftete Quiche mit nach Hause zu nehmen, sie in der Mikrowelle aufzutauen und ein schmales Stück herauszuschneiden, genauso groß wie das Probierstück auf dem Wettbewerb.

Aber wie sollte Agatha das alles beweisen?

Ich muss Vera mit meiner Theorie konfrontieren und dabei ein verstecktes Mikro tragen, dachte Agatha. Sie musste ihr ein Geständnis entlocken.

12

Mr. James Lacey blickte unruhig aus dem Fenster. Gerade kam diese Agatha Raisin wieder, wobei sich ihre Lippen lautlos bewegten. Er zog sich hinter den Vorhang zurück und war froh, dass sie an ihm vorbei zu ihrem Cottage schritt, dessen Haustür kurz darauf zuschlug.

Er befürchtete, dass sie noch einmal bei ihm vor der Tür stehen könnte, doch für den Rest des Nachmittags sah er sie nicht mehr. Früh am Abend hörte er, wie ihr Wagen gestartet wurde, und sah sie die Straße hinunterfahren.

Erleichtert arbeitete er weiter im Garten, merkte allerdings auf, als er hörte, dass jemand die Straße entlanggelaufen kam. Er blickte über die Hecke und entdeckte Agatha Raisin, zu Fuß. Rasch duckte er sich, aber sie sah nicht einmal in seine Richtung, sondern ging in ihr Haus und knallte abermals die Tür hinter sich zu.

Eine Stunde später, als er für heute Schluss machen und hineingehen wollte, fuhr ein Polizeiwagen vor und hielt vor Agathas Tür. Drei Männer stiegen aus, von denen einer Bill Wong war, wie er bemerkte. Sie hämmerten an die Tür, doch aus irgendwelchen Gründen öffnete die rätselhafte Mrs. Raisin nicht. Er hörte, wie Bill Wong sagte: »Ihr Wagen ist weg. Vielleicht ist sie nach London gefahren.«

Sehr seltsam. James Lacey fragte sich, ob Agatha etwas verbrochen hatte oder schlicht aus einer Nervenheilanstalt ausgebrochen war.

In ihrem Cottage kauerte Agatha hinter dem Sofa, bis sie die Polizisten wieder wegfahren hörte. Sie hatte ihren Wagen absichtlich auf einem Seitenweg außerhalb von Carsely versteckt, falls Bill Wong vorbeikommen sollte. Sie wollte ihn nicht sehen, ehe sie ihm nicht stichhaltige Beweise präsentieren konnte, dass Vera Cummings-Browne eine Mörderin war. Es hatte sie ein wenig verwirrt, dass gleich drei Polizisten gekommen waren. Doch sie nahm an, dass die Männer ihr sagen wollten, John Cartwright wäre gefasst worden. Das alles konnte warten. Erst würde Agatha Raisin, ihres Zeichens Detektivin, das große Quiche-Rätsel im Alleingang lösen.

Am nächsten Morgen stellte James Lacey fest, dass im Vorgarten noch einiges zu tun war. An dem kleinen Rasenstück mussten die Kanten geschnitten und nachgestochen werden. Während er die nötigen Werkzeuge holte, behielt er das Cottage nebenan im Auge.

Und bald sollte seine Neugier befriedigt werden. Agatha erschien vor ihrer Tür und machte sich auf den Weg ins Dorf. James Lacey lehnte sich über die Gartenpforte.

»Guten Morgen, Mrs. Raisin!«, rief er.

Agatha sah zu ihm, sagte kurz »Guten Morgen« und ging weiter. Die Liebe konnte warten, dachte sie sich.

Sie holte ihren Wagen und fuhr über Moreton-in-Marsh, Chipping Norton und Woodstock nach Oxford. Heiß brannte die Sonne auf sie nieder. In Oxford parkte sie in der St. Giles und marschierte die Cornmarket Street entlang zum Westgate Shopping Centre, wo der Laden war, zu dem sie wollte. Sie kaufte ein kleines Aufnahmegerät, das sie an ihrem Körper versteckt tragen und unauffällig bedienen konnte.

»Los geht's«, murmelte sie während der Rückfahrt nach Carsely. »Ich hoffe, die Kuh ist nicht schon wieder in der Toskana.«

Hinter Chipping Norton fuhr sie einen Hügel hinauf, von dem aus sie schwarze Wolken am Horizont sehen konnte. Deshalb beschloss sie, mit dem Wagen zurückzufahren, selbst auf die Gefahr hin, dass sie wieder Besuch von der Polizei bekam.

Zu Hause kam ihr die kleine Katze entgegengetapst, um sie zu begrüßen. Agatha schob ihre Vorbereitungen hinaus und fütterte die Katze mit Milch und Dosenfutter. Danach ließ sie den winzigen Tiger in den Garten, damit er in der Sonne spielen konnte. Erst befestigte sie das Aufnahmegerät an ihrem Körper und testete, ob es funktionierte. Alles in Ordnung.

Auf zu Vera Cummings-Browne!

Leider klopfte sie vergebens an Veras Tür. Agatha fragte bei Harvey's nach, ob jemand die Frau gesehen hätte, und eine Kundin sagte, Mrs. Cummings-Browne wäre zum Einkaufen gefahren. Agatha stöhnte. Nun blieb ihr nichts übrig, als zu warten.

Bei der Polizei in Mircester stellte sich Detective Chief Inspector Wilkes vor Bill Wongs Schreibtisch. »Haben Sie Ihre Freundin, Mrs. Raisin, angerufen und ihr gesagt, dass wir John Cartwright haben?«

»Das habe ich ganz vergessen«, sagte Bill. »Ich war hiermit beschäftigt.« Er hielt seinem Chef ein Foto von Vera Cummings-Browne hin, die den ersten Preis für ihr Blumengesteck in Empfang nahm.

»Was ist das?«

»Hinter dem Bild war Mrs. Raisin gestern her. Ich hörte, dass sie einen Mr. Jones besucht hat, und dachte mir, ich frage ihn mal, was sie von ihm wollte. Sie hat ein Foto mitgenommen, und er machte mir einen weiteren Ausdruck. Und das«, Bill zeigte in die Mitte des Blumengestecks, »sieht exakt wie Kuhtod aus, die Pflanze, von der Mrs. Cummings-Browne schwört, sie nicht zu kennen. Mrs. Raisin ist da offenbar auf etwas gestoßen. Vielleicht fahre ich lieber mal hin.«

Wie oft, fragte sich Agatha, war sie inzwischen in der brüllenden Hitze zu Veras Cottage gestapft, um jedes Mal wieder vor verschlossener Tür zu stehen?

Dann endlich sah sie Veras Range Rover vor dem Haus parken.

Aufgeregt lief sie zur Tür und klopfte.

In der Stille war fernes Donnergrollen zu hören. Agatha klopfte wieder. Im Fenster seitlich von ihr bewegte sich der Vorhang, bevor die Tür geöffnet wurde.

»Ah, Mrs. Raisin«, sagte Mrs. Cummings-Browne lächelnd. »Ich wollte gerade ausgehen.«

»Ich muss mit Ihnen reden«, erwiderte Agatha ernst.

»Nun, dann warten Sie kurz, solange ich den Wagen woanders parke. Ich glaube, es wird bald regnen. Endlich.«

Agatha wurde misstrauisch, doch Vera wirkte vollkommen ruhig. Und schließlich konnte sie unmöglich ahnen, warum Agatha gekommen war.

Um sicherzugehen, folgte Agatha ihr nach draußen und beobachtete, wie Vera ihren Wagen in eine der Garagen am Ende der Häuserreihe fuhr.

»Ich habe nur Zeit für eine Tasse Tee, Mrs. Raisin«, sagte Vera, als sie wieder bei ihr war. »Dann muss ich wirklich los. Ich veranstalte einen Blumensteckwettbewerb in Ancombe, und jemand muss diesen einfältigen Dorffrauen zeigen, was sie zu tun haben.«

Sie eilte in die Küche. »Setzen Sie sich ins Wohnzimmer. Ich bin gleich bei Ihnen.«

Agatha nahm in dem kleinen Wohnzimmer Platz und sah sich um. Hier war es also passiert. Ein greller Blitz erhellte das Zimmer, gefolgt von einem krachenden Donner.

»Ist das hier dunkel geworden!«, rief Vera aus, die mit einem Teetablett hereinkam. Sie stellte es auf einen niedrigen Tisch. »Milch und Zucker, Mrs. Raisin?«

»Weder noch«, antwortete Agatha knapp. »Nur Tee.« Nun, da es so weit war, fand Agatha es beinahe peinlich, das Wort zu ergreifen. Vera wirkte so *normal*, von ihrem perfekt frisierten Haar bis hin zu ihrem Liberty-Kleid.

»Nun, Mrs. Raisin, was führt Sie zu mir? Wollen Sie noch eine Auktion veranstalten? Huch, hier ist es plötzlich kühl geworden, nicht wahr? Der Kamin ist vorbereitet. Ich zünde ihn nur rasch an. Tatsächlich ist schon seit *Wochen* alles für ein Feuer vorbereitet. War dieses Wetter nicht verrückt? Aber Gott sei Dank ist es jetzt vorbei. Hör sich einer das Gewitter an.«

Nervös nippte Agatha an ihrem Tee und wünschte, Vera würde sich hinsetzen, damit sie diese unangenehme Geschichte hinter sich bringen konnte.

Unter ihrer Kleidung lief ihr der Schweiß über den Körper. Wie in aller Welt konnte Vera es hier kühl finden? Das Feuer begann zu knistern.

Vera setzte sich, schlug die Beine übereinander und sah Agatha erwartungsvoll an.

»Mrs. Cummings-Browne, ich weiß, dass Sie Ihren Mann ermordet haben.«

»Ach wirklich?« Vera schien amüsiert. »Und wie soll ich das angestellt haben?«

»Ich nehme an, Sie hatten alles genau geplant«, sagte Agatha. »Eine vergiftete Quiche hatten Sie schon gebacken und in der Tiefkühltruhe der Schulküche eingefroren. Es fehlte nur noch eine günstige Gelegenheit, sie zum Einsatz zu bringen. Und die bot ich Ihnen. Natürlich wollten Sie nicht, dass Ihr Mann stirbt, nachdem er etwas gegessen hatte, was Sie zubereitet haben. Als ich meine Quiche in der Schule zurückließ, war das Ihre Chance. Sie warfen sie mit den übrigen Resten von der Veranstaltung weg, nahmen Ihre eigene Quiche mit nach Hause, tauten sie auf und ließen zwei Stücke als Abendessen für Ihren Mann stehen. Und ich vermute, Sie haben sich bei Ihrer Rückkehr spät an dem Abend auch vergewissert, dass Ihr Mann wirklich tot war.

Dann hörten Sie, dass ich meine Quiche in London gekauft hatte. Sie sind eine gierige Frau, was mir bereits klar wurde, als Sie mich für das teure Essen in dem lausigen Restaurant bezahlen ließen, an dem Sie beteiligt sind. Also dachten Sie sich, Sie könnten den armen Mr. Economides ausnehmen, und fuhren nach London, um ihm mit einer Klage zu drohen. Wahrscheinlich hofften Sie, dass er versuchen würde, sich außergerichtlich mit Ihnen zu einigen. Aber er gestand, dass die Quiche von seinem Cousin in Devon stammte, der sein Gemüse selbst anbaut. Und in Devon wächst kein Kuhtod. Daraufhin erzählten Sie der Polizei, Sie hätten beschlossen, Mr. Economides zu vergeben und keine Anzeige zu erstatten. Und Sie beteuerten, dass Sie keine Ahnung hätten, wie Kuhtod aussieht. Aber Sie liehen sich ein Buch über Giftpflanzen aus der Bücherei, und vor allem erkannte ich auf einem Foto von Mr. Jones, dass Sie genau diese Pflanze auch schon früher in Ihren Blumengestecken benutzt hatten. Kein Zweifel, so haben Sie es angestellt!«

Siegesgewiss leerte Agatha ihre Teetasse und sah Vera an.

Zu ihrer Verwunderung war deren einzige Reaktion, aufzustehen und Kohle auf die brennenden Scheite zu werfen.

Anschließend setzte sie sich wieder und blickte zu Agatha.

»Rein zufällig haben Sie recht, Mrs. Raisin.« Es donnerte wieder, sodass sie lauter sprechen musste. »Sie mussten ja unbedingt betrügen und eine fertige Quiche kaufen, nicht wahr, Sie dämliche Kuh? Da drängte sich der Gedanke doch förmlich auf, Kapital aus Ihrem Betrug zu schlagen. Tatsächlich hatte ich gehofft, dass sich der Grieche außergerichtlich einigen will. Aber dann platzte er mit dieser Devon-Geschichte heraus. Wenigstens konnte ich ihm genug Angst einjagen, dass er nicht einmal mehr verlangte, seine Quiche zu sehen. Das hatte mir kurzfristig Sorge bereitet, denn in dem Fall hätte er sofort gewusst, dass sie nicht von ihm war. Mein Plan ging auf. Ich war Regs ewige Untreue leid, trotzdem drückte ich beide Augen zu, bis diese Maria Borrow aufkreuzte. Eines Tages kam sie her und erzählte mir, Reg wolle sie heiraten. Sie! Eine verrückte alte Jungfer. Das war einfach zu beschämend. Ich wusste, dass er sich nie scheiden lassen würde, doch früher oder später würde diese irre Borrow herumerzählen, was er ihr versprochen hatte, und wie stand ich dann vor den Leuten da? Wissen Sie übrigens, dass ich dachte, es hätte nicht funktioniert? Als ich nachts nach Hause kamen, brannte Licht, der Fernseher lief, aber Reg war nirgends zu sehen. Im ersten Moment war ich beinahe froh und nahm an, er wäre ausgegangen und hätte bloß vergessen, das Licht und den Apparat auszustellen. Also ging ich ins Bett. Als sie mir morgens sagten, dass er tot ist, konnte ich nicht fassen, dass ich ihn umgebracht hatte. Ich habe früher oft davon geträumt, ihn loszuwerden, und glaubte fast, die vergiftete Quiche, die ich gegen Ihre ausgetauscht habe, hätte bloß in meiner Fantasie existiert und Reg wäre an einem Herzanfall gestorben. Was ist, Mrs. Raisin? Fühlen Sie sich schläfrig?«

Agatha war schwindlig. »Der Tee«, keuchte sie.

»Ja, der Tee, Mrs. Raisin. Sie halten sich für verdammt klug, nicht wahr? Nun, nur eine komplette Idiotin würde zu einer Frau gehen, die sie für eine Giftmischerin hält, und ihren Tee trinken.«

»Kuhtod«, hauchte Agatha.

»Nein, nein, meine Gute. Bloß Schlaftabletten. Ich erfuhr von Jones und auch von der Frau in der Bücherei, wonach Sie gefragt hatten. Dann folgte ich Ihnen nach Oxford. Ich hatte Ihren Wagen am Abend vorher in einer der Seitenstraßen gesehen. Dort wartete ich auf Sie, fuhr nach Oxford zu einem dubiosen Privatarzt, von dem ich gehört hatte, dass er jedem die Pillen verkauft, die er will. Ihm sagte ich, ich wäre Mrs. Agatha Raisin und könne nicht schlafen. Hier sind die Tabletten.« Vera holte ein Tablettenfläschchen aus der Tasche ihres Kleides. »Und es steht Ihr Name darauf.«

Sie stand auf. »Und nun verteile ich ein paar dieser Prospekte für den Blumenwettbewerb auf dem Boden und helfe ein paar Kohlenstücken, aus dem Kamin zu kullern. Ich werde jedem erzählen, dass ich Sie bat, es sich hier bequem zu machen, bis ich zurück bin. Ein bedauerlicher Unfall.

Nach der Hitze ist alles trocken wie Zunder. Das wird eine recht eindrucksvolle Einäscherung. Ihre Handtasche mit dem Pillenfläschchen stelle ich in der Küche auf die Fensterbank. Hoffen wir, dass sie das Feuer überlebt.«

Es war ein Albtraum. Agatha konnte sich nicht rühren. Aber sie konnte sehen … zumindest verschwommen. Vera verstreute die Faltblätter, begutachtete ihr Werk kritisch und ging in die Küche. Dann kam sie mit einer Flasche Speiseöl zurück, verspritzte einen Teil der Flüssigkeit im Zimmer und brachte die Flasche wieder in die Küche. »Wie gut, dass dieses Cottage hoch versichert ist«, bemerkte sie.

Mit der Messingzange hob sie eine glühende Kohle aus dem Feuer und ließ sie auf die Faltblätter fallen. Ungeduldig beobachtete sie, wie das Kohlenstück auf dem Boden weiter vor sich hin glühte. Mit einem gereizten Zungenschnalzer nahm Vera ein Streichholz, zündete es an und warf es auf die Prospekte, von denen prompt Flammen hochzüngelten. Vera wich zur Tür zurück. Neben dem Kamin stand ein voller Zeitungsständer, der Feuer fing. Nachdem sie noch schnell die Fenster verriegelt hatte, blickte Vera lächelnd zu Agatha. »Adieu, Mrs. Raisin«, sagte sie, eilte aus dem Cottage und zur Garage. Unterwegs warf sie über ihre Schulter einen Blick zurück. Zwar waren die Vorhänge geschlossen, dennoch musste sie schnell verschwinden.

Es kostete Agatha geradezu übermenschliche Anstrengung, sich einen Finger in den Hals zu stecken und sich zu übergeben. Dabei kippte sie vom Sessel auf den brennenden Teppich. Wimmernd und schluchzend kroch sie vom Feuer weg zur Küche. Die Vordertür hatte Vera abgeschlossen, folglich kam sie dort nicht hinaus. Zittrig trat Agatha die Küchentür hinter sich zu. Der Lärm vom Donner draußen und dem Feuer drinnen war ohrenbetäubend.

Schwach tastete sie mit der Hand nach oben, bis sie den Rand der Küchenspüle erreichte. Dort gab es Wasser, und hinter der Spüle war das Küchenfenster. Hoffentlich hatte diese Teufelin vergessen, es zu verriegeln.

Leider hatte Agatha nur einen Teil des Schlafmittels wieder auswürgen können, und sie musste eine ganze Menge geschluckt oder vielmehr getrunken haben. Ihr wurde schwarz vor Augen, als sie sich ein letztes Mal an der Spüle hochzuziehen versuchte und lautlos um Hilfe rief. Im nächsten Moment fiel sie ohnmächtig zu Boden.

»Ich verstehe immer noch nicht, warum wir wegen dieser Raisin Überstunden machen, Bill«, grummelte der Detective Chief Inspector. »Dass Mrs. Cummings-Browne Kuhtod in einem Blumengesteck verwendet hat, kann reiner Zufall sein.«

»Ich war von Anfang an überzeugt, dass sie es war«, sagte Bill. »Und ich habe Mrs. Raisin nur gesagt, sie soll sich da raushalten, weil ich nicht wollte, dass ihr etwas zustößt. Wir müssen Vera Cummings-Browne nach dem Foto fragen. Was für ein Gewitter!«

Sie fuhren langsam die Dorfstraße von Carsely entlang, und Bill sah angestrengt durch die Windschutzscheibe. Ein Blitz zuckte, der die Straße, den nahenden Range Rover und Veras erschrockenes Gesicht hinterm Lenkrad erhellte. Wie von selbst scherte Bill aus, um ihr den Weg abzuschneiden.

»Was soll das?«, brüllte Wilkes.

Vera sprang aus ihrem Wagen und rannte in eine der Seitenstraßen. »Das ist Mrs. Cummings-Browne. Hinterher!«, rief Bill. Während Wilkes und Detective Sergeant Friend ausstiegen und hinter ihr herliefen, rannte Bill zu Veras Cottage und fluchte, als er den rötlichen Feuerschein hinter den geschlossenen Wohnzimmervorhängen sah.

Das Küchenfenster befand sich links von der Tür, und Bill lief darauf zu. Er erreichte es gerade noch rechtzeitig, um Agathas bleiches Gesicht zu sehen, bevor es hinter der Spüle verschwand.

Vor dem Cottage gab es einen schmalen bepflanzten Streifen, eingerahmt von runden Marmorsteinen. Bill packte einen von ihnen und schleuderte ihn gegen das Fenster. Leider geschah es nur in Filmen, dass dabei eine komplette Scheibe zu Bruch ging. Der Stein flog glatt hindurch und hinterließ ein gezacktes Loch im Glas.

Bill griff sich noch einen Stein und hämmerte damit auf das Glas ein, bis die Öffnung groß genug war, um hindurchzuklettern.

Agatha lag auf dem Küchenboden. Er versuchte, sie hochzuheben, doch das war gar nicht so leicht. Die tosende Feuersbrunst nebenan war gewaltig. Schließlich gelang es Bill, Agatha auf die Beine zu stellen und ihren Oberkörper über die Spüle zu legen. Dann umfasste er ihre Knöchel und hob sie an. Keuchend stieß und zerrte er an Agatha, riss an ihrer Schulter und sogar an ihrem Haar, bis sie durch das zerbrochene Glas nach draußen purzelte. Hastig folgte ihr Bill, denn die Küchentür barst bereits, und Flammen züngelten in den Raum.

Einen Moment lang lag Bill im prasselnden Regen auf Agatha. Türen wurden aufgerissen, Leute eilten herbei. Er hörte eine Frauenstimme rufen: »Ich habe die Feuerwehr gerufen!« Seine Hände bluteten, und Agatha hatte einige Schnitte im Gesicht. Aber sie atmete tief und regelmäßig. Sie lebte.

Im Krankenhaus kam Agatha wieder zu sich und schaute sich benommen um. Überall standen Blumen. Sie erkannte Bill Wongs Gesicht und versuchte, sich darauf zu konzentrieren. Er saß neben ihrem Bett.

Erst mit einiger Verzögerung erinnerte sie sich an das Feuer. »Was ist passiert?«, fragte sie.

Von der anderen Seite des Bettes erklang die strenge Stimme von Detective Chief Inspector Wilkes. »Fast wären Sie knusprig gebraten worden, das ist passiert«, sagte er, »wenn Bill Ihnen nicht das Leben gerettet hätte.«

»Sie sollten ein wenig abnehmen, Mrs. Raisin.« Bill grinste. »Sie sind wirklich kein Leichtgewicht. Aber es wird Sie freuen zu hören, dass Vera Cummings-Browne verhaftet wurde. Ob sie angeklagt wird, steht allerdings noch nicht fest. Sie ist völlig durchgedreht. Und Sie haben etwas sehr Dummes und Gefährliches getan, Mrs. Raisin. Ich nehme an, Sie sind zu ihr gegangen, haben sie des Mordes bezichtigt und dann seelenruhig den Tee getrunken, den sie Ihnen angeboten hat.«

Agatha wollte sich aufrichten, was ihr jedoch nicht so recht gelang. »Dank mir haben Sie sie überhaupt gekriegt. Ich schätze, Sie haben ihr Geständnis gefunden, was ich aufgenommen habe.«

»Wir fanden ein leeres Aufnahmegerät bei Ihnen«, sagte Bill. »Sie hatten vergessen, das Ding einzuschalten.«

Agatha stöhnte. »Und wie haben Sie dann ein Geständnis von ihr bekommen?«

»Es war folgendermaßen«, erklärte Bill. »Ich fragte mich, was Sie von Mr. Jones wollten. Er erzählte mir von dem Foto, das Sie mitgenommen hatten, und gab mir einen Ausdruck davon, auf dem wir den Kuhtod sahen. Als wir zu ihrem Cottage fuhren, um ihr ein paar Fragen zu stellen, kam sie uns entgegen. Ich versperrte ihr den Weg, sie sprang aus dem Wagen und rannte davon. Als Mr. Wilkes sie einholte, brach sie zusammen und gestand alles. Und sie sagte, das alles wäre es wert, wenn Sie in dem Feuer umkommen. Doch ich konnte Sie gerade noch rechtzeitig dort herausholen.«

»Wie sind Sie überhaupt auf sie gekommen?«, fragte Wilkes schroff. »Die Pflanze auf dem Bild allein kann es ja wohl nicht gewesen sein.«

Agatha überlegte. Sie hatte das Band nicht eingeschaltet, und es war überflüssig, dass die Polizei von Devon oder Mr. Economides' Cousin erfuhr. Also erzählte sie ihnen stattdessen von der Schulküche und dem Buch in der Leihbücherei.

»Mit diesen Informationen hätten Sie direkt zu uns kommen müssen.« Wilkes war verärgert. »Bill hat sich böse die Hände zerschnitten, um Sie zu retten, und Sie wären fast ums Leben gekommen. Zum letzten Mal, überlassen Sie die Ermittlungsarbeiten der Polizei.«

»Das nächste Mal werde ich mich nicht mehr so dilettantisch benehmen«, murmelte Agatha trotzig.

»Das nächste Mal?«, brüllte Wilkes. »Es wird kein nächstes Mal geben!«

»Ich verstehe einfach nicht, wieso ich die Schlaftabletten in dem Tee nicht geschmeckt habe. Ich meine, wenn sie so viele Pillen zermahlen hat, müsste er doch zumindest krümelig geschmeckt haben.«

»Sie hat sich ein starkes Schlafmittel in Gelatinekapseln besorgt. Der Kurpfuscher in Oxford, der sie ihr verschrieben hat, wird noch verhört. Jedenfalls ist das Mittel geschmacksneutral. Mrs. Cummings-Browne musste die Kapseln nur aufschneiden und den Inhalt in den Tee gießen«, erklärte Wilkes. »Ich muss Ihnen noch weitere Fragen stellen, wenn Sie wieder zu Hause sind, Mrs. Raisin. Versprechen Sie mir fürs Erste nur, dass Sie nie wieder versuchen, Detektivin zu spielen. Übrigens haben wir John Cartwright. Er hatte als Hilfsarbeiter auf einer Baustelle in London angeheuert.«

Er stampfte aus dem Zimmer. »Ich sollte lieber auch gehen«, sagte Bill. Erst jetzt bemerkte Agatha seine verbundenen Hände.

»Danke, dass Sie mir das Leben gerettet haben«, sagte sie. »Das mit Ihren Händen tut mir leid.«

»Mir tut das mit Ihrem Gesicht leid«, entgegnete er. Agatha hob die Hand an ihr Gesicht und ertastete Pflaster. »Der Schnitt an Ihrer Wange musste mit mehreren Stichen genäht werden. Leider musste ich Sie durch das Fenster schieben und zerren. Und ich fürchte, dabei habe ich Ihnen auch einige Haare ausgerissen.«

»Ich habe es aufgegeben, mich um mein Aussehen zu sorgen«, sagte Agatha. »O Gott, meine Katze! Wie lange bin ich schon hier?«

»Seit einer Nacht. Aber ich haben Ihren Nachbarn, Mr. Lacey, besucht, und er bot an, sich um die Katze zu kümmern, bis Sie wieder da sind.«

»Das ist sehr nett von Ihnen. Mr. Lacey? Weiß er, was geschehen ist?«

»Ich hatte keine Zeit, es ihm zu erklären. Ich gab ihm nur die Katze und sagte, Sie hätten einen Unfall gehabt.«

Agathas Hand wanderte unwillkürlich zurück zu ihrem Gesicht. »Sehe ich sehr schlimm aus? Haben Sie viele Haare ausgerissen? Ist hier irgendwo ein Spiegel?«

»Sagten Sie nicht, Sie sorgen sich nicht mehr um Ihr Aussehen?«

»Und diese ganzen Blumen! Von wem sind die?«

»Der große Strauß ist von der Damengesellschaft, der kleine mit den Rosen von Doris und Bert Simpson, die Gladiolen sind von Mrs. Bloxby, und das riesige Bouquet kommt vom Wirt des Red Lion und den Stammkunden. Der mit den Gräsern drin ist von mir.«

»Ich danke Ihnen vielmals, Bill. Äh ... ist auch ein Strauß von Mr. Lacey dabei?«

»Warum sollte es? Sie kennen den Mann kaum.«

»Ist meine Handtasche hier irgendwo? Ich brauche Puder und Lippenstift und einen Kamm, und ich müsste auch noch Parfum dabeihaben.«

»Entspannen Sie sich. Morgen werden Sie entlassen, dann können Sie sich anmalen, so viel Sie wollen. Aber vergessen Sie darüber nicht die Einladung zum Abendessen.«

»Was? Oh ja, die. Natürlich müssen Sie kommen. Nächste Woche. Vielleicht kann ich Ihnen bei einem Ihrer anderen Fälle helfen.«

»Nein«, erwidert Bill streng. »Sie versuchen nie wieder, einen Fall zu lösen.« Er schmunzelte. »Ich leugne allerdings nicht, dass Sie mir einen Gefallen getan haben.«

»Wie das?«

»Ich gebe zu, dass ich Ihnen in meiner Freizeit gefolgt bin und mir vom Dorfpolizisten berichten ließ, was Sie so machen. Dass es ein Unfall war, konnte ich genauso wenig glauben wie Sie. Aber Wilkes stellt es lieber so dar, dass ich den Fall gelöst habe, denn er würde eher sterben, als einzugestehen, dass uns eine Zivilperson geholfen hat. Also, wann soll ich zum Essen erscheinen?«

»Nächsten Mittwoch? Sagen wir, um sieben?«

»Prima. Schlafen Sie jetzt. Bis nächste Woche.«

»Bin ich in Moreton-in-Marsh?«

»Nein, im Mircester General Hospital.«

Nachdem er gegangen war, durchwühlte Agatha den Nachtschrank neben ihrem Bett und fand ihre Handtasche. Die Tabletten waren herausgenommen worden, wie sie feststellte. Sie klappte ihren Taschenspiegel auf und stieß einen leisen Schrei aus. Ihr Gesicht sah einfach grauenvoll aus.

»He!« Agatha blickte hinüber zum nächsten Bett. Darin lag eine alte Frau, die verblüffende Ähnlichkeit mit Mrs. Boggle hatte. »Was haben Sie gemacht?«, fragte die Frau neugierig. »Wieso kommt die Polizei zu Ihnen?«

»Ich habe einen Fall für sie gelöst«, sagte Agatha überheblich.

»Papperlapapp! Die Letzte in dem Bett da dachte, sie ist Maria Stuart, Königin von Schottland.«

»Ach, seien Sie still«, fauchte Agatha, betrachtete ihr Spiegelbild und fragte sich, ob die vielen Pflaster nicht doch ein bisschen, nun ja, heldenhaft aussahen.

Der Tag zog sich hin. Im Fernseher, den es in ihrem Krankenzimmer gab, löste eine Seifenoper die andere ab. Keiner kam zu Besuch. Nicht einmal Mrs. Bloxby.

Tja, das war es dann, dachte Agatha enttäuscht. Warum hatten sie ihr überhaupt Blumen geschickt? Wahrscheinlich dachten alle, sie wäre bereits tot.

13

Am nächsten Tag erfuhr Agatha, dass ein Krankentransport sie mittags nach Hause bringen würde. Was sie eigentlich freuen sollte. Ihre Heimkehr in einem Krankenwagen würde von niemandem im Dorf unbemerkt bleiben.

Sie nahm die Grußkarten von den Blumensträußen, um sie als Andenken an ihre Zeit in den Cotswolds aufzubewahren. Wie seltsam, dass sie Bill angeboten hatte, ihm bei seinen Fällen zu helfen, als hätte sie vor, noch zu bleiben. Sie bat eine Schwester, die Blumen auf der Station zu verteilen, dann zog sie sich an und ging nach unten, um auf den Krankentransport zu warten. In der Eingangshalle war ein Zeitschriftenkiosk, an dem Agatha sich einen ganzen Stapel Lokalzeitungen kaufte. In keiner stand etwas von Vera Cummings-Brownes Verhaftung. Aber vielleicht war diese auch erst nach Redaktionsschluss bekanntgegeben worden.

Zu ihrem Unglück entpuppte sich der »Krankentransport« als Minibus, der hauptsächlich Geriatriepatienten in ihre Dörfer zurückbrachte. Warum werde ich beim Anblick alter, gebrechlicher Leute sofort ungeduldig und aggressiv?, fragte sich Agatha, während sie zuguckte, wie sich die Alten in den Bus quälten. Eines Tages bin ich auch alt, und das dauert nicht mehr lange. Sie zwang sich, aufzustehen und einem alten Mann zu helfen, der ganz offensichtlich Probleme beim Einsteigen hatte. Der Mann funkelte sie wütend an. »Finger weg von mir! Deine Sorte kenne ich.«

Die anderen Fahrgäste, allesamt alte Frauen, gackerten und riefen Sätze wie »Ach, du immer, Arnie!«. Offensichtlich kannten sie sich alle sehr gut.

Es war ein ruhiger, kühler Tag. Große Schäfchenwolken zogen über den blassblauen Himmel. Die alte Frau neben Agatha hieb ihr unsanft den Gehstock auf die Zehen. »Was ist denn mit Ihnen passiert?«, fragte sie und starrte auf die Pflaster in Agathas Gesicht. »Hat Ihr Alter Sie verdroschen?«

»Nein«, antwortete Agatha frostig. »Ich habe einen Mordfall gelöst.«

»Das liegt am Saufen«, fuhr die Alte unbeirrt fort. »Wenn meiner aus dem Pub kam, hat er mich auch immer grün und blau geschlagen. Nun ist er tot. Eines muss man den Männern zugutehalten. Gewöhnlich sterben sie früher als wir.«

»Ich nicht«, sagte Arnie. »Ich bin siebenundachtzig und hab noch reichlich Saft in den Knochen.«

Erneutes Gegacker. Agathas Bemerkung war auf taube Ohren gestoßen. Der Minibus rollte träge über die Landstraßen, hielt in einem kleinen Weiler, und die Frau neben Agatha stieg aus, wobei ihr der Fahrer half. Sie sah noch einmal zu Agatha und sagte: »Denken Sie sich ja keine Märchen aus, um den zu beschützen. Das hab ich gemacht. Heute muss das keine mehr. Wenn er schlägt, geht man zur Polizei.«

Unter den anderen Frauen hob zustimmendes Gemurmel an.

Die Busfahrt war eher eine Rundreise durch die Dörfer der Cotswolds, und alle geriatrischen Patienten waren bereits abgesetzt worden, als der Bus endlich nach Carsely hinunterrollte. »Wohin?«, rief der Fahrer.

»Hier nach links«, sagte Agatha. »Das dritte Cottage auf der linken Seite.«

»Da hinten ist irgendwas los. Großer Bahnhof, wie's aussieht. Waren Sie im Krieg oder so was?«

Der Minibus hielt vor Agathas Haus, und sogleich stimmte die Dorfkapelle *Hello Dolly* an. Sie waren alle da, das ganze Dorf, und über Agathas Haustür hing ein schiefes Banner, auf dem WILLKOMMEN ZU HAUSE stand.

Mrs. Bloxby war als Erste bei ihr und umarmte sie. Danach kamen die anderen Damen, dann der Wirt, Joe Fletcher, und die Stammgäste aus dem Red Lion.

Fotografen knipsten wie verrückt, und Reporter der Lokalzeitungen standen bereit.

»Alle Mann reinkommen!«, rief Agatha, »und ich erzähle euch die ganze Geschichte.«

Bald drängten sich die Leute im ganzen Untergeschoss, während Agatha im Wohnzimmer saß und einem gebannten Publikum berichtete, wie sie den Fall der »Todesquiche« gelöst hatte. Natürlich schmückte sie die Einzelheiten hier und da kräftig aus, vor allem die Szene, in der Bill Wong sie heldenhaft aus dem Flammeninferno gerettet hatte – »seine Kleidung brannte schon lichterloh, und seine Hände waren vom zerbrochenen Glas in Fetzen gerissen«.

»Dieser Heldenmut«, sagte Agatha, »beweist uns wieder einmal, was für tapfere Männer bei der britischen Polizei arbeiten.«

Einige Reporter schrieben mit, andere ließen einfach ihre Aufnahmegeräte laufen. Agatha war im Begriff, es in die überregionalen Medien zu schaffen, oder vielmehr, Bill Wong würde es dort hineinschaffen. In jüngster Zeit hatte es zwei hässliche Geschichten über korrupte Polizisten gegeben, und auch die Zeitungen wussten, dass die Leute nichts lieber lasen als Berichte von mutigen Bobbys.

Nebenan stand James Lacey in seinem Vorgarten und platzte vor Neugier. Nach Agathas Besuch hatte er erst einmal die Nase voll gehabt. Er war beim Pfarrer gewesen und hatte Mrs. Bloxby unmissverständlich mitgeteilt, dass er zwar dankbar für die freundliche Begrüßung im Dorf wäre, von nun an jedoch darauf bestehen wolle, dass man ihn in Frieden ließ. Er wäre sehr gern für sich allein und extra aufs Land gezogen, um die Ruhe und Abgeschiedenheit zu genießen.

Und Mrs. Bloxby hatte seinen ausdrücklichen Wunsch ernst genommen. Wenngleich ihm die Vorbereitungen für Agathas Rückkehr schlecht entgangen sein konnten, wusste er nach wie vor nicht, was sie getan hatte oder worum es eigentlich ging. Er wäre gern hingegangen, um zu fragen, doch das traute er sich nicht, nachdem er – vielleicht ein klein wenig zu scharf – gesagt hatte, er hätte keinerlei Interesse an dem, was im Dorf oder mit den Leuten hier geschah.

Einer nach dem anderen verabschiedete sich der Agatha-Fanclub. Doris Simpson war unter den Letzten, die gingen, und sie drückte Agatha ein großes braunes Paket in die Hand.

»Was ist das, Doris?«, fragte Agatha.

»Sie haben mir und Bert doch diesen Gartenzwerg geschenkt. Wir wissen, dass die teuer sind, und eigentlich liegt uns gar nicht so viel daran. Doch Sie haben den Zwerg gemocht. Deshalb möchten wir ihn zurückgeben.«

»Das kann ich unmöglich annehmen«, sagte Agatha.

»Sie müssen. Uns ist nicht wohl dabei, ihn zu behalten.«

Da Agatha schon seit Längerem wusste, dass ihre Putzhilfe einen eisernen Willen hatte, bedankte sie sich nur verlegen.

»Kann ich noch was für Sie tun?«, rief Joe Fletcher von der Tür aus.

Agatha traf eine spontane Entscheidung. »Ja, können Sie. Nehmen Sie das ZU VERKAUFEN-Schild weg.«

Schließlich waren alle fort. Agatha setzte sich, und plötzlich fröstelte sie. Die Erinnerung an die Ereignisse bei Vera holte sie ein. Sie ging nach oben, nahm ein heißes Bad und zog sich hinterher ihr Nachthemd sowie einen alten blauen Bademantel an. Dann blickte sie in den Badezimmerspiegel. Vorn an ihrem Kopf war eine gerötete kahle Stelle, wo Bill Wong ihr ein Haarbüschel ausgerissen hatte. Agatha drehte die Heizung auf und warf einige Scheite in den Kamin. Doch als sie das Streichholz entzündete, erschauderte sie und blies es gleich wieder aus. Fürs Erste würde sie lieber auf den Anblick von Flammen verzichten.

Es klopfte leise an der Tür. Immer noch fröstelnd schlang Agatha ihren Bademantel fest um sich und ging hin. James Lacey stand draußen, in der einen Hand den Katzenkorb, in der anderen die Katzentoilette.

»Bill Wong bat mich, Ihre Katze zu hüten«, sagte er und sah sie unsicher an. »Ich kann sie auch einen Tag länger bei mir behalten, wenn Sie möchten.«

»Nein, nein«, stammelte Agatha. »Kommen Sie herein. Wie hat Bill die Katze eigentlich aus dem Haus bekommen? Ach ja, er wird sich meine Schlüssel aus der Handtasche genommen haben, als ich im Krankenhaus war. Es war wirklich sehr freundlich von Ihnen, sich um das Tier zu kümmern.«

Leider sah sie flüchtig ihr Spiegelbild im Dielenspiegel. Entsetzlich, wie sie aussah! Und nicht ein Hauch von Make-up!

Sie trug den Korb ins Wohnzimmer, öffnete ihn und ließ die Katze heraus. Dann brachte sie die Katzentoilette in die Küche. Als sie wiederkam, saß James in einem ihrer Sessel und starrte den Gartenzwerg an, den Doris ihr wiedergegeben hatte. Der stand auf dem Couchtisch und blickte genauso feist und hämisch drein wie Arnie aus dem Minibus.

»Hätten Sie gern einen Gartenzwerg?«, fragte Agatha.

»Nein, danke. Eine sehr ungewöhnliche Wohnzimmerdekoration.«

»Eigentlich gehört er mir gar nicht. Wissen Sie …«

Jemand hämmerte an die Haustür. Agatha fluchte leise und ging öffnen. Midlands Television und die BBC. »Können Sie später wiederkommen?«, bat Agatha mit einem sehnsüchtigen Blick Richtung Wohnzimmer. Im selben Moment fuhr ein Polizeiwagen vor: Detective Chief Inspector Wilkes kam.

Den Fernsehleuten gab Agatha eine moderatere Version ihrer Geschichte als jene, die sie den Dorfbewohnern erzählt hatte. Detective Chief Inspector Wilkes wurde interviewt und sagte streng, dass sich die Zivilbevölkerung aus polizeilichen Ermittlungen heraushalten solle; Mrs. Raisin wäre beinahe ums Leben gekommen, und er hätte fast einen seiner besten Officer verloren. Agatha vermutete, im Fernsehbericht würde nur Letzteres zu hören sein. Jeder wünschte sich Helden, und in diesem Fall war Bill Wong der Held. Inmitten des ganzen Trubels war James Lacey unbemerkt verschwunden. Die Fernsehteams brausten davon, um Bill Wong in Mircester zu befragen, und eine Polizistin mit einem Aufnahmegerät kam herein. Nun folgte die ermüdende Befragung durch Wilkes.

Als die Polizei endlich fort war, klingelte das Telefon ohne Unterlass. Es waren Redakteure von überregionalen Zeitungen, die um Ergänzungen zu den Berichten ihrer Kollegen aus dem Lokalen baten. Gegen elf war es vorbei. Agatha fütterte die Katze und trug sie hinterher nach oben in ihr Bett. Sanft schnurrend machte es sich der kleine Tiger neben Agathas Füßen gemütlich. Das Tier braucht einen Namen, dachte Agatha schläfrig.

Unten klingelte das Telefon. »Was ist denn jetzt noch?« Sie stöhnte, schob vorsichtig die Katze zur Seite und ärgerte sich, dass sie nicht daran gedacht hatte, sich einen zweiten Anschluss oben im Haus legen zu lassen. Sie stieg die Treppe hinunter und nahm ab.

»Aggie!« Es war Roy, dessen Stimme schrill klang. »Ich hab schon gedacht, ich komm nie durch. Du warst im Fernsehen!«

»Ach, das«, sagte Agatha bibbernd vor Kälte. »Kann ich dich morgen zurückrufen, Roy?«

»Ehrlich, Süße, in deinem kleinen Dorf ist mehr Publicity zu kriegen als in ganz London. Folgendes, vielleicht kommt das Fernsehen noch mal, für einen Nachbericht quasi. Ich dachte, ich komme morgen zu dir, und du erzählst denen, wie ich bei der Aufklärung des Falls mitgeholfen habe. Ich habe schon Mr. Wilson angerufen, und er findet die Idee klasse.«

»Roy, morgen ist die Geschichte gestorben. Du weißt es, ich weiß es. Lass mich wieder ins Bett gehen. In den nächsten paar Tagen bin ich Besuch einfach nicht gewachsen.«

»Tja, ich muss sagen, ich hätte erwartet, dass du mich wenigstens mal erwähnst«, beschwerte sich Roy. »Wer war denn wohl mit dir in Ancombe? Ich habe bei sämtlichen Zeitungen angerufen, und die sagen mir immer bloß, dass du meinen Namen ins Spiel bringen musst, sonst passiert gar nichts. Also, sei ein Schatz, ja, und ruf die an!«

»Ich gehe jetzt ins Bett, Roy, hast du verstanden?«

»Sind wir womöglich ein kleines bisschen egoistisch und wollen das ganze Scheinwerferlicht für uns allein haben?«

»Gute Nacht, Roy«, sagte Agatha und legte auf. Sie wollte schon wieder nach oben gehen, als sie sich noch einmal umdrehte, den Hörer abnahm und ihn neben das Telefon legte.

»Diese Raisin würde ich zu gern mal kennenlernen«, sagte James Laceys Schwester, Mrs. Harriet Camberwell, eine Woche später. »Ich weiß, dass du deine Ruhe haben willst, aber ich sterbe vor Neugier. Auch wenn sie diesen Detective Wong in den Nachrichten immer wieder hervorhebt, war sie es doch, die den Fall gelöst hat, nicht?«

»Ja, das hat sie vermutlich, Harriet. Aber sie ist wirklich wunderlich. Weißt du, dass auf ihrem Couchtisch ein Gartenzwerg steht? Und sie murmelt vor sich hin, wenn sie die Straße entlanggeht.«

»Wie reizend! Ich muss sie unbedingt kennenlernen. Geh zu ihr und bitte sie zum Tee.«

»Wenn ich das mache, gehst du dann wieder zu deinem Mann zurück und lässt mich in Frieden?«

»Selbstverständlich. Geh und hol sie. Ich mache inzwischen Tee und ein paar Sandwiches.«

Agatha erholte sich noch von dem Schock, beinahe in einem Feuer umgekommen zu sein. Und ihre nächste Begegnung mit James konnte ruhig warten, bis ihre Schnitte verheilt und ihr Haar nachgewachsen war. Dann allerdings würde sie einen Werbefeldzug in eigener Sache starten, der sich gewaschen hatte.

Das Wetter war angenehm, warm statt drückend heiß wie in den Tagen vor dem Gewitter. Agatha hatte die Türen und Fenster geöffnet und lag in ihrem weiten Baumwollkleid auf dem Küchenfußboden. Von dort aus warf sie Kügelchen aus Alufolie in die Höhe, um die Katze zu unterhalten, als James zur Tür hereinkam.

»Oh, ich hätte anklopfen sollen«, sagte er verlegen. »Aber die Tür war offen.« Agatha sprang auf. »Ich dachte, Sie hätten vielleicht Lust, auf einen Tee zu mir herüberzukommen.«

»Da muss ich mich erst umziehen«, antwortete Agatha panisch.

»Offenbar habe ich einen unpassenden Moment erwischt. Eventuell ein andermal.«

»Nein! Nein, schon gut, ich komme«, sagte Agatha, die befürchtete, dass er sonst wieder floh.

Sie gingen hinüber zu seinem Cottage. Kaum saß sie und bewunderte sein schönes Profil, das zur Küchentür gewandt war, als eine elegant gekleidete Frau mit einem Teetablett den Raum betrat.

»Mrs. Raisin, Mrs. Camberwell. Harriet, Liebes, darf ich dir Mrs. Raisin vorstellen? Harriet möchte unbedingt alles über Ihre Abenteuer hören, Mrs. Raisin.«

Agatha fühlte sich schmuddelig und ungepflegt. Andererseits ging ihr das in Gegenwart von Frauen wie Harriet Camberwell immer so. Diese war sehr groß, beinahe so groß wie James, schlank, flachbrüstig mit breiten Schultern. Ihre Gesichtszüge sahen irgendwie nach Oberklasse aus, sie hatte eine teure Frisur und trug ein maßgeschneidertes Kleid. Ihr Blick war kühl-amüsiert.

Brav begann Agatha zu erzählen. Die Leute aus dem Dorf wären erstaunt zu hören, wie sachlich und unaufgeregt sie eine Kurzform ihrer Erlebnisse abliefern konnte. Sie blieb gerade lange genug, um zu Ende zu erzählen, ein Sandwich zu essen und einen Tee zu trinken. Danach verabschiedete sie sich sofort wieder.

Ein Trost war, dass Bill Wong zum Abendessen kam. Sei dankbar für kleine Freuden, ermahnte sich Agatha. Doch leider hatte sie sehr viel an James Lacey denken müssen, wodurch ihre Tage wesentlich an Leben und Farbe gewonnen hatten. Dennoch war die Tatsache, dass ihr Gast nur Bill war, kein Grund, wie eine Vogelscheuche auszusehen.

Agatha zog sich um, machte sich das Haar und legte dezentes Make-up auf. Sie trug das Kleid, das sie auch bei der Auktion getragen hatte. Das Abendessen – zubereitet nach genauer Anweisung von Mrs. Bloxby – sollte aus gegrillten Steaks, Ofenkartoffeln, frischem Spargel sowie Obstsalat mit Schlagsahne bestehen. Zur Feier von Wongs Beförderung zum Detective Sergeant hatte sie Champagner kalt gestellt.

Es war ein neuer, schlankerer Wong, der um Punkt sieben vor der Tür erschien. Seit er sich im Fernsehen sah, hatte er eisern Sport getrieben und Diät gehalten.

Er sprach von diesem und jenem, bemerkte jedoch rasch den traurigen Ausdruck in Agathas Bärenaugen. Sie wirkte niedergeschlagen und ohne Schwung. Der Anschlag auf ihr Leben musste sie tiefer getroffen haben, als er erwartet hatte.

Sie beteiligte sich kaum am Gespräch, und er suchte nach einem Thema, das sie amüsieren könnte. »Ach, übrigens«, sagte er, als sie die Steaks unter den Grill schob, »Ihr Nachbar hat es drangegeben, sämtliche Frauenherzen im Dorf zu brechen. Er hat Mrs. Bloxby gesagt, dass er in Ruhe gelassen werden will, und das in einem reichlich scharfen Ton. Als die Damen von Carsely sich dann beleidigt zurückgezogen hatten, bekam er Besuch von einer eleganten Dame, die er allen bei Harvey's als Mrs. Camberwell vorstellte. Er nennt sie ›Liebes‹. Die beiden sind ein hübsches Paar. Mrs. Mason soll angeblich erbost gesagt haben, dass sie ihn gleich komisch fand und ihm nur den Kuchen gebracht hat, weil sie freundlich sein wollte. Und wissen Sie was?«

»Was?«, fragte Agatha gereizt.

»Ihre alte Busenfreundin, Mrs. Boggle, hat ihn doch glatt vor allen Leuten bei Harvey's gefragt, ob er Mrs. Camberwell heiraten will. Und *er* antwortete völlig verdutzt, ›Wieso in aller Welt sollte ich meine eigene Schwester heiraten?‹. Tja, ich schätze mal, die Carsely-Damen können ihn jetzt zwar nicht mehr einfach mit irgendwelchen Kuchen überfallen, nach dem, was er zu Mrs. Bloxby gesagt hat, aber sie werden ganz sicher die eine oder andere Party geben, um ihn zu sich nach Hause zu locken.« Bill lachte herzlich.

Agatha drehte sich zu ihm und strahlte auf einmal übers ganze Gesicht. »Wir haben den Champagner ja noch gar nicht geöffnet. Dabei müssen wir doch anstoßen!«

»Worauf anstoßen?«, fragte Bill misstrauisch.

»Na, auf Ihre Beförderung! Das Essen ist auch gleich fertig.«

Bill öffnete den Champagner und schenkte ihnen ein.

»Kann ich noch irgendetwas tun, Mrs. Raisin? Den Tisch decken zum Beispiel?«

»Nein, der ist schon gedeckt. Aber Sie könnten mich Agatha nennen. Ach so, es gibt doch etwas. Vorn im Garten steht ein Schild und daneben ein Vorschlaghammer. Würden Sie das Schild in den Boden schlagen?«

»Natürlich. Sie verkaufen doch nicht wieder, oder?«

»Nein, ich taufe mein Cottage. Ich habe es satt, dass alle immer von Budgen's Cottage reden. Es gehört mir.«

Bill Wong ging hinaus in den Vorgarten, nahm das Schild auf und hämmerte den Pfahl in die Erde. Dann trat er einen Schritt zurück und betrachtete es.

In braunen Buchstaben auf weißem Untergrund stand dort RAISINS COTTAGE.

Bill grinste. Agatha würde bleiben.

Mord in bester Tradition

MIT SCHIRM, CHARME UND SPÜRNASE

Der Landhauskrimi in englischer Tradition ist zurück – für alle, die es bei Muffins und Earl Grey gern mysteriös, humorvoll und atmosphärisch mögen! Sympathische Amateurdetektive stolpern zufällig über Leichen und begeben sich mit patentem Spürsinn auf die Spur des Mörders. Schließlich darf das idyllische Landleben nicht allzu lange gestört werden! Mit dabei: exzentrische Nachbarn, pfiffige Fellnasen und jede Menge köstliche Kulinarik. Vollendeter Spitzengenuss für einen (ent)spannenden Nachmittag auf der Couch!

Hier werden Leserinnen und Leser zu
Wiederholungstätern: Charmante Rätselkrimis in
der Tradition des »Goldenen Zeitalters«
der Detektivliteratur. Die neue Krimireihe für
alle Fans von Agatha Christie, Ann Granger
und M.C. Beaton